Christelle Zaurrini

BLAUES GOLD

Wasser wie Blut

DRACHENMOND VERLAG

Drachenmond Verlag GmbH
Auf der Weide 6
50354 Hürth
http: www.drachenmond.de
E-Mail: info@drachenmond.de

Lektorat: Dirk B. Granzow / Nina Bellem
Korrektorat: Michaela Retetzki
Satz & Layout: Astrid Behrendt

Umschlagdesign: Marie Graßhoff
Bildmaterial: Shutterstock

Druck: Booksfactory

ISBN 978-3-95991-145-0

Dieses Buch ist für alle,
die immer an die Geschichte und mich geglaubt haben.

Gebt nie auf!
Auch wenn der Weg manchmal sehr schwer ist.
Das Wichtigste ist, dass ihr am Ende stolz auf euch seid!

Prolog

Menschen sind Parasiten, die die Erde bevölkern und früher oder später ihren Untergang herbeiführen werden. Sie wissen es. Wussten es schon immer, schoben die Erkenntnis jedoch gekonnt weiter vor sich her. Weiter hinaus bis in eine Ära, in der es sie nicht mehr betraf. Nicht sie, nicht ihre Kinder und Kindeskinder. Was also scherte es sie? Warum sollten ausgerechnet sie etwas dagegen unternehmen? Solange das Problem nicht unmittelbar vor ihnen stand, ging es sie nichts an.

Vor zweihundert Jahren – kaum mehr als ein Wimpernschlag in Anbetracht der Zeit, in der die Erde existiert – genügte eine geringe Menge genmanipulierter Pflanzen, um diese Parasiten beinahe auszurotten. Sporen, die sich im Wasser und Samen, die sich in der Luft verbreiteten. Sie befielen die Welt und vergifteten jedes noch so kleine Gewässer.

Die Zukunft wurde zur Vergangenheit und Überleben zum Kampf.

Denn die Pflanze brachte nichts als den Tod, und niemand konnte etwas dagegen unternehmen. Ohne Wasser stirbt jedes Leben und die Menschen, die es doch schafften, hatten nichts mehr, wofür es sich überhaupt noch zu kämpfen lohnte.

Schlimmer als Gleichgültigkeit ist Hoffnungslosigkeit, denn sie bringt nur das Schlechteste im Menschen zum Vorschein.

Kapitel 01

Ella

Die ersten Sonnenstrahlen fallen durch das schmale Gitterfenster. Ein Blick auf den Wecker zeigt, dass es erst sieben Uhr ist. Zu früh, um aufzustehen, zu spät, um sich noch mal umzudrehen. Wie jeden Tag bin ich vor dem unerträglichen Klingeln wach, warte allerdings, bis ich die ersten Stimmen in den Fluren höre, bevor ich aufstehe.

Seit fast fünfzehn Jahren lebe ich hier, doch als Zuhause würde ich diesen Ort nicht einmal im Traum bezeichnen.

Wonderland, wo ich seit meinem dritten Lebensjahr meine Zeit absitze, beherbergt zurzeit etwa dreihundert Schüler, und da ist es nicht verwunderlich, dass sich schnell Grüppchen bilden. Doch einige von uns – so wie ich – bleiben lieber für sich. Es ist einfacher, diese Jahre mit Freunden an der Seite zu überstehen, doch sie nach dieser Zeit gehen lassen zu müssen, wird nur umso schwerer. Solange wir hier sind, stehen wir in einem stetigen Wettkampf miteinander. Alles, was wir tun, wird bewertet. Und einige von uns haben es darauf abgesehen, diejenigen, die sich allein durchschlagen wollen, zu schikanieren. Entweder – so meine Theorie – um sich selbst den Weg zu ebnen, oder aber auch, um den tristen Alltag aufregender zu gestalten.

Ich schäle mich aus dem kratzigen Laken, schlüpfe in meine abgetretenen Schuhe und fädle mich still und leise in die gackernden Grüppchen vor meiner Tür ein. Ich habe einen Freund an diesem Ort und das reicht mir vollkommen, da er die Aufmerksamkeit von zehn fordert.

Silas wartet in der Kantine auf mich. Umzingelt von seinen übrigen Freunden, die gerade über irgendeine seiner Geschichten lachen, hockt er falsch herum auf seinem Stuhl, sodass sich die Stuhllehne gegen seinen Bauch presst. Mithilfe seiner Füße, die den Stuhl vom Boden hieven, wippt er vor und zurück. Ein gleichmäßiges Klacken ertönt, wenn das dünne Holz gegen den Esstisch prallt. Silas hat keine Probleme damit, Freunde zu finden. Er ist lustig, nett, charmant und lässt einen vergessen, wie ätzend das Leben ist.

Er winkt, bevor er mir entgegensprintet und mich auf direktem Weg zur Essenstheke lotst. »Wo warst du denn? Ich habe Kohldampf!«

»Ist das etwas Neues?«, frage ich lachend und sehe zu, wie er sich die vollste Schüssel von allen aufs Tablett stellt. Ich mache es ihm nach, suche mir allerdings eine weniger große Portion aus. Ich habe keine Ahnung, wie er so sehr auf dieses Zeug abfahren kann. Noch auf dem Weg zu unserem Tisch fährt er mit dem Finger durch den Getreidebrei, der uns jeden Tag vorgesetzt wird, und steckt ihn sich in den Mund. Abwechslungsreich ist es hier jedenfalls nicht, das steht außer Frage. Stöhnend verdreht er die Augen.

»Du bist eklig!« Die Nase krausgezogen, gebe ich ihm einen leichten Klaps gegen den Arm. Ich setze mich auf meinen Stammplatz und rühre mit meinem Löffel in dem Brei herum. Das Zeug schmeckt wie Pappe. Glibberige, viel zu lang gekochte Pappe. An ihre klumpige Konsistenz gewöhnt man sich mit der Zeit, genießbar ist sie dafür jedoch noch lange nicht.

Die Jungs reden über etwas, was sie im Unterricht gelernt haben, aber ich höre nicht zu. Das bisschen Freizeit, das wir haben, will ich nicht auch noch damit verschwenden, an den Unterricht zu denken. Wobei es natürlich schwer ist, über irgendetwas anderes zu reden, wenn man nichts erlebt. Wenn man fünfzehn Jahre lang vierundzwanzig Stunden am Tag eingesperrt ist. Unser Leben besteht aus Unterricht, essen und schlafen. Zumindest bis zu unserem achtzehnten Lebensjahr.

»Ella?« Silas starrt mich abwartend an.

»Hast du etwas gesagt?«, frage ich, den Blick auf die Schüssel gerichtet, die einfach nicht leerer werden will.

»Lass uns noch mal Geschichte durchgehen, da hast du doch bald einen Test, oder?« Ich verdrehe die Augen. Ich kenne die Antworten.

Jeder hier kennt sie. Schließlich lernen wir seit Jahren, was mit der Welt passiert ist. Wie könnte man den Grund vergessen, weshalb jetzt alles so beschissen ist? Ich gebe seufzend nach, weil ich weiß, dass er nicht lockerlässt. Sosehr ich Silas auch liebe, er ist eine verdammte Nervensäge.

»Wann und wo sind die ersten Menschen der großen Pandemie zum Opfer gefallen?«

»Muss das sein?« Er nickt, weshalb ich augenverdrehend nachgebe. »Am 12. März 2021 in Südafrika. Allerdings wurde man erst drei Jahre später auf sie aufmerksam, als die Erreger nach Europa kamen und die Gewässer vergifteten.«

Silas grinst. »Korrekt! Was sind die Symptome?«

»Schwindel, Erbrechen, Fieber, Herzrhythmusstörungen und, ähm …« Etwas fehlt noch. »Magenschmerzen.«

»Wieso ist diese Pflanze, die die Pandemie überhaupt erst ausgelöst hat, so gefährlich?«

»Durch die verschiedenen Stadien beziehungsweise Wachstumsphasen ist es ihr möglich, sowohl bei fließendem Wasser am Boden verankert zu sein als auch durch die Samen, die sich außerhalb des Wassers verbreiten, in jedes noch so kleine Gewässer zu gelangen.« Ich rattere die Antwort einstudiert herunter. »Zufrieden?«, frage ich ein wenig zu patzig und schiebe den Teller von mir. »Ich habe keinen Hunger mehr.«

Wieso kann man nicht wenigstens einen Tag lang vergessen, warum man hier ist? Er kennt mich. Er müsste wissen, dass meine Gedanken nun wieder ununterbrochen um diese eine Frage kreisen: Wie wäre unser Leben verlaufen, wenn das alles hätte verhindert werden können? Ich denke an verschmutzte Gewässer, sehe die sterbenden Menschen und eine Welt, die zusammenbricht.

Mittlerweile gibt es Filteranlagen, die das Wasser säubern, doch diese kamen viel zu spät. Und sie sind im Besitz der *Aquas*, die nur so viel ihres kostbaren Guts mit der Bevölkerung teilen, wie es sein muss. Schließlich brauchen sie Arbeiter.

Ich verabscheue sie. Einige von ihnen sind Förderer *Wonderlands* und dürfen sich somit jährlich einen von uns aussuchen, der ihnen dienen soll. Ich verziehe die Lippen, als ich daran denke, dass das schlussendlich sogar die bessere Alternative ist. Andernfalls werden wir nämlich an den Höchstbietenden versteigert.

Die Schulglocke kündigt den Unterricht an. Der Saal leert sich schnell, weil niemand zu spät kommen will. Da sich unsere Wege ansonsten bis zum Mittag trennen würden, ziehe ich Silas noch mal zur Seite, um mich für meine bockige Art zu entschuldigen. Zwar kennt er meine Launen so gut wie ich seine Unbekümmertheit, um die ich ihn beneide, dennoch verabschiede ich mich ungern nach einem Streit. Man weiß nie, was kommt.

Das Schulgebäude riecht nach alten Socken und Putzmitteln. Eine Kombi, die mein Herz nicht gerade höherschlagen lässt. Die ersten Stunden des Tages verbringen die Mädchen und Jungs getrennt voneinander. In dieser Zeit besprechen wir Themen, mit denen wir unsere Herren unterhalten können. Sollte eine von uns das Glück haben, von einem der *Aquas* auserwählt zu werden, wird diejenige ihm die Zeit vertreiben müssen.

Ich lehne mich auf meinem Stuhl zurück und lasse die Stunden über mich ergehen. Lehrer kommen und gehen, während ich mit meinen Gedanken immer weiter in eine andere Welt abtauche. Ich bleibe an einer Karte hängen, die mir eine Welt zeigt, die es heute nicht mehr gibt. Eine Welt, in der offene Grenzen herrschen und ein Land dem anderen beisteht. Heutzutage gibt es diese Offenheit nicht mehr. Solidarität ist ein Fremdwort, sogar in *Wonderland*, wieso sollte es dort draußen anders sein? Vielleicht jedoch wurden wir auch einfach vergessen. Womöglich erinnert sich niemand an uns. Oder außer uns gibt es nichts mehr. Ein Schauer läuft mir bei diesem unheimlichen Gedanken über den Rücken.

»Wenn ihr in dieser Stunde gut aufpasst, wird jeder Einzelne von euch ein ganz wunderbares Leben führen!« Die Lehrerin ist noch jung und strahlt förmlich vor Selbstsicherheit. Ich jedoch frage mich bei ihrem Anblick nur, ob sie wirklich so naiv ist und ihre eigenen Worte glaubt oder einfach nur eine gute Schauspielerin ist.

Mir bringt diese Sache rein gar nichts. Es ist egal, wie sehr ich mich anstrenge. Vor vier Jahren wurde mein Schicksal durch einen Brand besiegelt. Kein *Aqua* wird mich jemals bei sich aufnehmen.

Wer will schon ein beschädigtes Objekt, wenn er die Auswahl von so vielen hat?

Gedankenverloren lasse ich die Finger über die roten Narben an meinen Armen gleiten und suche im Klassenzimmer nach etwas, was mich ablenkt. Während meine Mitschülerinnen sich die folgende Stunde regelrecht überschlagen mit Fragen und Vorschlägen, bekomme ich nicht einmal mit, worum es genau geht. Schon längst habe ich aufgegeben, mir selbst etwas vorzumachen. Hoffnung ist ein dünner Faden, der nur allzu schnell durchtrennt werden kann.

Ich schrecke auf, als ich ein Räuspern in meinem Rücken höre. Silas taucht neben mir auf. »Kommst du?«

Ich nicke und folge Silas hinaus. Er sagt nichts – was ungewöhnlich für ihn ist – und überlässt mich meinen Gedanken.

Wir holen uns in der Kantine eine Schüssel Suppe – die nur eine flüssigere Variante des Breis vom Frühstück ist – und gehen damit in den Hof. Wenn wir die Möglichkeit haben, verbringen wir unsere Pausen draußen. Hier hat man das Gefühl, freier atmen zu können. So als bliebe die bedrückende Enge im Inneren der Gebäude hinter uns.

Die jüngeren Kinder um uns herum spielen Fangen. Vor einigen Jahren waren wir genau wie sie: fröhlich, unbekümmert und unwissend. Jetzt wissen wir, dass das Leben weder ein Spiel ist noch Spaß macht. Wir wissen, dass es kein Leben ist. Vielleicht haben sie noch zwei Jahre, bevor sie herausfinden, dass dieser Ort nicht dazu da ist, sie auf ihr Leben dort draußen vorzubereiten. Ich erinnere mich an den Tag der großen Versammlung. Ich erinnere mich, wie aufgeregt ich war, den Leiter *Wonderlands* endlich persönlich zu treffen. Der Raum war überflutet von lauten Kinderstimmen, die die wildesten Vermutungen miteinander teilten. Ob wir dazu da waren, die Welt zu retten? Ob wir irgendwann in der Hauptstadt leben würden? Den Leiter lernten wir nie kennen.

Sobald alle versammelt waren, wurde uns erklärt, was unsere Aufgabe ist. Wieso wir in *Wonderland* sind. Sie erzählten uns, dass sie uns mit drei Jahren unseren Eltern abgekauft haben, um uns gewinnbringend weiterzuverkaufen. Ausgebildet und bereit für unseren nächsten Besitzer.

Einige von uns fanden sich recht früh damit ab, was sie erwartet, andere kämpfen fortwährend darum, Individuen zu bleiben. Silas gehört zu Letzteren, wohingegen ich mir nicht so ganz sicher bin, zu welcher Seite ich gehöre. Klar will ich ausdrücken, dass es mir nicht egal ist, was aus mir wird. Andererseits weiß ich, dass ich nichts gegen das Nahende tun kann. Die Situation ist aussichtslos, wieso soll ich meine Zeit hier dann noch unerfreulicher machen?

Im Geheimen, wenn niemand mich hören oder sehen kann, bete ich jede Nacht, dass ich freikomme. Dass es mir gelingt, aus diesem Kreislauf auszubrechen.

Daran glauben tue ich allerdings nicht.

Silas hockt mit ausgestreckten Beinen auf dem Rasen neben der Bank, auf der ich sitze, und schlürft seine Suppe. Ich hasse es, wenn er das tut, und gerade deswegen schlürft er umso lauter.

»Es nervt!«, fahre ich ihn an und könnte genauso gut mit dem Gras unter ihm reden. Er liebt es, mich auf die Palme zu bringen. Schmatzend grinst mich an und erntet einen ausgestreckten Mittelfinger meinerseits. Wir sind gleich alt, und damit gehören wir zu den Ältesten in *Wonderland.* Mit achtzehn nähert man sich mit jedem Tag der großen Auktion, in der man versteigert wird. Endlich hat er aufgegessen und seufzt zufrieden, während er sich den vollen Bauch reibt.

»Weißt du noch, wie es war?«, frage ich, den Blick melancholisch auf die spielenden Kinder gerichtet. Er stößt einen fragenden Laut aus.

»Na, als wir noch dachten, wir wären etwas Besonderes. Dass wir das Glück haben, ausgewählt worden zu sein.«

Er stößt genervt den Atem aus. »Es bringt nichts, sich ständig Gedanken darüber zu machen. Wir leben im Hier und Jetzt. Was war, ist vergangen. Genieß doch einfach, jetzt hier mit einem verdammt tollen Typen zu sitzen und dir die Sonne auf die Haut scheinen zu lassen.« Er legt sich rückwärts auf das Gras, streckt die Arme nach der Sonne aus und schließt die Augen. Für ihn ist das Thema gegessen und weil ich keinen Streit mit ihm anfangen will, gehe auch ich nicht näher darauf ein.

»Ich versuche es, du wundervoller, tollster und allergrößter, ähm …«

»Gott?«, schlägt er vor und öffnet ein Auge, um mich anzusehen.

»Genau – Gott.« Er genießt mein Kompliment, suhlt sich regelrecht darin. Als die Stimme einer unserer Aufseherinnen hinter uns ertönt, richtet er sich ruckartig auf.

»Da ist ja unsere liebste Babysitterin! Frau Seifert, wie geht es Ihnen heute?« Sie schnaubt verächtlich, was ihn nur noch breiter grinsen lässt. Mein Magen zieht sich zusammen. Wenn er sich nicht beherrscht, wird er dafür büßen, doch das kümmert Silas nicht. Um ehrlich zu sein, wünsche ich mir oft, dass auch ich mir weniger Gedanken machen würde. Nicht sofort spuren und tun würde, was von mir verlangt wird. In *Wonderland* wird Ungehorsam hart bestraft und diese Strafen fürchte ich mehr als die Regeln.

»Solltet ihr nicht längst im Unterricht sein?« Wir blicken beinahe gleichzeitig zur großen runden Uhr über dem Haupteingang und müssen feststellen, dass die Mittagspause schon seit einigen Minuten vorbei ist. Die Kinder dürfen weiterspielen, wir müssen schuften. In Wahrheit interessiert es Frau Seifert nicht im Geringsten, ob wir an dem Unterricht teilnehmen. Sie erledigt nur ihren Job und was aus uns wird, ist ihr völlig egal.

Silas salutiert übertrieben, und als Frau Seifert sich augenrollend umdreht und davonstampft, nimmt er die Hand von der Stirn, um sie mir zu reichen. Ein anderer hätte bei dieser Dreistigkeit einen Tag im Loch verbringen müssen. Ein Raum, in dem man mit der Dunkelheit und seinen Gedanken allein ist. Silas hat jedoch längst begriffen, dass manche Aufseherinnen ihm mehr durchgehen lassen als anderen. Er ist eben ungeheuer charmant und wickelt sogar sie um den Finger.

Gemeinsam laufen wir bis vor die Trainingshalle und verabschieden uns, verabreden uns jedoch für den Abend in meinem Zimmer. Nach dem Mittagessen beginnen für uns Mädchen die wichtigeren Stunden des Tages. Unsere Gruppe ist auf die Hälfte geschrumpft und während die anderen sich in kleinen Grüppchen aufwärmen, bleibe ich für mich. Früher habe ich ihnen vertraut, habe mich sogar mit einigen von ihnen angefreundet, doch als ich verstanden habe, dass wir Konkurrentinnen sind, habe ich mich zurückgezogen.

»Geht auf eure Plätze, Mädchen! Fiona und Ella fangen heute an!« Frau Clark deutet auf mich und das Mädchen neben mir und treibt uns zur Eile an, während wir uns auf den Weg zum Ring machen. Meine Laune sinkt von Sekunde zu Sekunde. Je näher ich dem Mittelpunkt der Halle komme, desto unruhiger werde ich. Ich muss es nur hinter mich bringen. Irgendwie.

An manchen Wochen trainieren wir bloß unsere Körper, gehen laufen, benutzen die Fitnessgeräte oder stemmen Gewichte, damit wir stark werden. Diese Woche arbeiten wir an unserer Kampferfahrung. Manchmal schaffe ich es, diese Stunden zu schwänzen, doch besonders oft ist mir das noch nicht gelungen. Ich verabscheue Gewalt, leider jedoch wird dies ein großer Teil meiner Zukunft sein. Und daran kann weder ich etwas daran ändern noch hat sonst irgendwer Interesse daran, mir zu helfen.

Mit elf Jahren wurden wir alle zusammengetrommelt und eingeteilt. Wir wurden getestet, und dann wurde entschieden, welcher Weg für uns der richtige sein würde. Worin unsere Stärken liegen und wo man diese am besten nutzen kann.

Die technisch begabten Kids wurden von da an in der Handhabung aller möglichen Maschinen ausgebildet. Sie sind später diejenigen, die auf die Insel ausgesandt werden, um die Filteranlagen zu reparieren oder instand zu halten. Soweit wir gehört haben, führen diese Kids ein vergleichsweise gutes Leben. Allerdings schaffen es nur wenige zu den Technikern.

Die zweite – und meiner Meinung nach schlimmste – Kategorie sind die Kurtisanen: In dieser Gruppe landen die Hübschesten von uns und ich bin dankbar, dass ich niemals dazugehört habe. Nicht einmal vor dem Unfall. Denn ihre Aufgabe besteht lediglich darin, Frauen und Männer sexuell zu beglücken. Die meisten landen in den Bordellen der *Kommune*. Der einzige Lichtblick für sie ist, dass *Aquas* sich häufig für einen aus dieser Gruppe entscheiden, bevor es so weit kommt. Ich frage mich, ob sie diese Welt noch mehr verabscheuen als ich. Es wäre ihnen nicht zu verdenken.

Und dann gibt es noch die dritte und vierte Fraktion, die allerdings meistens gemeinsam unterrichtet werden: die Kämpfer und Arbeiter. Es ist die größte Gruppe. Die, zu der auch ich gehöre. Wir werden körperlich gefördert, um später in Fabriken arbeiten oder an Kämpfen teilnehmen zu können. Es amüsiert die Menschen, uns in Arenen dabei zuzusehen, wie wir uns gegenseitig bluten lassen.

Eigentlich dachte ich, dass ich eher eine ganz normale Fabrikarbeiterin werde, doch Frau Clark ruft mich ständig in den Ring. Quält mich und verlangt, dass ich gegen meine Mitschülerinnen antrete. Dabei müsste sie längst mitbekommen haben, dass ich alles daransetze, keine *Fighterin* zu werden. Erst wenn wir *Wonderland* verlassen, wird uns mitgeteilt, zu welcher Fraktion wir schlussendlich gehören.

Ich klettere in den gepolsterten Ring. Der glatte Stoff klebt an meinen Beinen und Händen. Fiona steht bereit. Wartet nur darauf, dass auch ich so weit bin, bevor sie angriffslustig grinst. Nach einem letzten Blick auf Frau Clark, die mir mit grimmigem Gesichtsausdruck zunickt, atme ich ein letztes Mal tief durch und greife an.

Kapitel 02

Ella

Nachdem ich mich nach der letzten Stunde in Windeseile geduscht habe, ziehe ich meine Wasserkarte aus dem Scanner.

Jedem von uns steht nur eine genau bemessene Menge Wasser pro Woche zur Verfügung. Zögernd bleibe ich vor dem Spiegel stehen. Es ist der einzige Spiegel in ganz *Wonderland* und ich verfluche ihn für seine Existenz.

Früher konnte ich wie die anderen Mädchen stundenlang davorstehen und mich ansehen. Mich mit ihnen vergleichen und fragen, ob mein Aussehen reichte, damit ein *Aqua* mich auswählt. Ich glaube, dass meine Chancen gar nicht so schlecht standen. Zwar wäre ich keine Kurtisane geworden, dennoch gefiel es mir, wie meine langen blonden Locken das Blau meiner Augen strahlen ließen. Heute zieren dunkle Augenringe und ein Veilchen, das Fiona mir beim Training verpasst hat, mein Gesicht, doch früher hatte ich stets rosige Wangen.

Ich lasse den Blick weiter hinabwandern und zeichne die Erhebungen mit meinen Händen nach. Die Narben an Oberkörper und Armen, die deutlich härter sind als der Rest meiner Haut. Sie sind unübersehbar. Mein Hals verengt sich bei diesem Anblick.

Vier Jahre ist es jetzt her, dass ich zur Strafe für Widerworte in der Dunkelzelle im Verwaltungsgebäude saß und die Temperatur mit einem Mal rasant anstieg. Bis die Hitze unvorstellbar wurde. Als jemand meine Tür aufschloss, standen die Flammen bereits meterhoch. Das ganze Gebäude brannte und obwohl ich den Weg hinaus schnell fand, trug mein Oberkörper etliche Verbrennungen davon.

Jemand hatte das Hauptgebäude *Wonderlands* angezündet und bis auf mich kamen nur wenige mit dem Leben davon. Einige Tage nach dem Brand erzählte Silas mir, dass Rebellen in *Wonderland* eingedrungen und das Feuer gelegt hatten. Von offizieller Seite hieß es zwar, dass es ein Unfall war, doch das glaube ich bis heute nicht.

Obwohl ich nun mit den Narben leben muss, haftet die Hoffnung an ihnen, dass es Menschen dort draußen gibt, die gegen das System ankämpfen. Die an uns denken und uns retten wollen.

Ich ziehe meine alten Klamotten wieder an und bin schon auf dem Rückweg, bevor die anderen Mädchen auch nur die Wasserhähne abgestellt haben.

In unseren Schlafräumen dürfen wir eine Stunde bis zur Nachtruhe tun, was wir wollen. Solange wir nicht das Gebäude, geschweige denn das Gelände verlassen. Nachdem wir unseren Elternhäusern entrissen wurden, haben wir die Außenwelt nie wieder zu Gesicht bekommen. Ich kann mich an kaum etwas erinnern. Nur manchmal sehe ich das Lächeln einer Frau, höre in meinen Träumen ihre Stimme, rieche ihr Parfüm. Ich nenne sie Mama. Und jedes Mal, wenn ich darüber nachdenke, bildet sich ein Kloß in meinem Hals, weil ich sie nie wiedersehen werde.

Wonderland ist ein großer Gebäudekomplex, von außen schön anzusehen, doch im Innern ist davon nichts mehr zu erkennen. Umrundet von einem Gelände mit kleinen angelegten Wiesen, hätte man sich alles in allem wohlfühlen können, wäre da nicht die hohe Steinmauer mit dem Stacheldraht, die sich um das gesamte Gelände erstreckt. Es gibt nur ein einziges Tor und davor sind zu jeder Zeit Wachen postiert. Zu unserem Schutz. Natürlich …

Silas wartet bereits in meinem Zimmer auf mich. Bei jedem anderen wäre ich sauer, dass er mein Reich ohne mich betreten hat, nicht bei ihm. Denn er ist wie ein Bruder für mich. Zwischen uns gibt es keinerlei romantische Gefühle, was unsere Beziehung um einiges einfacher macht. Ich kenne genug verknallte Mädchen, die Jungs nicht mal ansehen können, ohne zu kichern und rot anzulaufen. Ich konnte das noch nie verstehen, in meinem Leben hat so was keinen Platz.

Silas liegt mit dem Rücken an der Wand auf meinem kleinen Bett und grinst mich von der Seite an, als ich die Tür hinter mir schließe.

Ich lehne mich mit geschlossenen Augen dagegen und atme tief durch. Das ist alles an Freiheit, was uns zusteht, und ich bin dankbar dafür. Ich habe mich niemals über mein Zimmer beschwert, denn im Gegensatz zu vielen anderen besitze ich den Luxus, ein Fenster zu haben. Wenn auch nur ein kleines.

Mit zwei Schritten bin ich bei ihm, stecke meine Schulsachen in die Kommode, in der ich meine wenigen Habseligkeiten verstauen kann, und lasse mich neben ihm auf die Matratze fallen.

»Na, wie war dein Tag?«, fragt Silas ironisch und kaut auf irgendetwas herum. Ich habe wirklich keine Ahnung, wo er andauernd etwas Essbares auftreibt.

»Ich hatte so viel Spaß wie schon lange nicht mehr. Und deiner so?« Ich spüre seinen Blick auf mir ruhen. Sofort hüpft er auf, kramt in meiner Schublade nach einer Salbe und verstreicht sie, sobald er wieder neben mir sitzt, über das Veilchen, das schmerzhaft pocht. Ich stoße scharf die Luft aus.

»Dann wird er bald zu dem besten Tag deines Lebens.« Grinsend tupft er weiter auf meinem Gesicht herum, während ich kritisch die Augen zusammenkneife. Es bedeutet nie etwas Gutes, wenn er so drauf ist.

»Was hast du vor?«, frage ich skeptisch.

»Heute Abend treffe ich mich mit den Jungs und du wirst mitkommen«, verkündet er feierlich und hebt den Daumen der rechten Hand. Er starrt mich an, als warte er darauf, dass ich in Jubelschreie ausbreche.

»Ich halte das für keine gute Idee.« Zwar will ich kein Spielverderber sein, aber nach der Ausgangssperre darf niemand von uns das Zimmer verlassen.

»Komm schon, Ella. Sei mal ein bisschen abenteuerlustig.«

»Was soll daran ein Abenteuer sein, erwischt zu werden?«

»Das Abenteuer besteht darin, eben nicht erwischt zu werden«, erklärt er augenzwinkernd und hüpft vom Bett. Bevor ich noch etwas erwidern kann, tänzelt er zur Tür und öffnet sie. »Zieh dein bestes Kleid an. Wir treffen uns in drei Stunden im Flur. Ich hole dich ab.« Mit einem breiten Grinsen schlüpft er hinaus und lässt mich mit meinen zwiegespaltenen Gefühlen allein zurück.

Sobald ich allein bin, versuche ich mich zu entspannen, was mir nur mäßig gelingt.

Als die Zeit, zu der wir eigentlich die Lichter ausschalten und zu Bett gehen sollen, gekommen ist, stehe ich auf und krame in meinem Schrank. Natürlich ziehe ich mich nicht um, denn so was wie mein ›bestes Kleid‹ gibt es nicht. Meine Klamotten sind zweckmäßig und sehen genauso aus wie die der anderen. Graue Hose, graues Shirt und feste Schuhe, die ich seit Jahren jeden Tag trage.

Frustriert, weil die Zeit nicht vergehen will, lasse ich mich aufs Bett fallen und zähle die Risse an der Decke. Vielleicht ist es besser, wenn ich hierbleibe. Ja, ich sollte Silas einfach absagen. Ich nicke mir selbst zustimmend zu. Ich werde mein Zimmer nur verlassen, um ihm zu sagen, dass er mich nicht noch einmal in so eine Situation bringen soll. Eigentlich müsste ich längst schlafen. Seufzend drehe ich mich auf den Bauch. Hätte er mich doch einfach nicht gefragt. Na ja, eigentlich hat er das ja auch gar nicht.

Der nächste Blick, den ich auf die Uhr riskiere, verrät mir, dass ich in zwei Minuten draußen sein soll. Doch bevor ich mich seelisch darauf vorbereiten kann, öffnet sich meine Zimmertür mit einem Ruck. »Du bist zu früh!«

»Eine Minute.« Er verdreht die Augen und hält mir die Hand hin. »Und jetzt komm!«

Ich sollte ihm am besten sofort sagen, dass ich nicht kann. Dass ich mich schlecht fühle. Doch dann beiße ich mir auf die Unterlippe und greife nach seiner ausgestreckten Hand. Was kann schon Schlimmes passieren?

Silas dirigiert mich zielsicher durch die Flure, hält zwischendurch inne, um sich zu vergewissern, dass wir allein sind. Sein Grinsen wird nach jedem erfolgreichen Blick breiter. Ich liebe seinen Optimismus, doch manchmal hat es den Anschein, als wäre alles nur ein Spiel, das es nur irgendwie zu überleben gilt.

Als er vor einem der Abstellräume stehen bleibt, sehe ich ihn verdutzt an.

Silas lacht leise. »Schau nicht so! Wir können ja wohl kaum irgendwo hin, wo jeder einfach so vorbeikommt.«

Schnell greift er an mir vorbei und schiebt mich durch die nun geöffnete Tür in das dunkle Zimmer. Hinter einem Stapel alter Bücher entdecke ich bei genauerem Hinsehen einen schwachen Lichtschein.

Nebeneinander gehen wir auf eine Gruppe von fünf Jungs zu, die im Kreis auf dem Boden sitzen. Eine kleine Taschenlampe liegt in ihrer Mitte und dient als einzige Lichtquelle. Silas begrüßt die fünf einzeln mit einem Handschlag und lässt sich dann auf einen freien Platz fallen. Ich hingegen hebe nur die Hand und setze mich neben ihn.

Meine Haut prickelt, während ich die Minuten zähle, die ich jetzt schon meine rebellische Seite auslebe. Vielleicht ist es nicht viel, keine große Leistung, hier zu sein, doch ist es mehr, als ich bisher in meinem ganzen Leben gewagt habe.

»Hast du Angst?«, fragt Josh neben mir.

»Ich weiß es nicht. Ein bisschen?« Diese Aussage ist die Untertreibung des Jahrhunderts. Jedes Geräusch lässt meinen Körper erstarren. Mein Herz rast wie ein gehetztes Karnickel in meiner Brust und ich habe das Gefühl, dass man jeden meiner Herzschläge im ganzen Gebäude hören kann. Langsam gewöhnen sich meine Augen an das schummrige Licht, weshalb ich auch sehe, wie sich Joshs Mundwinkel kurz nach oben ziehen. In seinen fast schwarzen Augen reflektiert sich das trübe Licht der Taschenlampe, sodass es aussieht, als lodere das pure Feuer in ihnen. Ich kenne ihn nicht wirklich, weiß jedoch, dass er ein hervorragender Läufer ist und Silas' bester Freund. Kaum zu glauben, dass ich ihn nie näher kennenlernen wollte. Er sieht ziemlich gut aus und wirkt wie ein netter Kerl. Seine dunkle Haut und die ebenso dunklen Augen fallen in *Wonderland* überall auf. Die meisten von uns sind gewöhnlich. Nicht so wie Josh. »Erst die Angst lässt uns wissen, wie es sich anfühlt zu leben.« Noch während ich mir eine kluge Antwort überlege, kramt Bobby, der Kleinste der Gruppe, etwas aus seiner Tasche und lenkt damit die Aufmerksamkeit aller auf sich.

»Wo hast du die her?«, stößt Silas leise hervor und ist mit einem Satz aufgesprungen und hat Bobby die dunkle Glasflasche aus der Hand geschnappt. Mit beiden Händen hält er sie umklammert wie einen wertvollen Schatz und dreht sie so vor dem Schein der Lampe, dass er die Schrift auf dem Etikett erkennen kann.

»Aus dem Zimmer der alten Palmer.« Wenn Bobby lächelt, verzieht sich nicht nur sein Mund, sondern sein komplettes Gesicht. Seine Augen sind unter den hochgezogenen Wangen kaum noch zu erkennen. Unwillkürlich muss ich lächeln, während ich die Jungs beobachte.

»Du Fuchs!«, lacht Silas, während seine Finger wie von selbst den Drehverschluss öffnen und die Flasche an seine Lippen führen. Fasziniert lasse ich den Blick über ihn und die anderen Jungs wandern, deren Blicke wie gebannt an der Flasche hängen. »Das ist Leben«, seufzt Silas und lässt sich zurück auf seinen Platz fallen. Ein leises Lächeln stiehlt sich auf meine Lippen und wandert weiter zu meinem Herzen. Wenn das alles an Leben ist, was wir uns erkämpfen können, sollten wir uns glücklich schätzen und den Moment genießen. Nachdem die Flasche einmal im Kreis herumgereicht wurde, ist sie nur noch halb voll, als sie bei mir ankommt. Als wäre dies ein Experiment und ich das Versuchstier, ruhen die Blicke von sechs Augenpaaren auf meinem Gesicht. Josh nickt mir auffordernd zu und ich benetze kurz meine Lippen. Ein Kribbeln breitet sich darauf aus. Bevor mich der Mut verlässt, nehme ich einen tiefen Schluck, der mir heiß den Rachen hinabläuft.

Obwohl das Getränk bitter schmeckt und ich meinen Hustenreiz unterdrücken muss, sind die anderen offensichtlich zufrieden mit mir. Jetzt gehöre ich wohl zu ihnen. Nacheinander wenden sie sich ab, um miteinander zu tuscheln und leise zu lachen. Jeden Moment könnte jemand uns entdecken. Jeden Augenblick könnte dieser kleine Zufluchtsort auffliegen und wir würden mit voller Wucht zurück in die Realität katapultiert werden. Und dennoch würde ich diese Erfahrung für nichts eintauschen. Hier sein, obwohl es verboten ist. Alkohol trinken, geheime Treffen, allein diese Gedanken an Freiheit sind uns untersagt. Wir leben, um zu dienen. Das ist alles, woran wir denken sollen. Nachdem die Flasche ein zweites Mal an mich weitergereicht wird, kribbelt nicht nur mein Hals, sondern mein ganzer Körper. Das Blut in meinen Adern pulsiert heiß und schnell. Obwohl ich selbst nicht viel rede, lausche ich den gedämpften Gesprächen der Jungs.

»Habt ihr irgendetwas herausgefunden?«, fragt Ali, er ist der Größte von uns allen. Vielleicht ist er sogar der Größte in ganz *Wonderland*.

Wenn ich Silas' Gruppe nicht finden kann, muss ich bloß nach ihm Ausschau halten.

Bobby fährt sich mit dem Handrücken über die Lippen, ehe er die Flasche weiterreicht. »Einer der neuen Wachen ist ein ziemlicher Schwätzer. Ich habe ihn provoziert, indem ich angedeutet habe, dass wir bald alle befreit werden, und schon hat er mir unter die Nase gerieben, dass die Rebellen noch nicht bis nach *Wonderland* vorgedrungen sind.«

»Idiot«, nuschelt Silas in den Flaschenhals und trinkt den letzten Schluck.

Ali schmunzelt. »Zumindest wissen wir jetzt, dass es stimmt. Es gibt sie wirklich.«

»Das wissen wir doch schon lange.« Einer der Jungs, dessen Name ich vergessen habe, sieht alle nacheinander an, doch als er bei mir ankommt, wendet er schnell und betreten den Blick ab. Mit einem Mal ist das warme Gefühl vom restlichen Abend verpufft und ich erinnere mich wieder, wieso ich keine Freunde haben will. Sie glauben stets, sich dafür entschuldigen zu müssen, dass ich in diesem Feuer saß und nicht sie. Dass ich die Narben habe und ihre Haut nach wie vor glatt ist.

»Es gab bisher keine Beweise, dass sie noch für uns kämpfen.«

Als wäre die Tatsache, dass es Menschen gibt, die sich für uns einsetzen, das Einzige, was zählt, legt sich ein andächtiges Schweigen über die Anwesenden. Jeder für sich denkt darüber nach, was das bedeutet.

»Was würdet ihr tun, wenn ihr frei wärt?«, fragt Bobby nach einer Zeit, die mir wie eine Ewigkeit vorgekommen ist.

»Ich würde schwimmen lernen«, platzt es aus Silas heraus.

»Ich würde mir Land beschaffen und die besten Kartoffeln anpflanzen. Und Möhren. Und alles andere, was nach irgendetwas schmeckt!« Bobbys Augen verdrehen sich verzückt und alle lachen gedämpft.

Bevor ich überhaupt merke, dass ich etwas sagen will, entschlüpft mir mein Gedanke. »Ich würde mir einen sicheren Ort suchen und glücklich werden.« Alle sehen mich an, wechseln einige Blicke und nicken zustimmend. Das ist es. Das ist, was wir uns wünschen. Alles andere ist zweitrangig.

Als Silas aufsteht, um sich mit Ali zu unterhalten, nimmt Josh seinen Platz ein. »Wieso bist du vorher nie mit Silas hergekommen?«

Ich überlege und versuche mir eine plausible Ausrede einfallen zu lassen, entscheide mich dann doch für die Wahrheit. »Ich schätze, ich kann nicht so gut mit Menschen umgehen.«

Er nickt mit verkniffenem Gesicht, als würde er verstehen. Dann lässt er den Blick über mich wandern, ehe er mich wieder lächelnd ansieht. »Du siehst hübsch aus.«

»Ich sehe wie immer aus«, antworte ich.

»Na, dann siehst du eben immer hübsch aus.«

»Okay.«

Und schon setzt eine unangenehme Stille ein und ich wünschte, ich wäre besser darin, Konversation zu betreiben. Viele Sätze fühlen sich schlichtweg unwichtig an. So als mache es keinen Unterschied, ob sie gesagt werden oder nicht. Als ich den Blick meines besten Freundes auf mir spüre, sehe ich zu ihm hinüber. Er schürzt die Lippen und gibt mir mit einem Zeichen zu verstehen, dass er mich unter vier Augen sprechen will. Kurzerhand entschuldige ich mich bei Josh und gehe auf Silas zu, der mich sofort am Ellenbogen berührt und tiefer in den Raum führt. Hier ist es dunkler, sodass ich über einen Stuhl stolpere. Ich will mich gerade beschweren, als er mich zurückhält. Wegen der Taschenlampe erkenne ich sein Gesicht nur schemenhaft, kann dennoch ganz deutlich die Falten auf seiner Stirn sehen.

»Josh mag dich. Hab doch mal ein bisschen Spaß«, flüstert er eindringlich und deutet mit einer Handbewegung auf Josh, der gerade ein wenig verloren in der Gegend umhersieht.

Seufzend wende ich mich wieder meinem besten Freund zu, doch ehe ich etwas sagen kann, fährt er fort: »Du hast Angst, das weiß ich. Es gibt nichts, wovor du keine Angst hast, Ella.«

Obwohl ich es nicht zugeben würde, verletzt mich seine Aussage, da sie wie eine Kritik an mir klingt. Ich versuche, mir die Kränkung nicht anmerken zu lassen, als ich das Kinn recke und ihm fest in die Augen sehe. »Das ist keine Angst. Das ist reine Vorsicht.«

Gerade als ich mich an Silas vorbeischieben und zu Josh gehen will, ertönt eine aufgebrachte Stimme. Silas greift geistesgegenwärtig nach meiner Hand, zieht mich hinter einen hochgestellten Tisch und positioniert uns so dahinter, dass wir zwar etwas sehen können, wir im Gegenzug jedoch nicht sofort entdeckt werden.

»Was zur Hölle ist hier los?«, knurrt ein Mann, den ich als einen der Wachen identifiziere. Er ist nicht besonders groß, doch er ist einer von denen, die uns besonders hassen. Die Jungs zögern nicht lange und versuchen an ihm und seinem Kollegen vorbeizustürmen, doch zwei von ihnen werden geschnappt und zu Boden gedrückt. Sie strampeln wild um sich, versuchen die Männer mit ihren Beinen und Armen zu treffen, doch diese sind einfach zu stark. Der Kleine lacht dreckig, ehe er mit der Faust zuschlägt. Es ist Bobby, der dort liegt. Wie von Sinnen stürmt Ali auf den Kerl zu, um ihn von Bobby herunterzuziehen. Seine Fäuste treffen die Wache im Gesicht, doch im Bruchteil einer Sekunde wendet sich das Blatt. Der andere Kerl umklammert Alis Arme, reißt sie nach hinten, um sie am Rücken zu verschränken, und legt ihm Handschellen an. Ich schrecken zusammen und mache einen Schritt rückwärts, bis ich mit dem Rücken gegen die Wand stoße. Mein Herz rast in meiner Brust und meine Hände suchen nach etwas, woran sie sich festklammern können.

»Gib mir meinen Knüppel.« Ein gehässiges Grinsen entsteht auf dem Gesicht des Kleineren. Er freut sich auf das, was kommt, und mir versetzt allein sein Aussehen eine Gänsehaut. Die Fratze, die im trüben Licht nur noch schrecklicher wirkt. Seine Augen sind weit aufgerissen und dort, wo Ali ihn getroffen hat, schimmert es rot. »Und den Taser.« Sein Kollege lacht und reicht ihm den Knüppel, den die Wachen nur zu gern zur Schau stellen.

Ich will nicht zusehen, will nicht hinhören, kann die Schmerzensschreie jedoch nicht ausblenden. Um nicht laut aufzustöhnen, presse ich mir eine Hand auf den Mund. Silas dreht mich um, sodass ich nichts mehr sehen kann, und presst mich an sich. Sanft streicht er mir mit kreisenden Bewegungen über den Rücken, obwohl sein eigener Körper gespannt wie eine Sehne ist. Der Wachmann grölt, als nun sein Kollege ausholt und auf einen der am Boden liegenden Jungen einschlägt. Silas atmet schnell und abgehackt, ebenso wie ich, doch unsere Körper stehen derart unter Strom, dass wir es schaffen, uns nicht zu rühren.

Erst als die Stimmen sich langsam entfernen, kann ich wieder durchatmen.

»Schnell! Wir müssen zurück«, flüstert mein bester Freund, tritt einen Schritt hinter dem Tisch hervor und zieht mich mit sich hinaus.

»Was machen sie mit ihnen?«

Silas antwortet nicht. Und das ist beinahe noch schlimmer.

In *Wonderland* bricht man keine Regeln.

Den folgenden Tag bringe ich nur schwer hinter mich. Ununterbrochen denke ich an Ali und Bobby. Wir hätten genauso gut an ihrer Stelle sein können. Jedes Mal, wenn ich an einem der Wachen vorbeikomme, verspanne ich mich und befürchte, dass ich doch noch festgenommen werde. Was, wenn sie uns doch gesehen und erkannt haben?

Erst nach der letzten Stunde erlaube ich mir durchzuatmen. Vielleicht war ja alles nur halb so schlimm. Vielleicht wurden sie ja sofort wieder freigelassen. Im gleichen Augenblick, in dem ich den Gedanken beendet habe, erkenne ich, dass er nicht stimmt.

Als ich mit hängenden Schultern in mein Zimmer schlurfe, wartet Silas schon auf mich. Matt lächelnd sitzt er auf meinem Bett und beobachtet jede meiner Bewegungen. In der Mittagspause habe ich mir mein Essen geschnappt und mich in eine ruhige Ecke verzogen, in der ich für mich allein war. Ich konnte und wollte ihn und die anderen Jungs einfach nicht sehen.

»Das gestern Abend war keine gute Idee. Ich konnte heute kaum die Augen aufbehalten.« Seufzend lasse ich mich auf mein Bett neben ihn fallen und vergrabe das Gesicht im Kissen. In derselben Sekunde könnte ich einschlafen. »Weißt du, was mit den beiden passiert ist?«, frage ich und wage es nicht, ihn anzusehen.

Silas stößt die Luft aus seiner Lunge. »Sie müssen einen Monat ins Loch.« Einen Monat. Mir wird schlecht und ich muss all die Gedanken daran, was ich bereits in diesen Zellen durchgemacht habe, verdrängen. »Dennoch würden wir es wieder machen.«

»Wieso?«, frage ich flüsternd.

»Weil wir unser Recht auf Freiheit niemals aufgeben werden.«

Ich antworte nicht und bin mir sicher, dass er auch gar keine Antwort von mir erwartet. Silas und diese Jungs sind mutiger, als ich es jemals war und jemals sein werde. Ich beneide sie darum.

Nach einer Weile, in der niemand etwas sagt, spüre ich seine Hand auf meinem Arm.

»Ella?« Silas Stimme ist ruhig, allerdings kann ich das Zögern hören und weiß sofort, was kommt. Wenn man so viel Zeit miteinander verbringt, lernt man den anderen besser kennen als sich selbst.

»Hm?«, mache ich und setze mich sofort auf, um ihn anzusehen.

»Sollten wir nicht mal ...«, er stockt und kratzt sich am Nacken, weil er genau weiß, wie sehr mir das folgende Thema missfällt. »Na, du weißt schon. Wir sollten mal Klartext sprechen. Bald bin ich weg und ich mache mir Sorgen um dich.«

Ich schließe die Augen. Daran will ich überhaupt nicht denken. Weniger meinetwegen – ich komme schon klar. Aber Silas ist der Übernächste auf der Liste. Bald wird er *Wonderland* verlassen müssen. Mein Magen zieht sich schmerzhaft zusammen.

»Ich komme schon klar. Ich kann kämpfen. Und ich habe doch einige Freundinnen hier, mit denen ich deine Abwesenheit feiern kann.«

Er stößt ein lautloses Lachen aus. »Nur weil du bei anderen Mädchen am Tisch sitzt und ihr einige Worte miteinander wechselt, seid ihr noch lange keine Freunde. Du brauchst mehr Bezugspersonen als nur mich, das habe ich dir schon oft gesagt!«

Er knufft mich in den Oberschenkel, was mich bloß die Augen verdrehen lässt. Er versteht nicht, wieso ich allein besser zurechtkomme. Damals habe ich sogar versucht, Silas loszuwerden. Es erschien mir sinnvoller, ihn sofort von mir zu stoßen, als ihn irgendwann zu verlieren. Silas jedoch hat sich nicht abwimmeln lassen. Er ist wie eine Klette, die man abzieht, wegschmeißt, sie irgendwie doch wieder an einem hängen bleibt. Er hat mein Leben ein bisschen weniger einsam gemacht.

Ich erinnere mich an den Tag, an dem ich Silas kennengelernt habe. Obwohl ich schon mein Leben lang ziemlich gut darin war, mich aus allen Schwierigkeiten herauszuhalten, hatten ein paar Mädels es geschafft, mich in die Enge zu treiben. Silas war wie aus dem Nichts aufgetaucht und verteidigte mich, ohne mich zu kennen. Ich fiel ihm um den Hals und er schwor mir, auf mich aufzupassen, genauso wie ich ihm geschworen habe, bei ihm dasselbe zu machen. Zehnjährige Mädchen können so bissig sein und zehnjährige Jungs so heldenhaft. Silas war von da an derjenige, der mich beschützt hat. Sogar dann, wenn ich allein klargekommen wäre.

»Ich bleibe auch nicht mehr lange hier, das weißt du. Solange werde ich es schon allein schaffen. Diese eine Woche.«

»Was soll das heißen?« Er stupst mich lächelnd an. Allerdings erreicht das Lächeln seine Augen nicht. Ihn beschäftigt noch etwas anderes.

»Was ist los?«, frage ich so einfühlsam, wie es mir möglich ist.

Er senkt den Blick auf seine Beine, sein Kiefer spannt sich an. »Ich würde einfach gern wissen, wo ich lande. Ich würde gern mitentscheiden – wenn ich schon mein Leben lang ackern muss, will ich zumindest entscheiden, für wen.«

Obwohl er mit seinem braunem, etwas längerem Haar, den dichten Wimpern und den Grübchen ebenso gut ein Kurtisan hätte sein können, ist Silas in derselben Gruppe wie ich. Ich danke Gott, dass Frau Clark ihn unbedingt in ihrem Team haben wollte. Die Lehrer können entscheiden, welcher Schüler wo eingeteilt wird. Sie sind es also genau genommen, die über unsere Zukunft entscheiden.

»Was macht das für einen Unterschied?«, frage ich und die Einfühlsamkeit ist aus meiner Stimme verschwunden. Obwohl ich verstehe, was er meint, und selbst denke, dass es nicht überall gleich sein wird, können wir nichts an unserem Schicksal ändern.

Egal, wo wir enden, wir werden im Endeffekt Gefangene sein.

»Hoffst du nicht auch, dass du einen Platz bekommst, an dem du noch die Sonne auf der Haut spüren darfst? An dem du dich frei bewegen kannst?«

Ich antworte nicht, weil ich nicht weiß, was ich sagen soll. Eigentlich ist es jetzt an mir, ihm Hoffnung zu machen. Ihm zu sagen, dass alles gut wird – so wie er es mir sonst sagt, aber ich kann mich nicht einmal selbst davon überzeugen. Wir haben von Stahlfabriken gehört, bei denen man niemals das Sonnenlicht sieht. Im Gegenzug gibt es Privathaushalte, die vergleichsweise gut mit einem umgehen.

»Du bekommst einen super Platz bei einem Aqua. Du siehst gut aus, bist unglaublich charmant und stark. Sie wären dumm, wenn sie dich ziehen lassen würden.« Meine Stimme klingt matter, als ich will.

Ich will ihm Mut machen, doch mein Versuch ist von vornherein zum Scheitern verurteilt.

Dreihundert Schüler. Jedes Jahr kommen neue hinzu. Silas lächelt und wirkt ein wenig hoffnungsvoller. Vielleicht bin ich doch überzeugender, als ich dachte. Oder es liegt daran, dass ich nicht gelogen habe. Silas hat wirklich alles, worauf die *Aquas* Wert legen.

»Also, wie sieht's mit einem Schlachtplan aus?«, fragt er und kommt damit wieder auf das Ausgangsthema zurück.

»Also«, äffe ich ihn nach. »Es gibt nichts zu besprechen. Wir genießen die nächste Woche und wenn du weg bist, werde ich mich schon durchschlagen.« Ich will nicht Lebewohl sagen und mir auch nicht eingestehen, dass er gehen muss. Ein Gespräch darüber wäre nur ein Eingeständnis, dass wir nicht daran vorbeikommen.

Kapitel 03

Ella

Seit ich Silas in dieser Nacht begleitet habe, verbringe ich mehr Zeit mit ihm bei seinen Freunden. Weil mein Unterricht heute länger gedauert hat, sitzen schon alle am Tisch, als ich nach der letzten Stunde in die Kantine komme. Niemand von ihnen sagt ein Wort. Ihre Köpfe sind gesenkt, die Haltung gebeugt. »Was ist los?«, will ich alarmiert wissen, als ich mich neben Silas niederlasse.

»Josh wurde gestern Abend abgeholt«, erklärt Ali, während er auf seinem Teller herumstochert, um die Gabel schlussendlich komplett wegzulegen und den Teller von sich zu schieben. Bestürzt reiße ich die Augen auf und sehe meinen besten Freund an. Dieser hat sein Essen nicht einmal angerührt. Obwohl ich weiß, dass ihn nichts aufmuntern kann, will ich ihm etwas Trost spenden und greife nach seiner Hand. Sie ist kalt und liegt bewegungslos in meiner.

Bobby versucht zu lächeln, doch seine Augen erreicht es nicht. »Ich habe noch etwas von dem Schnaps. Treffen wir uns heute Nacht und stoßen auf ihn an?«

»Ich bin nicht in der Stimmung.« Silas' Stimme klingt matt und müde. Wieso hat er mir nicht schon heute Morgen gesagt, was los ist? Seufzend steht er auf und nickt mir zu. »Komm, Ella, wir verziehen uns.«

Den ganzen Abend verbringen wir weitestgehend schweigend auf meinem Bett und starren aneinandergelehnt den Boden vor uns an. Es bricht mir das Herz, ihn so aufgelöst zu sehen. »Kann ich dich irgendwie aufmuntern?« Hilflos sehe ich ihn an, doch er blickt nicht hoch.

»Nein. Ich bin der Nächste. Es ist nur eine Frage der Zeit, bis sie meinetwegen wiederkommen. Da kannst nicht einmal du mir helfen.«

»Bis dahin können wir …« Als meine Zimmertür von außen aufgerissen wird und ein hochgewachsener Mann im Türrahmen steht, erstickt es meinen Satz im Keim.

»Was wollen Sie?« Silas, der bis eben noch halb tot wirkte, ist jetzt bei vollem Bewusstsein. Im Sekundenbruchteil springt er vom Bett und baut sich schützend vor mir auf.

»Ich habe ihn!«, ruft die uniformierte Wache ihrem Partner auf dem Flur zu, der kurz darauf neben ihr auftaucht und nicht weniger angsteinflößend aussieht. Er fixiert mich mit einem Blick, der mir das Blut in den Adern gefrieren lässt.

Der zweite Mann kommt direkt auf uns zu und packt meinen besten Freund am Arm. Wie versteinert sehe ich dabei zu, wie sie ihn aus dem Zimmer zerren. Erst als Silas ruft, dass alles gut werden wird, erwache ich aus meiner Trance.

»Lassen Sie ihn los!« Ich springe vor und schlage entgegen meiner Natur mit den Fäusten auf den Arm des Wächters ein, der meinen besten Freund fest gepackt hält. Der Mann schüttelt mich ab und ich lande wieder auf dem harten Bett. Silas wirft mir einen qualvollen Blick zu. Sein Gesicht verfärbt sich rot und sein ganzer Körper beginnt zu zittern. So habe ich ihn noch nie erlebt. Und es macht mir höllische Angst.

Die drei sind bereits an der Tür angelangt, als ich ihnen mit geballten Fäusten hinterherlaufe.

Der Mann dreht sich schnaubend zu mir um und verpasst mir mit der freien Hand eine Backpfeife. »Lass mich meine Arbeit machen!« Keuchend presse ich eine Hand gegen den Schmerz, der über die ganze Fläche meines Gesichtes verläuft.

»Fass sie nicht noch einmal an!«, zischt Silas zwischen zusammengepressten Zähnen. Sein Beschützerinstinkt ist geweckt und ich kann die kleine Falte an seiner Stirn sehen, die nur sehr selten zum Vorschein kommt.

Er windet sich unter dem Griff des Mannes und ich weiß, er wird sich irgendwann befreien können, doch das lassen die Wachen nicht zu. Sie reißen an ihm und er folgt ihnen widerwillig. Der Flur ist mir noch nie so unendlich lang vorgekommen. Die grauen Wände rasen aufeinander zu. Bei jedem Schritt, mit dem sie ihn weiter von mir entfernen, falle ich etwas weiter in mich zusammen. Während ich ihnen nachsehe, dreht er sich um und ich erkenne die Angst in seinen Augen.

Das ist der Moment, in dem ich realisiere, dass ich ihn womöglich nie wiedersehen werde.

Seit Silas weg ist, fühle ich mich so einsam wie noch nie. Ich frage mich, wie es ihm geht, denke an all die kleinen Dinge, mit denen er mir auch den schlimmsten Tag versüßt hat – und dass das nun weg ist. Es ist schwer, nicht in Selbstmitleid zu versinken. Vor allem, wenn man niemanden hat, der einem wieder heraushilft. Seine Freunde hätten meine werden können, doch jetzt fühlt es sich falsch an, mich zu ihnen zu setzen. Jetzt … wo er weg ist. Nur quälend kann ich mich Tag für Tag aus meinem Bett erheben, um die Unterrichtsstunden über mich ergehen zu lassen.

Ich versuche mich so gut es geht in meinem Zimmer zu verschanzen, doch eine Woche fühlt sich an wie ein ganzes Leben, wenn die Tage ineinander verschwimmen. Wenn deine Welt sich auf sechs Quadratmeter beschränkt und du nicht weißt, was dir mehr zusetzt – der Wahnsinn, der droht, wenn du dortbleibst, oder die ständige Einsamkeit, wenn du sie verlässt.

Das Ticken der Uhr zieht sich in die Länge. Tick, tack. Tick, tack. Seit Stunden liege ich wach und obwohl es längst Zeit zum Aufstehen sein müsste, zeigt der Wecker unverändert fünf Uhr an.

Ich brauch ein wenig frische Luft, also steige ich aus dem Bett und schlüpfe in meine Schuhe.

Die Lichter im Flur sind noch aus, keine Menschenseele weit und breit. Der Wind drängt sich unter der Tür hindurch und jagt durch den schmalen Gang. Er ist der Einzige, der freiwillig hier eindringt. Das Quietschen der Türscharniere kommt mir in dieser ungewohnten Stille viel lauter vor und ich rechne jeden Moment damit, dass jemand aus seinem Zimmer stürmt. Nichts regt sich.

Draußen ist es kälter, als ich dachte, doch die Brise, die mir um die Ohren weht, ist tröstlicher als alles andere. Sie trägt meine trüben

Gedanken mit sich fort und hinterlässt eine wohlige Leere. Es duftet nach frischen Blumen und Tau. Der Frühling wird sich bald verabschieden, um dem Sommer Platz zu machen.

Ich habe kein Ziel im Auge, laufe willkürlich umher und versuche mich an einen anderen Ort zu träumen. Auf meinem Weg entdecke ich zwei kleine Vögel, die vergnügt in einer Pfütze baden. Sie zwitschern sich gegenseitig an, bevor sie sich in die Luft erheben. Sie tanzen im Wind. Tauchen hinunter, um mit der nächsten Böe wieder aufzusteigen. Das Schauspiel zaubert mir ein Lächeln auf die Lippen und ich weiß, das ist die vollkommene Schönheit der Natur. Ich lasse mich auf den Boden sinken und umklammere meine Knie, während ich ihnen weiter zuschaue.

Ich weiß nicht, wie lange ich auf dem feuchten Gras sitze, den beiden zusehe und meine Kräfte wieder sammle. Doch als ich aufstehe, kribbeln meine Beine. Ich wische die an mir klebenden Grashalme ab und mache mich wieder auf den Weg zurück. In Gedanken bin ich noch bei den Vögeln, die so friedvoll ausgesehen haben, als ich etwas höre.

»Komm schon, meine Hübsche. Das letzte Mal hat es dir doch auch gefallen.« Mein Blut gefriert zu Eis, als ich die raue Stimme erkenne. Es ist Chuck. Jeder hier hält sich von ihm fern.

Ich presse mich mit dem Rücken gegen die kalte Wand und schließe die Augen. Ich muss weitergehen. Einfach zurück in mein Zimmer. Das Mädchen wird schon mit ihm zurechtkommen. Nach zwei tiefen Atemzügen stoße ich mich von der Wand ab und laufe los. Wenn ich ihr helfen würde, würde ich riskieren, wieder eingesperrt zu werden. Mir wird schlecht, als ich sie schluchzen höre, und mein Herz rast so schnell, als würde es am liebsten aus meinem Körper herausspringen.

»Lass sie los!«, rufe ich und bin überrascht, wie stark meine Stimme klingt. Ja, ich hätte umdrehen sollen. Ja, ich hätte mich raushalten sollen, um mich selbst zu schützen, doch so bin ich nicht. So will ich nicht sein. Chuck löst sich und macht einen erschrockenen Schritt von dem Mädchen zurück. Offenbar hat er eine der Aufseherinnen erwartet, denn als er mich sieht, grinst er nur frech über das ganze Gesicht.

»Na, sieh mal einer an. Willst du uns Gesellschaft leisten?« Er greift nach dem Arm des Mädchens und zieht es so fest an sich, dass es aufschreit. Das Haar fällt ihr übers Gesicht, sodass ich nicht erkenne, wer sie ist.

Ich erstarre und alles in mir drängt mich dazu, einen Schritt zurückzumachen, doch dann denke ich an Silas und daran, dass er mich damals auch einfach hätte im Stich lassen können. Ich sehe mich um und mein Blick bleibt an einem Werkzeugkasten hängen. Genau genommen an seinem Werkzeugkasten. Chuck ist dafür zuständig, dass hier alles instand gehalten wird. Bevor ich es mir anders überlege, sprinte ich zu dem Kasten, schnappe mir das Erstbeste, was ich erwische, und schlage damit nach ihm.

»Au!«, ruft er, lässt den Arm des Mädchens los, das sofort davonrennt und mich mit diesem Monster allein lässt. »Du kleine Schlampe! Das wirst du noch bereuen!«

Er macht einen Satz auf mich zu, sodass er direkt vor mir steht, und legt seine großen Hände um meinen Hals. Bevor ich reagieren kann, schlägt er meinen Kopf rückwärts gegen die Wand.

Ich werde sterben.

Blitze zischen durch meinen Schädel und ich schaffe es nicht, einen weiteren Atemzug zu machen. Er schmettert mich erneut gegen die Wand. Mein Körper beginnt zu zittern und sein Gesicht verschwimmt. Als ich bereits damit rechne, dass der nächste Stoß mein Todesurteil sein wird, lässt er von mir ab und ich falle wie ein Getreidesack zu Boden.

»Sie hat mich angegriffen! Ich musste mich verteidigen!«, höre ich ihn sagen. Jemand antwortet, während meine Welt weiter und weiter vor meinen Augen verschwimmt.

»Ist das wahr?«

»Ja. Sie glauben doch eher mir als einer von denen, oder?« Die Stimmen entfernen sich. Werden leiser wie ein Rauschen.

»In die Dunkelzelle mit ihr!«

Erbarmungslos zieht mich jemand vom Boden hoch. Achtet nicht auf meine Schmerzensschreie – gebe ich überhaupt irgendwelche Laute von mir? – und schleppt mich mit festem Griff bis vor eine der Dunkelzellen, in die er mich ohne ein weiteres Wort hineinschubst und die Tür hinter mir schließt.

Vergeblich versuche ich die Übelkeit abzuwerfen. Der Geruch von Urin und Schweiß liegt in der Luft. Ich habe keine Ahnung, wie lang ich hier drin bleiben muss, doch Zeit ist in dieser absoluten Dunkelheit ohnehin bedeutungslos. Stunden kommen einem wie Wochen, Tage oder gar Monate vor. Zitternd und vom Ekel geschüttelt lasse ich mich an einer Wand hinabgleiten. Ich konzentriere mich auf meine Atmung, merke trotzdem, wie ich allmählich wegdrifte.

Als ich die Augen wieder aufschlage, erwartet mich ein alles verschlingendes Schwarz, doch ich muss nicht lange in ihm verharren. Die Übelkeit kriecht weiter in mir hoch, bis ich meinen Mageninhalt auf dem kalten Boden verteile und langsam wieder das Bewusstsein verliere.

Das nächste Mal jedoch bin ich halbwegs bei klarem Verstand, sodass ich beinahe in Panik ausbreche. Mein letzter Aufenthalt hier wurde zu einem Albtraum. Damals kam das Feuer. Meine Narben beginnen zu jucken und fühlen sich wieder an wie damals. Ich umklammere meinen Hals, weil ich keine Luft mehr bekomme. Weinend wiege ich mich vor und zurück. So lange, bis sich die Tür endlich wieder öffnet. Zwar ist das Licht viel zu grell, doch ich krieche so schnell wie möglich dem rettenden Ausgang entgegen.

Nachdem mich eine mir fremde Aufseherin rabiat in die Dusche gezerrt und meine restlichen Liter Wasser für die Woche aufgebraucht hat, dirigiert sie meinen müden Körper ohne ein Wort der Ermutigung wieder in mein Zimmer. Erschöpft und einsam verkrieche ich mich unter meiner Bettdecke und schluchze tränenlos in die kratzigen Laken.

Kapitel 04

Cole

Sobald sich genügend Wasser in meinen Händen gesammelt hat, tauche ich mein Gesicht hinein, halte den Atem an, empfange die Kälte, die meinen Verstand wiederbeleben soll.

Vier Stunden noch.

Ich rubble mir mit einem kratzigen Handtuch über die Haut. Meine Gedanken rasen.

Bald wird sich alles ändern.

Unsere Zeit ist gekommen.

Ich habe auch schon besser ausgesehen. Die Augenringe machen noch deutlicher, wie sehr mir die Situation zusetzt. Der Druck, die Hoffnung, die Angst zu versagen.

Alles ist vorbereitet. Der Augenblick, auf den ich so lange hingearbeitet habe – auf den wir alle so lange hingefiebert haben –, ist angebrochen.

Mein Herz schlägt schneller, wenn ich daran denke, dass sich nun alles bessern wird.

Und es liegt an mir, den ersten Schritt zu gehen.

Kapitel 05

Ella

Ich zwinge mich, die verklebten Augen zu öffnen. Das Licht ist zu grell, als es durch meinen Schädel jagt, sodass ich einige Sekunden brauche, um zu erkennen, wo ich mich befinde. Ich liege in meinem Bett und wage nicht zu atmen, weil jeder Atemzug mein Gehirn zum Explodieren bringt.

Was ist passiert?

Die Zimmertür öffnet sich zaghaft und ein Mädchen kommt zögerlich herein. Ich kenne sie flüchtig. Sie ist in meinem Jahrgang. Ich glaube, sie heißt Lucy. Sie ist eine Kurtisane, weshalb ich sie nur zu den normalen Unterrichtsstunden sehe und dort habe ich sie nur selten wirklich wahrgenommen.

»Hallo«, sagt sie mit dünner Stimme.

Ich atme einmal schmerzhaft durch beim Versuch, mich aufzusetzen. Lucy schließt die Tür hinter sich und setzt sich neben mich aufs Bett. Alles, was sie tut, tut sie so leise und vorsichtig, dass man sie glatt übersehen – und überhören könnte. Ich entdecke einen Eimer und einen Lappen auf dem Boden, den Lucy vorsichtig aufhebt. Mit zittrigen Fingern taucht sie ihn in das kalte Wasser. Ich halte den Atem an, als sie ihn auf meine Stirn legt und langsam über meine Stirn tupft.

»Tut mir leid.«

Ich will ihr sagen, dass alles in Ordnung ist und ich ihr dankbar bin, aber ich muss mich darauf konzentrieren, dass mein Zimmer aufhört, sich zu drehen. Erneut bricht mir der Schweiß aus und mir wird schwarz vor Augen. Schwer schnaufend stütze ich mich an meine Bettlehne und lasse Luft in meine Lunge strömen.

»Ich wollte dir danken«, flüstert sie.

Ich verziehe das Gesicht, um mich daran zu erinnern, was passiert ist, schaffe es jedoch nicht.

»Gern geschehen«, krächze ich trotzdem.

»Ich wollte nicht weglaufen. Ich wollte Hilfe holen, nur hatte ich zu große Angst. Chuck … und …« Ihre Hand zittert, sodass sie den Lappen liegen lässt und ihre Hände im Schoß vergräbt.

»Schon okay«, sage ich und meine es auch so. Obwohl ich nicht genau weiß, wie es dazu kam, dass mein Kopf sich anfühlt, als hätte man mit ihm Ball gespielt, kann es nichts Gutes bedeuten, dass Chuck etwas damit zu tun hat. Sie setzt zu einer Antwort an, wird dann jedoch durch die aufschlagende Tür unterbrochen.

Bitte nicht!

Im Türrahmen steht der gleiche Mann, der etwa eine Woche vorher Silas abgeholt hat.

»Los! Steh auf! Du weißt ja schon, wie das abläuft. Und heute stellst du dich gefälligst nicht so an!« Er klingt gelangweilt und genauso sieht er auch aus.

Mein Herz rutscht mir in die Hose. Bevor er meinen Arm greifen kann, erhebe ich mich und gehe auf ihn zu. Lucy sieht mich mit weit aufgerissenen Augen an. Ich versuche ihr tröstlich zuzulächeln. Aus irgendeinem Grund will ich ihr die Angst vor ihrem Abtransport nehmen. Dann nicke ich – was ein großer Fehler ist – und trete an ihm vorbei in den Flur.

Jeder Schritt jagt weitere Schmerzen durch meinen Schädel, doch diese Genugtuung will ich der Wache nicht geben. Sie lieben es, uns schwach zu sehen. Seltsamerweise habe ich keine Angst.

Einige der anderen Kinder und Jugendlichen sitzen im Hof, als ich erhobenen Hauptes an ihnen vorbeischreite. Meine Schmerzen versuche ich mir nicht anmerken zu lassen. Nie zuvor bin ich so sicher zur Mauer gelaufen – und nie kam mir der Weg länger vor. Im Sommer haben wir uns gern in ihrem Schatten versteckt, wenn die Sonne wieder unbarmherzig auf uns herabgeschienen hat.

An der Mauer angekommen, übergibt er mich wie eine Ware an einen Soldaten. Die Wachen gehörten früher ebenfalls der Armee an, wurden jedoch ausgemustert und dürfen sich aus diesem Grund nicht mehr dazuzählen. Der Soldat, der vor mir steht, trägt im Vergleich zu unseren Wachen eine elegantere Uniform. Und auch sonst sieht er gepflegter und zielsicherer aus. Er ist noch jung. Vielleicht ein bisschen älter als ich, sieht jedoch keineswegs weniger Respekt einflößend aus als seine Kollegen.

»Na, Kumpel? Deine erste Übergabe, hab ich gehört.« Der junge Mann nickt. Ein schiefes Lächeln liegt auf seinem Gesicht.

»Bin mal gespannt, ob sie genauso nett ist, wie sie aussieht.«

Der andere lacht dreckig. »O Cole, du wirst schon mit ihr klarkommen.« Er wirft mir noch einen letzten mahnenden Blick zu, bevor er verschwindet.

»Also, dann kann der Spaß ja losgehen.« Ich kann den Sarkasmus deutlich heraushören. Offenbar hat er genauso viel Lust auf diese Reise wie ich. Er legt mir eine Hand an den Rücken und lotst mich zu einem grauen, breiten Fahrzeug, das sich direkt vor der einzigen Pforte befindet, die aus *Wonderland* hinausführt.

Der einzige Ausgang.

Mein Herz rast regelrecht. Bald bin ich raus. Frei. Wenn auch nur für ein paar Tage. Mein Leben lang kannte ich nur das, was innerhalb dieser Mauern liegt. Zu sehen, was sich draußen befindet, grenzt an Freiheit. Drinnen können sie uns verbieten, an die übrige Welt und ihre Verlockungen zu denken, doch hier draußen ist das unmöglich. Endlich kann ich sehen, was alle anderen sehen. Riechen und fühlen, was mir bisher verwehrt wurde.

Er öffnet mir die Beifahrertür. Als ich mich endlich in das hohe Fahrzeug gehievt habe, knallt die Tür wieder zu und kurz darauf sitzt mein Fahrer neben mir und schaltet den Motor an. All die Geräusche schallen doppelt und dreifach in meinem Inneren nach. Aufregung, Angst und sogar ein wenig Hoffnung wühlen mein Inneres auf. Ich weiß, dass mich draußen kein Paradies erwartet, allerdings ist alles außerhalb dieser Mauern besser als *Wonderland.*

Die Tore öffnen sich. Ich kralle mich in das warme Leder unter mir. Auf diesen Zeitpunkt habe ich mein Leben lang gewartet.

»Beruhige dich! Sonst kippst du mir noch um.« Seine Stimme reißt mich wieder in die Gegenwart und ich versuche meine Atmung zu kontrollieren, konzentriere mich auf einen Fleck an der Windschutzscheibe.

»Alles in Ordnung?« Der Typ kneift die Augen zusammen, als er mich mustert. Ich schnaube. Falls er erwartet, dass ich in ihm etwas anderes sehen würde als das, was er ist, dann hat er sich geschnitten. Er kann sich noch so oft nach meinem Wohlbefinden erkundigen, ich kenne ihn. Ich kenne diese Kerle.

Mehr als einmal habe ich die Wachen beobachtet, die sich einen Spaß daraus gemacht haben, naiven Mädchen Hoffnung zu schenken. Wie sie ihnen erzählt haben, sie würden sie aus *Wonderland* herausholen. Nur damit sie am Ende doch so enden wie wir alle.

Als sich das Tor hinter uns schließt, fällt eine ungeahnte Last von mir. Ich fühle mich plötzlich um ein Vielfaches leichter. Schon nach den ersten Metern fühlt es sich an, als wäre ich in einer anderen Welt. *Wonderland* liegt im Wald. Versteckt vor den übrigen Bewohnern, und doch werden wir schon bald auf Zivilisation treffen. Im Unterricht haben wir alles über unsere Insel gelernt. Theoretisch weiß ich, wo wir sind, nur praktisch ist alles ganz neu.

Wonderland ist das einzige Gebäude in der Umgebung. Südöstlich von uns liegt das *Makoma-Gebirge*. Das größte Gebirge der Insel. Es verhindert, dass jemand unseren Standort von dieser Seite aus entdeckt. In die andere Richtung liegt kilometerweit nichts. Eigentlich befinden wir uns in *Paria,* dem Armen- und Fabrikbezirk, und doch ist *Wonderland* beinahe eine eigene Welt. Die Menschen sind durch eine Abgrenzung getrennt, die nur noch deutlicher macht, dass hier nicht jeder gleich ist. Falls irgendwem das noch nicht aufgefallen sein sollte.

Hinter der Grenze liegt die *Kommune*. Die Menschen, die das Privileg haben, von der Gesellschaft anerkannt zu sein. Ich bin mir sicher, dass niemand mehr weiß, wieso ausgerechnet er dazugehört oder verstoßen wurde. Doch auch hier gibt es Unterschiede. Schichten. Die *Aquas*, die Arbeiter und die Soldaten. Und im Kern natürlich das Anwesen der mächtigsten Frau der Insel.

Mit wachsamen Augen beobachte ich, sauge alle Eindrücke ein, nehme sie tief in mich auf, damit ich in dunklen Zeiten einen Lichtblick habe, an den ich mich erinnern kann. Ein meterhoher Baum, ein Wasserfall mitten im Wald, eine Lichtung. Ich spüre die Freiheit mit jeder Faser meines Körpers. Sie pulsiert durch meine Venen, lässt meine Muskeln vibrieren. Ich will laufen. Herumrennen. Alles entdecken und erobern. Doch am Ende ist auch das nur ein ferner Traum.

Auch nach mehreren Stunden hat meine Faszination nicht abgenommen. Ich erspähe in der Ferne eine Mauer. Die Grenze zur *Kommune*. Selbst wenn sie nicht unser endgültiges Ziel wäre, müssten wir sie durchqueren, um auf die andere Seite zu gelangen.

Langsam rollt der Wagen auf den vor einem Tor platzierten Wachposten zu. Mein Fahrer lässt das Fenster runter und reicht der Wache einen Passierschein. Nachdem der Mann ihn kontrolliert hat, gewehrt er uns Durchlass. Das alles geschieht ohne ein einziges Wort.

Die Umgebung verändert sich. Wo in *Paria* noch alles wild wuchert, macht hier sogar der Wald etwas her. Jeder Baum sieht gleich aus. Die Äste sorgfältig gestutzt und auch am Boden liegt kein einziges Blatt.

Etwa eine Stunde später verlangsamt sich der Wagen erneut und wir biegen in eine lange Einfahrt ein. Das Dröhnen in meinem Kopf ist seit unserem Aufbruch mit jeder Sekunde angestiegen und mittlerweile fällt es mir sogar schwer, meine Augen offen zu halten. Ich zwinge mich dazu, weil ich weiß, dass ich nicht viele Chancen habe, einen *Aqua* von mir zu überzeugen. Meine Hände werden feucht, und egal, wie oft ich sie an der Hose reibe, sie werden nicht trocken.

Die Stille im Auto ist alles verzehrend. Ich wage es kaum zu atmen, weil der Fahrer das als Aufforderung sehen könnte, mit mir zu sprechen, und das will ich unter keinen Umständen. Dennoch seufzt er irgendwann und wirft mir einen langen Blick zu. »Es tut mir leid, was du alles durchstehen musstest.«

Ich schnaube. »Das soll wohl ein Scherz sein, oder? Du hast kein Recht, mich zu bemitleiden!« Ich glaube, das sind die ersten Worte, die ich überhaupt mit ihm gewechselt habe. Meine Stimme hört sich seltsam dünn an.

»Ich verspreche dir, dass alles gut wird«, korrigiert er sich mit solch einer Überzeugung, dass ich mich fragen muss, ob er wirklich daran glaubt. Schnaubend wende ich mich wieder der Welt um mich herum zu. Was bedeutet für Menschen wie ihn, dass alles gut wird? Was für die einen Menschen ein Segen ist, kann für andere die Hölle sein. Es kann bedeuten, dass ein Herz schneller schlägt, während ein anderes aufgibt.

Meines wird nicht aufgeben!

Kaum haben wir die Wildnis, die wir seit Stunden durchqueren, verlassen, gerate ich in Versuchung, meine Wut zu vergessen. Der Anblick, der sich mir bietet, ist noch imposanter als die Bäume und die Gerüche, die eben noch herrschten. Vor mir erstreckt sich eine kilometerlange Straße. Nichts drum herum. Außer dem Wald hinter uns sind bloß die Fahrbahn und weite Wiesen, die uns umgeben, zu sehen. Sprachlos versuche ich die vollen Ausmaße dessen zu erfassen, was mir hier geboten wird. Das muss die Unendlichkeit sein. Etwas Weiteres, Größeres, Ehrfurchtsvolleres habe ich mir niemals erträumen lassen.

Der Horizont hat sich bereits rot verfärbt. Fassungslos starre ich auf die Farben, die der Himmel angenommen hat. Natürlich habe ich auch früher schon Sonnenuntergänge mit angesehen, so jedoch noch nie. Wir halten an.

»Es ist wunderschön, nicht wahr?«

Ich nicke wortlos. Mein Begleiter steigt aus, läuft um den Wagen herum und öffnet meine Tür. Im ersten Moment bin ich unsicher. Weiß nicht, ob ich tatsächlich aussteigen soll. Als ich mich genauer umsehe, verstehe ich, dass keinerlei Gefahr droht. Es besteht nicht die geringste Gelegenheit, abzuhauen.

»Willst du aussteigen?« Er hält mir lächelnd die Hand hin, doch ich ignoriere sie und springe aus dem Fahrzeug.

Ich stöhne auf, als ich hart aufkomme und der Schmerz mich erneut in Beschlag nimmt. Beim Anblick dieses Sonnenuntergangs verblasst er jedoch allmählich. Etwas so Schönes habe ich noch nie gesehen! Die Welt wird von einem Mantel aus verschiedenen Orange-, Rot- und Blautönen umhüllt. Über uns ziehen weiße Wolken ihre willkürlichen Bahnen und wirken dabei doch, als wäre alles vorbestimmt. Im perfekten Einklang passt alles zusammen, wie in einer Choreografie. Erst als die Farben sich vor meinem Auge vermischen und mir schwindelig wird, setze ich mich freiwillig wieder ins Fahrzeug, um die Augen zu schließen. Nur für einen Augenblick.

Kapitel 06

Cole

Die Straße liegt einsam vor uns und ich hoffe, dass es so bleibt. In diesen Zeiten ist es ungewöhnlich, andere Autos auf seinem Weg anzutreffen, doch nachts wagen sich manche Menschen hinaus. Ich bin wachsam, bemerke dennoch, dass etwas nicht stimmt. Ihre Brust hebt sich unregelmäßig und als ich sie genauer unter die Lupe nehme, sehe ich die Schweißperlen auf ihrer Stirn. Meine Aufgabe ist es, sie ohne Zwischenfälle zu dem vereinbarten Treffpunkt zu bringen, doch je länger ich sie ansehe, desto sicherer bin ich mir, dass ich die Erwartungen nicht erfüllen kann.

Ihr Mund steht ein wenig offen. Ihre Lippen sehen trocken und blass aus. Genauso wie ihre restliche Haut. Als sie vor einer Stunde eingeschlafen ist, habe ich mir nichts dabei gedacht, sie war völlig erschöpft. Jetzt jedoch werde ich aufmerksam. Ich parke mitten auf der Straße, stelle den Motor ab und beuge mich zu ihr hinüber, um ihren Puls zu fühlen. Er ist schwach. Ihr Atem geht ebenfalls zu flach. Ich werde unruhiger, da entscheide ich, sie zu wecken.

Vergebens.

Ihre Augen öffnen sich lediglich für einige Sekunden, ehe sie sich wieder flatternd schließen. Instinktiv biege ich in die nächste Einfahrt ein. Ich weiß, dass sich dahinter eine kleine Pension, in der wir uns eine Nacht ausruhen können. Ella sieht mit jeder Sekunde schlechter aus. Mit quietschenden Reifen parke ich den Wagen, werfe einen letzten Blick auf sie, ehe ich meine aussteige und vorauslaufe. Die schmale Metalltür öffnet sich mit einem Quietschen und kündigt mich an.

Eine magere Frau sieht von ihrem Essen hoch. »Wir brauchen ein Zimmer und einen Arzt.« Ihr Blick ist fragend, dennoch nicht zu neugierig, während sie mir einen Schlüssel reicht. Dann dreht sie mir den Rücken zu und zieht den Vorhang hinter sich zur Seite. »Gipsy! Geh den Doktor holen!«

Kapitel 07

Ella

Mir ist heiß. Ich öffne meine schweren Lider und blicke in glänzend braune Augen, die mich besorgt ansehen.

Ich will mich aufsetzen, doch der stechende Schmerz wirft mich zurück. Ein nasser Lappen fällt von meiner Stirn.

»Was ist mit dir passiert?« Er setzt sich zu mir aufs Bett, auf dem ich liege, und legt seine Hand auf meine. Ich habe keine Kraft, sie wegzuziehen.

»Ich weiß es nicht.«

»Ich hole dir Hilfe.«

»Hilfe?«

Er sieht mich traurig an. Vielleicht macht er sich ja wirklich Sorgen um mich. Er … Cole nickt. »Versprich mir bitte, dass du nicht wegläufst.«

»Okay.« In meiner Verfassung ist dieses Versprechen leicht zu geben, denn ich kann mich kaum regen, ohne von den Schmerzen erdrückt zu werden.

Cole schnappt sich eine Jacke und läuft zur Tür des Zimmers, in dem wir uns befinden. Kurz sieht er noch mal zu mir. »Sei mir nicht böse, wenn ich dir nicht glaube. An deiner Stelle würde ich versuchen abzuhauen.« Mit diesem Satz zieht er die Tür hinter sich zu und schließt ab.

Ich muss wieder eingeschlafen sein, denn als ich einen Schlüssel im Schloss höre, schrecke ich mit hämmerndem Herzen auf.

»Sie ist noch da, Doc. Ich hab dir doch gesagt, man kann sich auf sie verlassen.« Cole zwinkert mir zu und hinter ihm tritt ein stämmiger Mann mit Hut ein, der einen braunen, verschlissenen Koffer in der Hand hält. Sein weißer Bart bewegt sich leicht, als er mich anlächelt.

»Also schön, dann sehen wir uns mal an, was ihr fehlt.« Der Mann legt seinen etwas abgewetzten Lederhut auf eine Kommode, die neben dem Bett steht, und setzt sich zu mir an die Bettkante. Aus seiner Jackentasche kramt er eine winzige Taschenlampe hervor, mit der er mir abwechselnd in die Augen leuchtet.

»Ich muss ausschließen können, dass du eine schwere Gehirnerschütterung hast. In dem Fall müssten wir dich in ein Krankenhaus bringen. Dass du sprichst und bisher keine großen Probleme hattest, ist ein gutes Zeichen.« Gehirnerschütterung?

Mein Herz schlägt mir bis zum Hals.

Der Arzt sieht mich sorgenvoll an, dann kramt er in seiner Tasche und führt einige Tests an mir durch, um meine Motorik zu überprüfen.

»Kannst du dich an deinen Namen erinnern und warum du hier bist?« Ich nicke als Antwort.

»Wunderbar. Das, was ich sehe, ist nicht besonders besorgniserregend. Du hast eine leichte Gehirnerschütterung.« Vorsichtig beugt er sich vor und berührt mit seinen kalten Fingern eine Stelle unter meinen Haaren, die besonders schmerzt. »Wahrscheinlich durch einen festen Schlag. In wenigen Tagen müsste es dir besser gehen.« Der Alte nimmt seinen Hut von der Kommode und wendet sich an Cole. »Am besten weckst du sie diese Nacht hin und wieder, um zu überprüfen, ob sie nicht erneut ohnmächtig wurde.«

Er reicht Cole eine Packung, die Medikamente beinhaltet, verabschiedet sich und wünscht mir alles Gute.

Wie müde mich der Tag gemacht hat, bemerke ich erst, als ich am nächsten Morgen die Augen aufschlage. Mir geht es deutlich besser und meine Gedanken sind nicht mehr ganz so benebelt wie gestern Abend.

Die Nacht war eine einzige Qual. Jedes Mal, wenn ich mich zu drehen versuchte, pochte mein Schädel.

Cole kommt einige Minuten nachdem ich aufgewacht bin, ins Zimmer. »Ausgeschlafen? Ich würde dir gern noch länger Bettruhe gönnen, aber das ist leider nicht möglich.« Er wirft mir eine Tablette und eine Flasche Wasser aufs Bett und verlässt den Raum wieder. Als ich kurz darauf das Zimmer verlasse, stehe ich auf einem langen Flur. Cole hält mir eine Hand hin, um mir bei den Treppen zu helfen, doch ich gehe einfach an ihm vorbei. Unten ankommen, muss ich mich jedoch gegen die Wand lehnen, um Luft zu holen. Ich folge Cole nach einigen Momenten, die er mir gewährt, zum Wagen, darauf bedacht, mich nicht mehr als nötig zu bewegen.

Das Fahrzeug ist bereits von der Sonne erhitzt und die Luft im Innern ist trocken und stickig.

Ich lehne meine Stirn an die Scheibe, die zumindest ein wenig kühler ist. Ohne Vorwarnung bewegt sie sich nach unten und Wind legt sich um mein Gesicht. Erstaunt sehe ich hinüber zu Cole. Mit einem schiefen Lächeln sieht er mich an. Ich lächle jedoch nicht zurück. Falls er meint, dass diese kleine Geste reicht, damit ich vergesse, was mir bevorsteht, hat er sich gewaltig in mir getäuscht.

»Gestern Abend, bevor du ohnmächtig wurdest, wollte ich dir etwas sagen.« Seine Finger krallen sich um das glatte Leder des Lenkrads. Er wirkt nervös, womit er meine Aufmerksamkeit auf sich zieht. »Ich bringe dich nicht zu den *Aquas*«, erklärt er nach einem Moment der Stille, in dem ich ihn fragend mustere.

Verwirrt kneife ich die Augen zusammen. »Wie bitte?«

»Wir verlassen die *Kommune* wieder. Ich musste dich nur herbringen, damit wir die Grenze passieren. Eigentlich wollte ich gestern Abend schon auf der anderen Seite sein, nur hast du mir dann nicht wirklich in die Karten gespielt.«

Nun taxiere ich ihn intensiver. Das Lächeln ist verschwunden, sein Kehlkopf hüpft und er sieht angestrengt auf die Fahrbahn. Ich folge seinem Blick. Obwohl ich noch nie hier war, bin ich mir sicher, dass wir uns weiter vom Kern des Landes entfernen. Wir durchqueren eine größere Stadt und ich lasse mich tiefer in den Sitz sinken. Die hohen Gebäude und die vielen Menschen auf der Straße sind fremdartig und furchterregend zugleich. Ich weiß, dass einige *Aquas* abgelegen von der restlichen Bevölkerung leben, um ihre Ruhe zu haben, und je mehr ich von dieser Welt kennenlerne, desto besser verstehe ich sie.

»Wohin bringst du mich denn dann?«, stelle ich die eine große Frage mit hämmerndem Herz.

Er antwortet nicht sofort, sieht sich nur um und fährt, sobald wir die Stadtmitte verlassen haben, in eine Seitenstraße, wo er den Wagen parkt.

Cole dreht sich zu mir um. Sein Blick nimmt mich sofort gefangen. Als wäre er nun eine völlig andere Person. »Ich weiß, dass das jetzt überraschend kommt.« Er fährt sich mit beiden Händen durch das militärisch kurz geschnittene dunkelbraune Haar. »Ich bin nicht der, für den du mich hältst.«

Ich sehe ihn verwirrt an. Für wen soll ich ihn schon halten? Bis auf unseren Atem ist es totenstill.

»Wovon redest du?«, frage ich flüsternd.

»Ich gehöre zum Widerstand. Der *Bruderschaft*. Und du gehörst zu unserem Plan, das System zu stürzen.«

Kapitel 08

Cole

Wie versteinert sitzt Ella auf dem Beifahrersitz und starrt mich sprachlos an. Diese Reaktion habe ich erwartet, doch als sie auch nach mehreren Minuten nichts sagt, mache ich mir Sorgen, dass sie mich nicht verstanden hat. »Ella?«, frage ich und merke, dass meine Stimme zu angespannt klingt.

Plötzlich lacht sie matt auf. »Du nimmst mich auf den Arm, oder? Das System stürzen? Das kann unmöglich dein Ernst sein.« Sämtliche Farbe ist aus ihrem Gesicht gewichen, während sie ihren Gurt löst und nach dem Türgriff greift. Währenddessen starrt sie mich an, beobachtet meine Reaktion, als erwarte sie, dass ich sie aufhalte. Ich kann mir nicht einmal vorstellen, was ihr gerade alles durch den Kopf gehen muss. Nachdem sie die Tür bis zum Anschlag aufgestoßen hat, schlüpft sie hinaus, läuft einige Schritte, ehe sie sich auf die Knie fallen lässt. Ich folge ihr und gehe vorsichtig auf sie zu. Ella sagt kein Wort, als ich mich vor sie knie, und auch ich sage nichts. Ihre Augen bewegen sich schnell, ihr Blick wandert über den Boden, gleitet dann über mich und landet schlussendlich auf dem Himmel hinter mir. Sie stößt die Luft aus, als hätte sie sie ein Leben lang angehalten. »Es gibt den Widerstand also wirklich.«

»Ja, es gibt ihn. Es gibt uns.«

»Versprich mir, dass du mir die Wahrheit sagst«, flüstert sie, während sich Tränen in ihren Augen sammeln.

»Du bist frei, Ella.« Ich räuspere mich, weil meine Stimme belegt klingt und ich in diesem Moment für uns beide stark bleiben muss.

»Ich bin frei«, wiederholt sie leise und vergräbt das Gesicht in den Händen. Als ihre Schultern zu beben beginnen, will ich sie trösten, doch es ist kein Weinen, das von ihr ausgeht. Es ist ein Lachen.

Sie lässt den Blick schweifen und erwacht aus einer Art Delirium. »Ich bin frei!«, wiederholt sie nun lauter. Entschlossener. Dann wendet sie sich in meine Richtung und ihre Miene wird wieder ernster. Sie vertraut mir nicht. Natürlich nicht. Ich wäre enttäuscht, wenn sie es täte. »Wieso hast mich angelogen?«

»Wir wussten nicht, wie du reagierst. Es wäre zu riskant gewesen, aufzufliegen, doch das ändert nichts daran, dass wir deine Hilfe brauchen. Dass wir dich brauchen! Du musst die Menschen zur Vernunft bringen und zeigen, dass es sich bei *Wonderland* nicht um eine gewöhnliche Schule handelt.«

»Die Leute glauben doch nicht wirklich, dass das eine Schule sein soll, oder?« In ihrer Stimme liegt so viel Verachtung und ich kann es ihr nicht einmal verdenken. Von ihrer Warte aus müssen die Menschen wie völlige Narren wirken.

»Die Leute glauben, was für sie angenehmer ist. Sie wollen es glauben, also tun sie es. Schließlich gibt es keine Beweise, die vom Gegenteil zeugen.«

»Ich.« Sie räuspert sich, bevor sie weiterspricht. »Nehmen wir mal an, dass du mich nicht anlügst. Dass du in Wahrheit einem ominösen Widerstand angehörst und mich befreit hast.« Ich nicke langsam, weil ich keine Ahnung habe, was nun kommt. »Ihr braucht mich also?«

»Stimmt«, bestätige ich ihr ehrlich.

»Gut, denn ich brauche auch etwas von euch.«

Eine Forderung hätte ich nicht erwartet.

»Ich habe einen Freund, der vor ein paar Tagen deportiert wurde. Ich muss herausfinden, wo er gerade steckt, damit wir ihn befreien können.«

Ich lache kurz auf. »Für freundschaftliche Rettungsaktionen haben wir keine Zeit.«

»Meine Hilfe gegen eure Hilfe.« Selbstgefällig verschränkt sie die Arme unter der Brust und lehnt sich gegen meinen Wagen. Mit einem Mal wirkt sie wie eine ganz andere Person. Ich unterdrücke mein zufriedenes Lächeln. Ihre Augen blitzen, drohen mir. Sie gibt nicht nach. Und genau das ist es, was wir brauchen. Ich lache matt.

»Dass meine Befreiungsaktion damit endet, dass ich erpresst werde, hätte ich jetzt nicht erwartet.«

»Ich werde alles tun, um zu helfen«, sagt sie und lehnt sich vor. Ihr Blick liegt unerschütterlich auf meinem Gesicht. »Unter der Bedingung, dass wir Silas befreien.« Ich sehe ihr an, dass es ihr ernst ist und das ist es mir und der Bruderschaft ebenso.

»Dann habe ich wohl keine andere Wahl, oder?«

Ella antwortet nicht, fixiert mich lediglich mit einem Ausdruck, den ich nur zu gut kenne. Sie wird erst mitmachen, wenn ich kapituliere. »Dann werde ich es versuchen. Nur versprechen kann ich dir nichts.« Sie nickt und zum ersten Mal glaube ich, so was wie Hoffnung in ihrem Blick zu erkennen.

»Und jetzt musst du in den Kofferraum«, erkläre ich ihr und ihre aufkeimende Freude ist abrupt vorbei.

»Was?«

»Wir sind ab jetzt Flüchtige«, erkläre ich ihr. »Noch dürfte nicht nach uns gefahndet werden, ein Risiko will ich dennoch nicht eingehen. Sie dürfen dich auf keinen Fall finden.«

Kapitel 09

Ella

Cole hilft mir in den Kofferraum des SUV und plötzlich ist meine Welt wieder in vollkommene Dunkelheit gehüllt.

Lediglich an den Straßenschäden kann ich abschätzen, wann wir die Grenze überqueren. Solange wir in der *Kommune* waren, war die Straße perfekt asphaltiert. Jetzt erwischen die Reifen öfter kleine oder auch mal größere Schlaglöcher, sodass ich im Kofferraum herumgeschleudert werde. Ich spüre die Risse in der Asphaltdecke oder wuchernde Wurzeln, die sich darüber schlängeln.

Als wir endlich stehen bleiben und sich die Klappe wieder öffnet, bin ich heilfroh. Nicht nur die Dunkelheit hat mir zugesetzt, sondern auch der Mangel an Festhaltemöglichkeiten. Ich sehe keine Menschenseele. Die Betonhäuser sind gegen teilweise zusammengefallene Hütten ausgetauscht und sogar die Luft riecht weniger frisch.

»Die meisten Menschen hier scheren sich nicht um Fremde und werden uns keinerlei Beachtung schenken«, erklärt Cole und deutet auf zwei Frauen, die schwere Körbe von einer Hütte zur anderen tragen. Er startet den Wagen, nachdem ich wieder vorn eingestiegen bin, damit wir unseren Weg fortführen können. Ich kann nicht anders, als über die Wendung meiner Reise zu lächeln.

Ich bin tatsächlich frei.

Kurze Zeit später halten wir an einem großen See inmitten eines Waldes. Cole steigt aus und schmeißt die Tür zu, um kurze Zeit später hinten einzusteigen und unter seinem Sitz nach etwas zu suchen.

»Steigst du nicht aus?«, fragt er. An seiner Stelle befindet sich auf dem Rücksitz jetzt ein großer Betonklotz.

»Hier versteckt sich der Widerstand?«, frage ich erstaunt, als ich mich von meinem Platz schwinge und mich umsehe. Es schaudert mich, während ich den Blick über das dunkelgraue Wasser schweifen lasse. Es bewegt sich im Wind und erweckt den Eindruck, als könnte es alles in sich verschlucken. Als könnte nichts und niemand es mit ihm aufnehmen. Das gegenüberliegende Ufer ist so weit von uns entfernt, dass ich es nur schemenhaft erkennen kann. Obwohl wir auf einer Insel leben, umgeben von einer unendlichen Anzahl an Wasser, ist es für mich fremd und beängstigend.

»Nein. Hier werden wir nur das Auto los.«

Bevor ich fragen kann, was wir denn damit tun werden, wirft er mir einen Rucksack zu, legt einen Gang ein und beschwert das Gaspedal mit dem Klotz, den er vorgeholt hatte. Der Wagen rollt langsam auf das graue Nass zu. Wir bleiben stehen, bis der Wagen vollständig verschwunden ist. Schon immer hatte ich Respekt vor Wasser, doch jetzt jagt es mir eine Heidenangst ein.

»Es ist nicht mehr weit«, erklärt Cole und hängt sich die vollgepackte Tasche um.

Erst als meine Beine vor Anstrengung zittern, mein T-Shirt mir am Rücken klebt und meine Kehle völlig ausgetrocknet ist, gibt Cole mir zu verstehen, dass wir endlich angekommen sind. Wir verlassen den Wald und tauchen in einer Wohnsiedlung auf. Nicht zum ersten Mal seit meinem Aufbruch bin ich sprachlos. Ein kleines rustikales Häuschen reiht sich an das nächste. Die Straße ist belebt, wird von lachenden und umherrennenden Kindern in Beschlag genommen. Ich lasse den Blick schweifen, beobachte diese Menschen, die so zufrieden aussehen. Die auf bunt gemusterten Stühlen vor den Häusern sitzen, mit ihren Nachbarn reden, stricken oder Unkraut rupfen. Ich stehe wie erstarrt da.

Cole bleibt grinsend stehen und macht eine ausladende Geste. »Willkommen in meinem Heimatdorf.«

Genau so habe ich mir mein Leben vorgestellt.

Cole bemerkt meine Starre, nimmt mich behutsam an der Hand und zieht mich hinter sich her. Vor einem braunen Haus angekommen, lässt er mich los und öffnet die Tür. Die Farbe der Fassade ist verblichen und das Dach hat seine besten Zeiten ebenfalls schon hinter sich, dennoch wirkt es irgendwie heimisch.

Im Schatten des Flures erkenne ich etwas auf uns zustürmen. Reflexartig stolpere ich einige Schritte zurück und versuche eine Position einzunehmen, die es mir erlaubt, jeden Augenblick davonzustürmen. Ein pelziges Tier springt bellend über den Flur, stößt links und rechts gegen den Türrahmen und springt Cole an. Ich jauchze auf, als es mich ebenfalls anspringen will, da höre ich Coles leises Lachen.

»Nimm es weg!«

»Teddy, sitz!« Teddy, der seinem Namen ganz und gar nicht gerecht wird, befolgt das Wort und Cole kommt lachend näher.

»Ich habe noch nie erlebt, dass jemand vor ihm Angst hat.« Er rubbelt über das lange haarige Gesicht des Hundes. »Du bist ganz brav, nicht wahr?« Teddy bellt wie zur Zustimmung und ich erschaudere. Cole tritt näher an mich heran und berührt mich am Arm. »Alles in Ordnung?«

Ich nicke, winde mich jedoch aus seiner Berührung.

»Hast du noch nie einen Hund gesehen?« fragt er ungläubig.

Ich verdrehe die Augen. »Doch klar – Tausende, bei den täglichen Besuchen außerhalb der Mauer.«

»Dumme Frage.« Er verzieht das Gesicht und sieht mich schuldbewusst an.

»Bisher habe ich alles, was es nicht auch in *Wonderland* gibt, nur auf Bildern gesehen. Und Bilder sind bei Weitem nicht so Furcht einflößend wie dieses Vieh.«

Cole führt mich ins Haus, wo es angenehm kühl ist und ich mich am liebsten gegen die Fliesen an der Wand gelehnt hätte, um der Hitze von draußen zu entkommen. Ich folge Cole durch den engen Flur in eine winzige Küche, in der schon eine Person wartet. Zu dritt ist der Raum ein wenig eng, also versuche ich mich im Hintergrund zu halten.

»Hallo, Mama.«

»Cole, was machst du denn hier? Ist die Schule schon vorbei?«

Schule? Eine liebreizende Frau mit großen Kulleraugen schließt Cole in die Arme. Er muss sich bücken, um sie zu erreichen. Sie trägt eine Schürze, auf der bunte Kätzchen miteinander toben, und schlurft mit ihren braunen Hausschuhen durch die Küche. Ihr eigensinniges Aussehen macht sie mir sofort sympathisch.

»Ja«, antwortet Cole leise und sieht dabei aus dem schmutzigen Fenster, während seine Mutter ihm ein Tablett hinhält, auf dem runde Kekse liegen. Als die Frau mich entdeckt, lässt sie das Tablett fallen. Ihr Gesicht wird blass und Cole streckt automatisch die Hände nach ihr aus, um sie zu stützen.

»Melanie. Baby. Wie groß du geworden bist. Wie kommst du denn hierher? Ich habe nichts vorbereitet!« Hektisch sieht sie sich in dem kleinen Raum um und wischt schnell mit einem Lappen, der bis dahin noch über ihrer Schulter hing, über die Arbeitsflächen. Sie zittert, wirft das Tuch weg, bevor sie das Gesicht in den Händen vergräbt und leise schluchzt.

Wie versteinert stehe ich da, beobachte diese abstruse Lage und habe keinen blassen Schimmer, wie ich mich verhalten soll. Ich komme mir vor, als hätte ich die Familie in einer viel zu persönlichen Situation gestört. Cole sieht weiterhin aus dem Fenster. Schwer atmend, die Hände in den Hosentaschen vergraben.

Die Frau sieht auf und plötzlich verändert sich ihr Gesichtsausdruck. Er wird weich, glückselig. Sie kommt mit kleinen Schritten auf mich zu und bevor ich weiß, was passiert, zieht sie auch mich in eine innige Umarmung. Sie ist nur minimal kleiner als ich.

Cole legt seiner Mutter eine Hand auf den Rücken, sodass sie sich wieder von mir löst. »Mama, wir gehen ins Wohnzimmer. Machst du uns etwas zu essen?«

Sie nickt heftig. »Natürlich. Sie hat sicher riesigen Hunger.« Dann wendet sie sich an mich. Ihr Gesicht strahlt. »Ich mach dir auch dein Lieblingsessen.« Sie gibt mir einen Kuss auf die Stirn, bevor sie summend Töpfe aus den Schränken fischt.

Mit zwei Schritten stehen wir wieder im Flur und ich starre Cole irritiert an. »Wer ist Melanie?«

Er atmet tief durch. »Meli ist – war meine Schwester. Ich erkläre dir das später.«

Er führt mich in ein gemütliches kleines Wohnzimmer. Alles hier ist um das in der Mitte platzierte braune Sofa aufgebaut. Es ist das

Zentrum des Raumes und verkündet von gemeinsamen Abenden um das Feuer im Kamin, der ihm gegenübersteht. Eine bunte, selbst gestrickte Decke liegt akkurat gefaltet über der Lehne. Auf dem Sofa können vier Personen Platz nehmen, jedoch nur drei der Sitzkissen wirken benutzt. Sie sind abgewetzt, während das vierte in dem satten Braun glänzt, das wohl alle einmal besaßen. Bedächtig streiche ich mit den Fingern darüber und schlendere durch den Raum, der vor Geschichten sprüht. Vor Leben und Liebe. Mir stockt der Atem, als ich auf einer Kommode Bilder entdecke.

So viele Familienbilder. Auf den hinteren sind zwei Erwachsene zu sehen, die jeweils ein Kind auf dem Arm tragen. Die Frau ist unverkennbar Coles Mutter, wenn sie auch auf dem Bild noch jung und glücklich aussieht. So viel lebendiger. Jetzt wirkt sie wie ein Schatten dieser Person, und obwohl ich sie nicht kenne, trauere ich um sie. Sie hält ein kleines Mädchen auf dem Arm, das seine Puppe ganz fest an sich presst und mit breitem Lächeln in die Kamera blickt.

Auf anderen Fotos sind nur die Kinder zu sehen, von denen ein bestimmtes Foto ein merkwürdiges Gefühl in mir hervorruft. Es ist, als würde sich mein Magen zusammenziehen und mein Herz anfangen zu kribbeln. Cole und – wie ich vermute – Melanie. Wie alt mochte sie auf dem Foto gewesen sein? Drei?

Drei Jahre. Das Alter, in dem man, wenn man auserwählt wird, nach *Wonderland* verfrachtet wird.

Ich nehme das Bild vom Regal und betrachte es, während meine Sicht verschwimmt. Mein ganzes Leben habe ich nur an mich gedacht und mir nie Gedanken darüber gemacht, ob vielleicht auch meine Familie leidet. Ob meine Mutter auch so verwirrt ist wie Coles?

Ich streiche mit zwei Fingern langsam über das Bild, als ich plötzlich ein Räuspern hinter mir höre und es schnell wieder an seinen Platz stelle. In meiner Hast reiße ich ein anderes um und spüre, wie mir die Röte ins Gesicht steigt.

Am anderen Ende des Zimmers lächelt mich der Mann von den Fotos an. Älter und rundlicher, dennoch unverkennbar derselbe Mann. Er kommt mit großen Schritten auf mich zu.

»Ich, ähm … bin …«

Sein Lächeln wird breiter, bevor er mich in eine Umarmung schließt. »Cole hat mir gesagt, wer du bist, und ich freue mich, dass du uns helfen wirst.« Er tätschelt mir die Schulter und die altbekannte Enge breitete sich in meiner Brust aus. »Ich bin Raidon, Coles Vater.«

Instinktiv mache ich einen Schritt zur Seite, um genügend Platz zwischen meinem Gegenüber und mir zu bekommen, und hebe beschwichtigend die Hände. »Ich wollte nicht schnüffeln! Das tut mir schrecklich leid!«

Anders als erwartet ist Raidon jedoch nicht wütend darüber, dass ich ungefragt seine Sachen angefasst habe. Ein tiefes Lachen dringt aus seiner Kehle, ehe er das umgefallene Bild wieder aufstellt. »Das ist schon in Ordnung, Kind. Fühl dich hier wie zu Hause.«

Ich nicke schüchtern. Zu Hause? Ich hatte nie ein wirkliches Zuhause und habe keine Ahnung, wie ich mich in einem verhalten soll.

Cole, der in dem Türrahmen auftaucht, deutet mir mit einem müden Lächeln auf den Lippen an, ihm zu folgen. Er führt mich eine Treppe hoch. Das obere Stockwerk ist sogar noch kleiner als das untere. Von einem schmalen Flur aus gehen vier Türen ab. Die grüne Tapete an den Wänden hängt an manchen Stellen herab, doch ansonsten ist es hier drinnen sauberer, als es in *Wonderland* je war. Er öffnet die Tür an der linken Seite. Dahinter befindet sich ein kleines Bad. Die Fliesen sind gesprungen, wirken dennoch ebenfalls blitzblank.

Auf dem Waschbecken liegt ein Badetuch. »Wenn du fertig bist, komm einfach hinter das Haus.« Er will schon gehen, als er sich noch einmal umdreht. Er seufzt, während er sich fest über den Nasenrücken streicht. Obwohl er schrecklich müde sein muss, gönnt er sich keine Sekunde Ruhe. »Wir können hier kein sauberes Wasser zum Duschen verwenden. Pass nur auf, dass du nichts davon verschluckst! Ich lege dir noch Klamotten von meiner Mutter raus. Falls das für dich in Ordnung ist?«

Ich nicke lächelnd und er schließt die Tür.

Das warme Nass auf meiner Haut ist wie Balsam für Körper und Seele. Ich erkenne erst jetzt, wie schmutzig ich mich gefühlt habe, nachdem ich endlich wieder sauber bin.

Als ich mich abgetrocknet habe, bemerke ich das grüne Kleid, das auf dem Toilettensitz liegt. Schnell ziehe ich das es über, rubbele mir die Haare mit dem Tuch so trocken wie möglich und fühle mich endlich wieder wie ein Mensch.

Mein Magen knurrt, als ich dem Geruch, der sich im gesamten Haus ausgebreitet hat, hinunterfolge. Im Garten sitzen Cole, seine Eltern und noch weitere mir unbekannte Menschen an einem weißen Gartentisch, unterhalten sich und lachen. Teddy hechelt mich von Weitem an, während ich meinen Blick über die riesige Grünfläche gleiten lasse. Am Ende der Wiese bäumt sich ein Waldrand auf. Der Garten ist größer als das Haus. Die Grenze des Grundstücks ist mit bunten Pflanzen gesäumt, die einen herrlichen Duft zu uns herübersenden. Es ist beinahe wie in einer anderen Welt.

Nur schwer kann ich mich von dem Anblick lösen, als Coles Mutter von ihrem Stuhl aufspringt und zu mir herübergelaufen kommt. »Keine Angst, mein Liebling, er ist ein ganz lieber Kerl. Er ist noch ganz klein.« Sie streichelt dem Hund durch das dicke Fell, der sich daraufhin auf den Rücken schmeißt und alle viere von sich streckt. Er winselt und Coles Mutter fasst mich an der Hand, führt sie ganz langsam zu dem Bauch des Hundes. »Fühl mal, wie weich sein Fell ist.« Sie lächelt und ist ganz aufgeregt, als ich drüberfahre. Um ihren Mund entstehen viele kleine Falten, woraufhin sie mir ermutigend zunickt und nun auch mich zum Lächeln bringt. Es gibt tatsächlich Menschen, die einen mit ihrer unbändigen Freude anstecken können.

»Nun komm, iss was«, sagt sie schließlich und zieht mich auf den Stuhl neben Cole.

»Tut mir wirklich leid. Meine Mutter ist … kompliziert.«

»Deine Mutter ist wundervoll.«

Wir sehen zu ihr hinüber, wie sie gerade ein Stück Fleisch vom Grill in kleine Stückchen schneidet und uns zwischendurch liebevolle Blicke zuwirft.

»Sie war schon lange nicht mehr so fröhlich.« Raidon hat auch mitbekommen, wie seine Frau mich behandelt, nimmt ihre Hand, führt sie zu seinem Mund und küsst sie.

»Ich bin Tommy und das ist meine Freundin Claire«, sagt ein breit gebauter junger Mann mit einem wahnsinnig offenen Lächeln und reicht mir die Hand. Seine Freundin lächelt freundlich und winkt mir zu. Ich schätze sie auf etwa zwanzig.

»Meine besten Freunde«, schiebt Cole hinterher. Dann deutet er auf das ältere Paar. »Und das sind Tommys Eltern.« Sie begrüßen mich und es ist unverkennbar, dass Tommy nach seiner Mutter kommt. Die blonden Haare, die langen Wimpern und die blauen Augen wirken geradezu perfekt. Außer den roten Wangen, die hat er ganz klar von seinem Vater. Claire lässt mich keine Sekunde aus den Augen, die aufrichtig leuchten. Ich versuche, nicht auf die lange rosa Narbe zu starren, die ihre rechte Gesichtsseite einnimmt und von den kurzen roten Locken eingerahmt wird.

Eve, Coles Mutter, reicht mir einen Teller mit mundgerechten Häppchen und ich danke ihr. Das Fleisch riecht köstlich und schmeckt sogar noch besser.

»Probier den Salat und die Kartoffeln. Die haben wir selbst angebaut.«

Coles Eltern sind Bauern, was mich nicht überrascht, denn viele andere Möglichkeiten hat man nicht. Wenn man keine Nahrung hervorbringt oder Tiere züchtet, hat man nicht viel, womit man handeln kann. Ich kenne die Regeln des Systems, kann trotzdem nur erahnen, wie schwer sie einem das Überleben machen.

Die Bauern bekommen von den *Aquas* genügend Wasser, um die Pflanzen anzubauen, und im Gegenzug erhalten diese fünfzig Prozent der Ernte. Genauso funktioniert es mit allen anderen Gütern. Denn auch Tiere können nicht ohne Wasser überleben. Es ist verrückt, dass sie anders behandelt werden als die Fabrikbesitzer oder Bewohner der *Kommune*, denn sie tragen mindestens genauso viel zu deren Erhaltung bei.

Ich habe ein schlechtes Gewissen, hier am Tisch zu sitzen und zu essen, was diese Menschen sich schwer erarbeitet haben, doch Coles Vater legt mir nach, sobald mein Teller leer ist, und zwingt mich regelrecht aufzuessen.

Es ist ein richtiges Festmahl. Die Atmosphäre ist ausgelassen und entspannt, während alle miteinander reden, lachen und liebevolle Worte austauschen. Und mir wird wieder einmal schmerzlich bewusst, dass ich so was nie hatte und nie haben werde.

Ein schriller Schrei durchschneidet die Stille. Eve schnappt hektisch nach Luft und binnen weniger Sekunden sind Cole und sein Vater an ihrer Seite. Eves Augen sind vor Schreck geweitet und ihr

Blick huscht umher, als suche sie etwas, das sie unmöglich finden kann. Ihr ganzer Körper ist mit einem Mal starr, die Finger krallen sich in ihr Kleid, die Arme zittern.

»Alles wird gut, mein Schatz!«

Verständnislos sehe ich zu den Freunden, die nur dasitzen und bedauernd zusehen. »Sie durchlebt den Moment, als Meli ihr weggenommen wurde. Kommt manchmal vor …«

Ohne darüber nachzudenken, laufe ich ebenfalls an ihre Seite. Ich fühle mich aus irgendeinem Grund verantwortlich dafür. Sie soll nicht so leiden. Niemand sollte das. Also hocke ich mich vor sie und lege meine Hände auf ihre Knie. Obwohl ich keine Ahnung habe, ob das, was ich vorhabe, gut oder schlecht ist, greife ich nach ihrer Hand.

»Hey, hey, beruhige dich. Ich bin doch hier.« Cole sieht mich flehend an.

»Alles ist gut … Mama.« Etwas durchflutet mich wie ein elektrischer Schlag. Mama. Wie lang habe ich dieses Wort nicht mehr ausgesprochen? Fünfzehn Jahre.

Eves Augen finden mein Gesicht, bewegen sich nicht mehr so hektisch, werden langsam klarer. »Baby?«

Ich nicke und schließe sie in die Arme. Ihr Herzschlag beruhigt sich langsam wieder, während sie mir federleicht über den Rücken streicht.

Kapitel 10

Cole

Ich wollte dir noch mal danken wegen vorhin. Du hast meine Mutter so schnell beruhigt. Für gewöhnlich ist sie noch Stunden später völlig aufgelöst.« Ella sitzt auf dem Liegestuhl neben meinem und nippt gelegentlich an einem frisch gepressten Orangensaft. Ihre Augen sind vor Verzückung geschlossen. Nur ab und zu öffnet sie sie, um einem Laut nachzugehen. Es ist faszinierend, wie sie auf die Natur reagiert. Jedes Geräusch, jeder Eindruck, der neu für sie ist, spiegelt sich auf ihrem Gesicht wider. Sie entdeckt die Welt, die für uns alle mittlerweile so gewöhnlich geworden ist. Vielleicht sollten wir alle wieder intensiver leben.

Meine Eltern sind nach dem Zwischenfall relativ schnell zu Bett gegangen und kurz darauf haben auch Tommys Eltern sich verabschiedet. Tommy und Claire sind noch geblieben und sitzen mit uns um ein Feuer, das wir früher jeden Abend angezündet hatten. Claire starrt in das Feuer und umklammert geistesabwesend Tommys Hand. Sie wirkt weit weg und ich frage mich, woran sie wohl denkt. Womöglich an ihre Eltern, die vor Jahren an einem Rebellenangriff teilgenommen haben und in dem Feuer ums Leben kamen. Seither lebt sie bei Tommys Familie und spricht nur selten von dem Vorfall. Und wir tun es ebenfalls nicht. Jeder hat seine Geister, die ihn heimsuchen, und das müssen wir respektieren.

Ella blickt hoch und legt die Stirn in Falten. Eine Bewegung, die ihr wohl zur Angewohnheit geworden ist. In den letzten beiden Tagen habe ich es öfter an ihr beobachtet. Sie denkt darüber nach, was sie sagen oder tun soll. Ihre Gesichtsmuskeln entspannen sich allerdings schnell wieder und sie atmet tief durch. »Ich habe sie angelogen und vorgespielt, dass ihre Tochter noch hier wäre. Das ist schäbig.«

Gerade will ich ihr erklären, dass man in diesen Momenten instinktiv handeln muss, als Claire aus ihrer Starre erwacht und sich einmischt. »Mach dir keine Gedanken darüber, sie vergisst das wieder. Dennoch tag es gut, sie für so lange Zeit lächeln zu sehen.«

Ich stimme ihr zu. »Seit Melanie damals abgeholt wurde, ist sie die meiste Zeit in ihrer ganz eigenen Welt. Viel schlimmer noch als heute. Glaub mir.« Ella nickt kurz, nimmt es uns nicht vollends ab. Ihr Blick ist in die Ferne gerichtet und ich sehe in ihm diesen Hunger, den ich schon so oft bei den *Wonderlandkindern* entdeckt habe. Ein tiefes Verlangen nach dem Leben und der Freiheit.

Es gibt so viel, was ich ihr sagen will. So viel, was ich ihr versprechen will, doch manchmal sind Worte überflüssig. Ich drücke mich aus dem durchgesessenen Stuhl hoch und reiche ihr meine Hand. Ein wenig verdutzt starrt sie sie an.

»Ich beiße schon nicht«, verspreche ich, woraufhin sich das Andeuten eines Lächelns auf ihrem Gesicht breitmacht. »Das übernehmen die Bären und Wölfe.«

»Was machen wir hier?«, fragt sie zögerlich. Ich führe sie durch den Wald zu einer großen Eiche und sage, sie solle kurz warten. Mit einigen gekonnten Handgriffen bin ich den Baum hochgeklettert und gleite in mein altes Baumhaus. »Achtung!«, warne ich Ella, bevor ich die Strickleiter hinunterfallen lasse.

»Ich glaube, so hoch oben war ich noch nie!«, sagt sie leise, nachdem sie die Leiter ohne Probleme hochgeklommen ist. Ihre Muskeln sind definiert und stark, was mich annehmen lässt, dass sie es auch ganz ohne die Leiter geschafft hätte. Sie versucht, in der Dunkelheit etwas zu erkennen.

»Das ist nicht besonders hoch. Hab keine Angst.«

»Hab ich nicht.« Sie rutscht auf dem Boden nach hinten und lehnt sich mit dem Rücken an das feuchte Holz. Hier oben wird es nie völlig trocken. Eigentlich kein sehr gemütlicher Ort, wenn ich so darüber nachdenke, nichtsdestotrotz bin ich gern hier. Ich bin schon als Kind gern hierhergekommen, weil es sich anfühlt, als wäre man in einer anderen Welt. An einem Ort, der nichts Böses zulässt und alle Ängste in sich aufsaugt, sodass man sie nicht mehr allein tragen muss.

»Und warum sind wir hier?«, wiederholt Ella ihre Frage von vorhin. Ich atme tief durch und instinktiv tut Ella es mir gleich.

»Das ist Freiheit. Hier oben kann dir niemand etwas anhaben«, flüstere ich, da es sich falsch anfühlt, in dieser völligen Stille laut zu reden, und lasse mich neben ihr nieder. »Du kannst fragen, tun, sagen oder lassen, was du willst. Sobald wir unten sind, ist alles vergessen. Es bleibt hier. Die Gedanken, die Ängste.« Ich lösche das Licht meiner Taschenlampe, um meine Worte zu verdeutlichen.

Hier oben ist man frei.

Ich merke, wie Ella die Umgebung in sich aufsaugt. Wie sie in diese Welt eintaucht.

»Was ist mit deiner Mutter passiert?«

Seufzend reibe ich mir mit den Händen übers Gesicht. »Als Meli abgeholt wurde, erlitt sie einen Schock. Sie lebt die meiste Zeit in ihrer eigenen Welt, was am Anfang natürlich schwer für uns war, doch für sie ist die Realität tausend Mal schwerer.« Ich senke den Blick. Eine Weile lang sagt niemand ein Wort. Ich fühle, dass Ella etwas loswerden will, es nur noch nicht kann, und lasse ihr die Zeit, die sie benötigt. Ich spüre sie. Ihre Nähe, ihre Traurigkeit, das rhythmische Heben und Senken ihres Oberkörpers.

»Ich wusste seit jeher, was mich erwartet, und jetzt … jetzt ist alles anders. Ich rede mir zwar ein, dass alles besser ist, trotzdem jagt es mir Angst ein, nicht zu wissen, was als Nächstes kommt.«

Eine Stille legt sich über uns, die so dicht ist, dass man sie kaum durchbrechen kann. Es fühlt sich an, als hätte die Welt den Atem angehalten und wir gleich mit. Ohne zu wissen, ob es in Ordnung ist, greife ich nach ihrer Hand.

»Früher hatte ich unheimliche Angst vor Würmern«, gestehe ich nach einer Weile. Sie lacht, auch wenn es sich ein wenig wie ein Schluchzen anhört – und die Welt atmet weiter. »Ich dachte, diese glitschigen Dinger würden in meine Nase kriechen, sobald ich schlafe, und in meinem Körper weitere Würmer zeugen.« Ella stößt ein mattes Lachen aus.

»Damit will ich sagen, dass Ängste irrational sind. Man kann nichts dagegen tun und muss mit ihnen leben. Sie setzen sich in deinen Gedanken fest und je länger du darüber nachdenkst, umso greifbarer werden sie. Im Endeffekt kannst du nichts dagegen tun. Entweder die Würmer vermehren sich in dir oder eben nicht.«

Ella lehnt sich gegen mich, sodass ihre Haare an meinem Hals kitzeln. »Ich bin froh, dass die Würmer sich nicht in deinem Körper fortgepflanzt haben.«

»Ich auch.« Ich schließe die Augen und lausche dem Wind. Sein Wehen durch die Blätter ist das einzige Geräusch hier oben. Er rauscht an den Ästen vorbei und trägt die schönsten Düfte zu uns hinein. Ich glaube nach wie vor, dass man hier oben sicher ist. Vor allem Übel der Welt. Sogar vor dem Unheil um die nächste Ecke oder im nächsten Haus. Denn kein Ort, an dem man sich behütet fühlt, bietet wirklich Schutz.

Zu schnell wird es wieder Zeit, unseren sicheren Hafen zu verlassen. Das wahre Leben wartet nicht, bis wir bereit sind. Es läuft beständig weiter. Unnachgiebig. Erbarmungslos. Es ist ihm egal, ob man hinterherkommt. Die nächsten Tage werden anstrengend, daher werden wir jede Stunde Schlaf benötigen, die wir bekommen können.

»Erzähl mir etwas von dir, bevor wir gehen. Etwas, was niemand weiß. Zum Beispiel, was du am meisten auf der Welt liebst.« Ich schmunzle, obwohl sie es nicht sehen kann. »Keinen Menschen«, füge ich schnell hinzu.

Sie denkt kurz nach, bevor sie mit eher fragender Stimme sagt: »Regenbögen finde ich wunderschön.«

Ich schnalze mit der Zunge und stoße sie sanft an. »Das zählt nicht. Jeder mag Regenbögen. Etwas anderes.«

Ella legt den Kopf zurück und denkt gründlicher darüber nach. »Den Morgen. Wenn ich aufstehe, bevor alle anderen wach sind. Das Gras ist noch feucht vom Tau. Vögel versammeln sich und ihnen ist es egal, wie die Welt ist. Es riecht nach Frühling. Frieden. Das ist es, was ich am meisten liebe. Und du?«

Ich muss nicht lange überlegen. »Ich liebe das Meer. Bisher war ich nur einmal dort, dennoch ist es das Schönste, was ich jemals gesehen habe. Vor allem bei Sonnenaufgang. In gewisser Weise lieben wir dasselbe. Den Moment, bevor das reale Leben wieder beginnt. Den einen Moment, in dem alles Übel stillsteht.«

»Und er folgt jeden Morgen aufs Neue.« Ellas Stimme klingt optimistisch und ich weiß, dass das Baumhaus seinen Zweck erfüllt hat.

»Wenn du dich verloren fühlst, denk einfach an diese Zeit und dass sie morgen wiederkommt.« Ich schalte die Taschenlampe wieder an und katapultiere uns in die Realität zurück.

Kapitel II

Ella

Warmer Lichtschein fällt durch das Fenster und umschmeichelt mein Gesicht. In dem Moment, bevor ich wirklich aufwache, in dem ich in einem Zwischenstadium von Schlaf und Wachsein schwebe, bin ich davon überzeugt, wieder in *Wonderland* zu sein. Sollte das alles nur ein Traum gewesen sein, dann wünschte ich, ich könnte wieder einschlafen.

Vögel zwitschern aufgebracht vor meinem Fenster und dann höre ich das dunkle Bellen eines Hundes. Beinahe hätte ich geseufzt. Es war kein Traum. Ich bin nicht in *Wonderland*, sondern in Melanies altem Zimmer. Mit flatterndem Herz öffne ich die Lider und lächle, als ich mich aufsetze und mich zum ersten Mal richtig in dem Raum umsehe. An der gegenüberliegenden Wand befindet sich ein deckenhohes Holzregal. Tücher, Bettlaken und Kinderkleidchen liegen akkurat gefaltet auf den Regalbrettern.

Auf dem obersten Brett fängt etwas meine Aufmerksamkeit ein, weshalb ich aufstehe und es genauer begutachte. Es ist ein geschnitztes Pferd. Behutsam streiche ich mit den Fingern über die liebevollen Details. Neben ihm entdecke ich eine eingerahmte Kinderzeichnung, von der ich nicht erkenne, was es darstellen soll, doch sie ist für die Familie offenbar von großem Wert.

Weil ich mich fühle, als würde ich in den wertvollen Schätzen eines Fremden schnüffeln, wende ich mich verlegen ab und gehe durch den Raum zu einem kleinem Strohstuhl in der Ecke, der wirkt, als warte er auf mich. Auf ihm liegen Hose und Shirt, die ich mir sofort überziehe. Bis auf die Tiere draußen ist kein Geräusch zu hören. Ich frage mich, wie spät es ist, und ob ich als Einzige schon wach bin.

So leise wie möglich öffne ich die Tür, die ein Quietschen von sich gibt. Ich verharre an Ort und Stelle, bevor ich mir ins Gedächtnis rufe, dass ich hier nicht in *Wonderland* bin. Der Flur ist gefüllt von einem süßen Duft, der meinen Magen sofort knurren lässt. Ich folge ihm die Treppe hinab bis zu der kleinen Küche, in der Eve summend vor einem Topf steht und mit kreisenden Bewegungen darin rührt. Langsam gehe ich auf sie zu, um sie nicht zu erschrecken, und stelle mich neben sie. Dass sie mich bemerkt hat, sehe ich an den tiefen Grübchen, die auf ihren Wangen entstehen.

Wie schön sie früher gewesen sein muss, ist in diesem Moment deutlich erkennbar. Lange Wimpern umranden die braunen Augen, die sie ihrem Sohn vererbt hat. Mit rosigen Wangen und diesem zufriedenen Lächeln dreht sie sich in meine Richtung. Der Löffel in ihrer Hand ist gefüllt mit einem hellen Brei. Ich bin ein wenig enttäuscht, doch sobald Eve mir den Holzlöffel hinhält, damit ich probieren kann, vergeht die Enttäuschung. Diesen Geschmack kann man nicht im Geringsten mit der Pappe aus *Wonderland* vergleichen.

Seufzend lächle ich sie an, woraufhin Eve kichernd meine Hand nimmt und sie küsst. Eigentlich müsste ich mich jetzt zurückziehen, müsste mich unbehaglich fühlen. Schließlich ist mir diese Frau völlig fremd, und doch drücke ich ihre Hand fester und sehe ihr stumm bei der Arbeit zu. Plötzlich fällt mir auf, dass ich auch Coles Nähe zugelassen habe, was für mich völlig ungewöhnlich ist. Womöglich lag es auch nie an mir, sondern an den Menschen, die mich umgaben?

Die harmonische Ruhe wird mit einem lauten Knall der aufgerissenen Haustür unterbrochen. Tommy und Cole kommen lachend herein. Cole bleibt wie angewurzelt stehen, sobald er mich sieht, als habe er meine Anwesenheit vergessen oder einfach nicht daran geglaubt, mich so früh schon zu sehen. Sein dunkles Haar wird von einem Strohhut bedeckt, und ich muss mich wahnsinnig darauf konzentrieren, den Blick genau da zu halten, denn nur ein kleines Stück darunter glänzt seine nackte Brust. Es ist nicht die erste nackte Männerbrust, die ich sehe. Jetzt ist es irgendwie anders. Und das gefällt mir überhaupt nicht.

»Ihr seid ja schon wach. Und ihr seid dreckig«, spreche ich das Offensichtliche aus, wofür ich nur ein schiefes Grinsen von Cole ernte. Tommy hingegen tritt neben Eve, taucht den Finger in den süßen Brei und steckt ihn sich genüsslich in den Mund.

»Seit Stunden.« Cole greift in den Hängeschrank über mir nach zwei Gläsern und berührt mich dabei mit seinem Oberkörper. Ich zucke unwillkürlich zusammen, was er Gott sei Dank nicht bemerkt. Oder aber er hat genug Anstand, es nicht zu zeigen. Während er den Blick zwischen seiner Mutter und mir hin und her gleiten lässt, öffnet Tommy einen Safe unter der Spüle und füllt die Gläser halb voll mit sauberem Wasser. »Wir müssen das Wetter ausnutzen, um auf dem Feld zu arbeiten.«

»Überanstrengt euch nicht.« Eve zieht ihren Sohn an sich heran und gibt ihm einen Kuss auf die Stirn. Man könnte den Eindruck bekommen, dass sie im Moment komplett klar ist. Nur dass ich in ihren Augen ihre verlorene Tochter bin. Die Jungs trinken das Wasser mit einem großen Schluck leer und reichen die Gläser Eve.

»Ich will helfen!«, rufe ich hinterher, als die zwei die Küche verlassen wollen.

Verwundert lässt Cole den Blick über mich gleiten. »Das musst du nicht.«

Ich halte seinem Blick stand. »Ich hätte mir niemals erträumen lassen, irgendwann aus freien Stücken irgendwo zu arbeiten. Ich habe mich wohl geirrt.«

Tommy stemmt die Hände in die Hüften und grinst mich an. »Wir können jede helfende Hand gebrauchen.«

Obwohl Cole nicht außerordentlich begeistert wirkt, gibt er sich schlussendlich doch geschlagen und setzt mir seinen Hut auf. »Nicht dass du einen Sonnenstich bekommst.« Zielstrebig marschiere ich an den Jungs vorbei und höre nur ein kleines Lachen meiner Gastmutter im Rücken.

Im Laufschritt holen Tommy und Cole mich ein und legen mir jeweils einen Arm um den Hals. Weil sie beide kleben, schiebe ich sie lachend von mir und folge ihnen einen langen Kiesweg entlang, bis wir eine meterhohe Glaskuppel erreichen. Wegen der Pflanze, die den Boden und somit die Ernte verpesten könnte, wurden vor Jahren einige Hallen erbaut, die es möglich machen, Getreide und andere wichtige Nahrungsmittel anzubauen. Durch künstlich erzeugtes Licht und Wärme kann alles wachsen und gedeihen.

Mit Erstaunen versuche ich die vollen Ausmaße davon zu erfassen. An einigen Stellen entdecke ich bereits Leute, die gebeugt an den Kartoffelpflanzen zerren. Während Tommy sich bereits einen Weg ins Feld sucht, reicht mir Cole eine lange Heugabel und sieht mich mit zusammengekniffenen Augen an. Sein Blick liegt eine Sekunde zu lang auf meinem Gesicht, sodass meine ganze Haut beginnt zu prickeln. Schnell wende ich mich ab und gehe in eine andere Richtung. Ich versuche bei den anderen Helfern zu erkennen, was ich tun soll, doch als ich wie sie die Gabel in die poröse Erde grabe, komme ich mir furchtbar ungeschickt vor.

Ich muss wohl so verloren aussehen, wie ich mich fühle, denn Coles Vater kommt lachend auf mich zu. In der einen Hand hält er seine Gabel, in der anderen einen großen braunen Sack. Mit dem Ärmel seines Hemdes wischt er sich über die verschwitzte Stirn und bleibt dicht neben mir stehen. »Es ist ganz einfach. Ich zeig's dir.«

Raidon sticht seine Gabel mit einem Hieb in den Boden neben die Staude. »Du musst das ganze Teil ausgraben, die Triebe nehmen und grob die Erde von den Wurzeln schütteln.« Er macht es mir vor, bis die Knollen abfallen. »Dann lösen sich die Kartoffeln ganz von allein. Die restlichen musst du dann nur noch im Boden suchen.« Wie er das macht, sieht es tatsächlich einfach aus, dennoch brauche ich mindestens doppelt so lang, alle Knollen zu finden und in dem Sack zu verstauen.

Während ich den Sack, der bis obenhin gefüllt ist, verknote, beobachte ich Cole. Er gräbt mit Leichtigkeit eine Pflanze nach der anderen aus, während Tommy die Kartoffeln aufhebt. Die beiden sind ein eingespieltes Team und schaffen mehr als wir anderen. Mit einem Mal vermisse ich Silas umso mehr. Er ist die einzige Familie, die ich kenne. Ich frage mich, wieso Cole das Risiko eingeht und mich zu seinen Eltern gebracht hat. Hätte ich eine Familie, würde ich sie für nichts und niemanden auf der Welt in Gefahr bringen.

»Er ist ein guter Junge.« Raidon muss bemerkt haben, dass ich Cole im Auge behalte. Schnaufend stützt er sich auf dem Stiel seiner Gabel ab und wischt sich über sein rotes Gesicht. Ich mache mir Sorgen, dass er bald umkippen könnte. Seit ich hier bin, hat er noch keinen Schluck getrunken, obwohl er mich alle paar Minuten dazu gezwungen hat.

»Cole hat viel geopfert, um da anzukommen, wo er jetzt ist. Genau genommen hat er seine ganze Kindheit und Jugend geopfert.«

»Wieso?«

»Weil er eben so ist.« Raidon stößt ein stolzes Lachen aus. »Er hilft den Menschen und vergisst sich selbst dabei viel zu oft.«

Cole stiefelt mit erhobenen Händen auf uns zu. Sein Blick gleitet von seinem Vater zu mir. »Ihr redet ganz schön viel, anstatt zu arbeiten.«

»Hier geht es ja schlimmer zu als in *Wonderland*«, erwidere ich und lache verlegen, weil ich mich ertappt fühle.

»Lasst uns für heute Feierabend machen.«

»Und was macht ihr jetzt damit?«, frage ich und deute mit einer Geste auf die gestapelten Säcke.

Cole sowie die anderen Männer, die sich langsam um uns herum versammeln, schnappen sich jeweils einen Sack und werfen sich ihn über den Rücken. »Richtig gelagert halten die sich eine ganze Weile. Außerdem …« Er rückt den Sack zurecht und stöhnt frustriert. »Müssen wir einiges an die *Aquas* und die *Kommune* abtreten.«

Nach der harten Arbeit kehren wir alle müde und verschwitzt zurück nach Hause. Alle Helfer versammeln sich hinterm Haus in dem großen Garten. Obwohl jeder erschöpft und dehydriert sein muss, ist die Stimmung ausgelassen.

»Wir haben viel geschafft, mein Schatz.« Raidon zieht seine Frau liebevoll an sich und küsst sie auf die Stirn.

»Ich würde heute gern ein großes Essen zubereiten, um zu feiern, dass wir alle hier und gesund sind«, sagt Eve zufrieden. Ein schmerzhafter Ausdruck fliegt über Raidons Gesicht, doch er ist ebenso schnell wieder vergangen, wie er gekommen ist.

Im Flur stoße ich mit Cole zusammen. Er hält mich lächelnd auf Armeslänge von sich und mustert mich. »Du solltest duschen.«

Gespielt entsetzt boxe ich ihm gegen den Arm, auch wenn ich weiß, dass er recht hat.

»Wieso will deine Mutter ein großes Essen machen? Ihr habt doch selbst nicht viel.«

»Und doch haben wir mehr als andere.« Er lächelt traurig. »Es gibt immer jemanden, dem es schlechter geht.« Mit dem Satz lässt er mich allein.

Sobald ich fertig geduscht habe, ziehe ich das Kleid von gestern an und gehe zurück in die Küche, wo ich Eve und Claire beim Kochen helfe. Von draußen höre ich verschiedenste Stimmen und frage, wer all diese Leute sind.

»Auch wenn im Dorf nicht viele Bedürftige leben, gibt es auch hier Menschen, die sich mit kleinen Jobs durchkämpfen. Sie sind entweder zu alt, schwach oder krank, um wirklich auf den Feldern oder in den Ställen zu helfen.«

Als das Essen endlich fertig ist, haben sich so viele Menschen in dem Garten versammelt, dass kaum noch ein freier Platz zu finden ist. Tommys Mutter hilft uns dabei, die Teller zu verteilen, und obwohl mir selbst der Magen knurrt, greife ich erst zu, als alle anderen versorgt sind.

Die Suppe und das noch warme Brot sind köstlich.

»Ich habe schon lange nichts so Gutes mehr gegessen«, gesteht die alte Frau gegenüber von mir, eines ihrer Augen ist mit einem grauen Schleier überzogen. Lächelnd halte ich ihr meine letzte Brotscheibe hin, die sie dankend annimmt und zusammen mit meiner Hand umschlungen hält. »Alles, was ich dir schenken kann, sind meine Gebete.« Mit einem zahnlosen Lächeln kneift sie die Augen zusammen.

Als ich später im Bett liege, kann ich mich nicht erinnern, wann ich jemals zuvor so zufrieden gewesen bin. Die Arbeit auf dem Feld hat mich zwar körperlich beinahe an meine Grenzen gebracht, verschafft mir jedoch ein seltsam ausgeglichenes Gefühl. Seit langer Zeit schlafe ich mal wieder mit einem Lächeln auf den Lippen ein.

Als ich eine Hand spüre, die mich wach rüttelt, schrecke ich aus dem Schlaf hoch. Erst als ich das von der aufgehenden Sonne angeleuchtete Gesicht wiedererkenne, werde ich etwas ruhiger. In mir erwacht eine mir unbekannte Freude, die schnell wieder schwindet, als ich die Anspannung in Coles Haltung und den Ernst in seinen Zügen erkenne. Etwas stimmt nicht. »Wir müssen hier weg. Und zwar schnell. Wenn man uns hier findet, sind meine Eltern in Gefahr«, flüstert er und reicht mir eine Hand.

»Woher weißt du, dass jemand auf dem Weg ist?«, presse ich hervor.

»Tommy hat eine Funkverbindung abgehört und mitbekommen, dass du vermisst wirst. Das Risiko hierzubleiben wäre zu groß. Ich dachte nicht, dass sie so schnell nach dir suchen.« Cole hilft mir hastig aus dem Bett, drückt mir eine Tasche in die Hand und weist mich forsch an, aus dem Badezimmer meine Klamotten zu holen. In der Eile durchsuche ich die Schränke nach Dingen, die wir auf unserer Flucht gebrauchen könnten, finde jedoch nicht viel. Wundsalben und kleine Handtücher. Ich weiß, dass uns keine Zeit bleibt, trotzdem muss ich kurz stehen bleiben, um meine Gedanken zu ordnen. Wir müssen fliehen – schon wieder.

Ich bringe die gesamte Familie in Gefahr und kann nicht das Geringste dagegen tun. Frustriert presse ich mir meine Fäuste gegen die geschlossenen Augen und versuche, mich zu beruhigen.

Hysterie hat noch nie geholfen.

Während ich versuche, nicht durchzudrehen, suche ich die anderen. Mir ist klar, dass in diesem Haus niemand mehr schläft. In der Küche warten bereits alle auf mich. Eve, Raidon, Tommy und Claire. Das Licht ist ausgeschaltet und Cole stopft hektisch Messer, Brot und Wasser in seine Tasche.

Eve weint leise. Obwohl ich keine Ahnung habe, was ich tue, nehme ich ihre kleine, sehnige Hand. Es tut mir im Herzen weh, als ich mich von ihr lösen muss und hinter Cole zur Tür eile. Ein letztes Mal dreht er sich um und ich kann all den Kummer und die Furcht in seinen Augen sehen. Im nächsten Augenblick sind wir auch schon durch die Hintertür hinaus ins Ungewisse getreten. Alles kommt mir viel zu unwirklich vor. Unsere Bewegungen, mein Atem, die Bilder um mich herum. Als würde ich noch träumen. Ich wünschte, es wäre so.

Schweigend durchqueren wir den Garten und suchen im Wald Schutz. Ich folge ihm, ohne zu fragen, wohin wir eigentlich wollen. Obwohl dies der einzige Gedanke ist, der mir kommt. Cole gibt ein schnelles Tempo vor, das ich trotz Müdigkeit problemlos mithalte. So kommen wir schnell voran. Ich versuche auf meine Umgebung zu achten, dennoch stolpere ich über Steine oder Erdhügel. Es kommt mir vor, als würde ich jeden erwischen, der unseren Weg säumt. Mein Rucksack verfängt sich in tief hängenden Ästen. Ich spüre das Blut, das mein nacktes Bein hinabrinnt, weil irgendetwas mir die Haut aufgekratzt hat. Ich jammere nicht, weil ich weiß, dass Cole auch nichts daran ändern kann. Ich bin ihm dankbar für alles, was er bisher getan hat, und will keine noch größere Belastung sein.

Ich weiß nicht, wie viel Zeit vergeht, als Cole ohne Vorwarnung stehen bleibt, um zu horchen. Erst jetzt merke ich, wie kalt mir ist. Obwohl die Sonne schon einige Zeit am Himmel steht, dringt die Wärme nicht durch die Kälte des Waldes. Das dünne Kleidchen, das ich noch vom Vorabend trage, ist ziemlich ungeeignet für lange Märsche. Meine Beine und Arme sind so kalt, dass die Muskeln darin zittern. Ich versuche meine klappernden Zähne still zu halten. Cole soll nicht denken, dass ich eine Pause brauche. Ich werde durchhalten und ihn keinesfalls bremsen. Doch obwohl ich dachte, mich gut unter Kontrolle zu haben, sieht er mich mit zusammengekniffenen Augen an, ehe er seinen Rucksack auf den Boden stellt und eine Jogginghose sowie einen Pullover reicht, die ich mit zitternden Händen überziehe. Cole treibt mich nach nur wenigen Minuten Pause wieder zur Eile an.

»Tommy wollte uns ein Auto besorgen, mit dem wir bis zum Widerstand kommen, doch jetzt ging alles zu schnell.« Dies sind die ersten Worte, die er seit unserem Aufbruch von sich gegeben hat. »Es sind drei Tage Fußmarsch. Wir sind beide zum Glück trainiert genug, um das schaffen zu können.« Um die Situation aufzulockern, stupst er mich in die Seite. Ich versuche mich an einem Lächeln, will seine Zuversicht teilen, auch wenn es nicht so ganz klappen will. Nicht weit entfernt entdecke ich den Rand des Waldes, den wir jetzt mit einer Zielstrebigkeit ansteuern, die mir Adrenalin durch die Adern pumpt.

Die Sonne steht hoch, als wir diesen Wald endlich verlassen. Cole wirft mir ein ermutigendes Lächeln zu. »Wie geht's dir?«

»Ich mache mir Sorgen um deine Eltern«, gestehe ich.

Er berührt meine Finger. Seine Haut ist warm und tröstlich. »Sie alle wussten, worauf sie sich einlassen. Sie sind nicht in Gefahr, solange wir nicht da sind.«

»Denkst du wirklich, dass ihr eine Chance habt, gegen dieses System zu gewinnen?« Ich will nicht unhöflich sein, kann mir jedoch beim besten Willen nicht vorstellen, dass irgendwer etwas in unserer Welt verändern kann. Es gibt eine Frau, die die Macht hat. Cassandra Fiala. Sie hat die Formel, mit der sie das Wasser reinigen kann, und ich habe gehört, dass sie keinem Menschen so sehr vertraut, dass sie diese weitergeben würde. Hinter ihr stehen nicht nur alle *Aquas,* sondern auch eine ganze Armee.

Cole denkt keine Sekunde lang nach, ehe er mir antwortet. »Ich denke, dass wir keine andere Wahl haben, als zu kämpfen. Wir können nicht aufgeben. Und Hoffnung ist unser größter Verbündeter.« Er zieht seinen Rucksack nach vorn und kramt in einer der Nebentaschen herum. »Hier, ich habe etwas für dich.« Er reicht mir ein braunes Armband, in dessen Mitte ein Baum abgebildet ist. Die Krone und Wurzeln berühren sich. Ohne auf eine Antwort zu warten, streife ich es über.

»Was ist das?«, frage ich und streiche mit den Fingern über die Äste.

»Ein Lebensbaum. Es ist das Zeichen des Widerstands. Er schenkt den Menschen Halt, Kraft und Hoffnung. Er steht für eine glückliche Zukunft. Genau das ist es, was auch wir wollen.« Seine Worte strotzen vor Überzeugung, und auch die aufrechte Haltung spricht davon. Sein Enthusiasmus steckt mich an. In meiner Brust kribbelt es, mein Herz fühlt sich merkwürdig leicht an und ich erlaub mir, tatsächlich zu hoffen.

Kapitel 12

Cole

Stunden vergehen, in denen Ella und ich nur hin und wieder eine Pause einlegen, um etwas zu trinken. Wir durchqueren das dritte Dorf an diesem Tag. Bisher waren alle unbewohnt und doch kann ich meine Anspannung nicht ablegen. Es ist, als beobachten uns etliche Augen, als warten sie darauf, dass wir stehen bleiben, um über uns herzufallen. Dies war eines der ersten Dörfer, die evakuiert wurden. Die Armee wollte die Menschen im Auge behalten und da war es einfacher, alle auf einem Haufen zu versammeln. Bis auf einige Bauern leben die meisten Leute mittlerweile in den Städten. Dennoch muss man ständig auf der Hut sein, denn einige Nomaden, die sich seit Generationen vor der Armee verstecken, leben noch hier draußen. Und sie haben nicht mehr viel mit uns gemeinsam.

Zwischen den vereinzelten frei stehenden Häusern wuchern Gebüsche aus der Erde. Die übrigen stehen dicht an dicht. Zusammengefallen, wie sie sind, kann man nicht mehr erahnen, wo das eine Haus anfängt und ein anderes aufhört. Es ist wie eine eigenartige Fusion aus zwei Leben, die einst so prächtig gewesen sein mochten und nun ein einziges Durcheinander bilden.

Die Straße ist teilweise aufgebrochen und dicke Betonbrocken der eingestürzten Häuser säumen den Weg, sodass wir nicht selten die Seite wechseln müssen.

Als wir an einem Spielplatz vorbeikommen, wird mir schwer ums Herz. Ein verrostetes mintgrünes Klettergerüst versteckt sich hinter wild wucherndem Unkraut. Ein morsches Karussell dreht sich kaum merklich im Wind. Die Farbe blättert ab wie die Fröhlichkeit aus meinen Gedanken.

Auf dem Gerüst verharren Scharen von Raben und beobachten uns mit ihren finsteren Augen, bevor sie ihre schwarzen Federn aufplustern und ächzend davonjagen. Ellas Körper zuckt zusammen, ehe sie den Vögeln hinterherblickt.

Gerade will sie etwas sagen, da taucht ein Rudel wilder Hunde aus einer freien Gasse auf. Ein Tier ausgemergelter als das andere. Sobald sie uns registrieren, bleiben sie stehen.

»Halt!« Ich halte Ella am Arm zurück, noch ehe sie das Rudel erblickt. Erst als der Erste beginnt zu knurren, stimmen auch die anderen ein. Die Mäuler kläffend geöffnet, halten sie den Blick auf uns gerichtet. Wir sind Eindringlinge in ihrem Revier. Ella springt an mich heran und krallt beide Hände in meinen Arm. Sie will etwas sagen, doch ich hebe langsam die Hand, sodass sie die Hunde nur anstarrt. Diese zeigen allesamt die Zähne. Ihr Rückenfell steht aufrecht. »Sieh weg. Sie fühlen sich bedroht.«

»Was machen wir?«, fragt sie flüsternd. Den Blick abgewendet, erschrickt sie jedes Mal, wenn eines der Tiere sich regt.

»Weitergehen«, sage ich. »Ignorier sie. Und hab keine Angst.«

»Leichter gesagt als getan.« Ella wimmert leise. »Sie sehen sehr hungrig aus.«

»Dir wird nichts geschehen.« Mit langsamen Bewegungen nehme ich die Waffe aus dem Halfter um meine Taille.

»Was, wenn sie doch angreifen?«

Ich entsichere die Glock, was sie ein wenig beruhigt. »Jetzt geh vor. Langsam.« Sie löst ihren Klammergriff um meinen Arm und macht einen Schritt nach dem anderen. Die Hunde lassen uns keine Sekunde aus den Augen. Ihre Haltung ist aggressiv und ich habe keinen Zweifel daran, dass sie uns bei der kleinsten Gefahr zerfleischen würden. Wenn es sein muss, werde ich sie erschießen, doch die Schüsse würden zu laut hallen und womöglich noch mehr ungewollte Aufmerksamkeit auf uns ziehen. Als wir an den Hunden vorbei sind, drehe ich mich langsam in ihre Richtung und halte die Waffe weiterhin bereit.

Erst als wir weit genug entfernt sind, erlaube ich es mir, sie sinken zu lassen und durchzuatmen. Ellas Blick findet meinen. Sie geht gebückt, sieht sich um. »Hättest du sie erschossen?«

»Wenn es nötig gewesen wäre.«

»Hast du schon einmal einen Menschen getötet?«, fragt sie weiter und ruft damit Bilder hervor, die ich längst vergessen wollte. Mein Puls beschleunigt sich und Galle steigt meine Speiseröhre hinauf. Dennoch straffe ich meinen Rücken und versuche mir nichts anmerken zu lassen.

»Ich bin Soldat«, sage ich, als würde das irgendetwas erklären. Doch in Wahrheit ist dies ein Abschnitt meines Lebens, über den ich nicht reden will. Jeder von uns hat schon Dinge getan, die er bereut. Die einen nachts nicht mehr schlafen lassen, ohne davon zu träumen. Ich gehe an ihr vorbei, sodass sie den Schmerz in meinem Gesicht nicht sehen kann, und hoffe, dass sie dieses Thema ruhen lässt. »Wir sollten uns langsam einen Platz für die Nacht suchen.« Die Sonne hat ihren Platz hoch am Himmel bereits verlassen und es wird nicht mehr lange dauern, bis sie völlig untergegangen ist. Hier ist es nicht sicher genug, um in der Dunkelheit herumzuirren.

»Wo werden wir schlafen?« Ich höre das Zittern in ihrer Stimme und würde ihr gern die Sicherheit geben, die sie verdient, doch hier draußen ist das unmöglich.

»Wir werden von der Straße verschwinden und uns irgendeine abgelegene Hütte suchen. Dort müssten wir sicher sein.«

Sie nickt geistesabwesend. »Hast du schon öfter in der Wildnis übernachtet?«

»Ja.«

»Und wurdest du dort schon einmal überfallen?« Mit ihren tiefblauen Augen starrt sie mich ängstlich an. Ich weiß, was sie hören will, doch ich möchte sie nicht anlügen. »Du bist bei mir in Sicherheit, das verspreche ich dir.«

Ich bin erleichtert, als wir das Dorf hinter uns lassen und einem kleinen Trampelpfad in den Wald folgen können. Meistens gibt es irgendwo alte Jagdhütten oder zumindest Schuppen, in denen wir uns verschanzen können. Wir laufen ein ganzes Stück, ehe ich auf einer Lichtung einen Hochsitz entdecke. Ella folgt mir.

»Warte, ich überprüfe die Lage.« Zwei Sprossen auf einmal nehmend erklimme ich die Leiter und atme erleichtert aus, als ich das perfekte Versteck leer vorfinde. »Komm hoch!« Ich lasse den Rucksack auf den Boden gleiten und meine steifen Schultern kreisen.

Auch Ella lässt sich, sobald sie oben angekommen ist, auf die von Blättern bedeckte Bank fallen und lehnt sich zurück. »Hier oben sind wir sicher, oder?« Ihre Haut ist durch die Sonne rot verfärbt und dunkle Schatten liegen unter ihren Augen.

»Ja, das sind wir. Hier kommt niemand hoch, ohne dass ich ihn bemerke.« Ich bin erleichtert, weil es die Wahrheit ist. Hier oben sind wir von allen Seiten geschützt. Die Leiter ist unsere einzige Verbindung zur Umwelt. Noch während ich darüber nachdenke, ob wir uns mit dem Schlaf abwechseln sollen, höre ich ein tiefes Donnergrollen und weiß, dass ich heute Nacht ohnehin keinen Schlaf bekommen werde. Ella hingegen sieht aus, als würde sie jeden Moment im Sitzen einschlafen. Aus meiner Tasche hole ich ein trockenes Stück Brot hervor, schneide es mit meinem Kampfmesser in zwei Hälften und reiche ihr eine davon. In Situationen wie diesen, in denen ich die Schusswaffe nicht benutzen muss, ist mein Ka-Bar deutlich effektiver. Sollte irgendjemand nah genug an uns herankommen, wird er an dieser Waffe nicht vorbeikommen.

Während wir schweigend auf dem Brot herumkauen, zieht sich die Wolkendecke weiter zu. Der Himmel ist schwarz. Als Ella aufgegessen hat, dreht sie sich in meine Richtung. »Erzähl mir deine Geschichte. Ich würde gern wissen, wem ich eigentlich mein Leben anvertraue.«

»Was, wenn sie dir nicht gefällt?«, frage ich matt lachend.

»Hmm.« Sie schmunzelt. »Dann werde ich wohl bei der erstbesten Gelegenheit das Weite suchen.«

»Du wirst verdursten.«

Ella schürzt nachdenklich die Lippen. »Besser, als bei einem Psychopathen zu bleiben, oder?«

»Die Welt wird von Psychopathen regiert.«

»Lenk nicht ab.« Sie rutscht gähnend weiter von mir weg, sodass sie sich zusammengekauert auf die Holzbank legen kann, und schließt die Augen.

»Ich war zehn Jahre alt, als Meli abgeholt wurde«, beginne ich leise zu erzählen.

»Damit beginnt deine Geschichte?«

Ich nicke, obwohl sie es nicht sehen kann. »Ja. An dem Tag musste ich erwachsen werden. Auch wenn ich vorher schon auf dem Feld gearbeitet habe, hatte ich im Großen und Ganzen eine gute Kindheit. Dieser Tag hat meine Familie zerstört und ich habe mir geschworen, irgendwann für Gerechtigkeit zu sorgen.« Ich drehe das Messer in der Hand. »Es gab eine Zeit in meinem Leben, in der Gerechtigkeit und Rache dasselbe bedeutet haben. Ich hätte alles getan, um sie zu bekommen. Ich bin der Armee beigetreten, wie die Bruderschaft es von mir verlangte. Seinen Feinden muss man stets nahe sein. Egal, was das mit einem anstellt.«

»Was hat es mir dir angestellt?«, fragt sie mit müder Stimme.

»Ich habe beinahe vergessen, wofür ich kämpfe«, antworte ich nach einer Ewigkeit. Mit einem Blick auf Ella erkenne ich, dass sie eingeschlafen ist. Ihr Brustkorb hebt und senkt sich langsam und ihr Gesicht wirkt so entspannt, wie ich es bisher noch nicht erlebt habe. Mir fallen die Brandnarben an ihrem Körper auf und ich frage mich, woher sie stammen könnten. Bis auf die vernarbten Stellen hat sich eine Gänsehaut über ihren Körper gelegt, also suche ich in meiner Tasche nach einem dickeren Pullover. Sanft streiche ich ihr über den Arm. Ihre Augenlider flattern, als sie sie langsam wieder öffnet.

»Ella, zieh dir das an. Die Nacht wird kalt.« Ich halte ihr das Oberteil hin und sie greift mit halb geschlossenen Augen danach. Angezogen kuschelt sie sich in den weichen Stoff und schläft wieder ein.

Ich versuche dem Rhythmus ihres Atems zu folgen, mich zu beruhigen, doch jedes Donnergrollen lässt mich innehalten. Jetzt, wo ich ganz allein mit meinen Gedanken bin, kann ich die Bilder nicht mehr verdrängen. Ein erwachsener Mann, der Angst vor einem Gewitter hat – meine Kameraden würden mich auslachen. Es ist nicht das Gewitter an sich, das mir das Blut in den Adern gefrieren lässt. Es ist das, was es bei mir auslöst. Ich höre kein Grollen, ich höre Schreie. Ich sehe keine Blitze, sondern Blut und Feuer.

Sobald Ella am Morgen die Augen aufschlägt und wir einen winzigen Teil unseres Essens aufgebraucht haben, machen wir uns wieder auf den Weg. Da das nächste Dorf bewohnt ist, müssen wir dort unseren Proviant wieder auffüllen. Dank des kleinen Zwischenstopps zu Hause habe ich einige Dinge dabei, die ich eintauschen kann. Ehe wie das Dorf betreten, reiche ich Ella einen kleinen Beutel. »Geh vor, wir sollten nicht zusammen gesehen werden. Gleich am Ortseingang ist ein großes Backsteingebäude. Dort findest du einen älteren Mann. Tausch das gegen Wasser und Brot. Gib ihm nicht alles, handle mit ihm.«

»Ich?«, fragt sie mit weit aufgerissenen Augen und öffnet den Beutel, um seinen Inhalt zu analysieren. Alte Ketten und Broschen der Familie. Obwohl Geld und Gold heutzutage keinen Wert mehr haben, gibt es noch viele Abnehmer dafür. Frauen, die einen Mann beeindrucken oder für eine Weile in eine andere Rolle schlüpfen wollen.

»Ich muss mich ein wenig umhören. An Markttagen wird viel geredet.« Ella atmet tief durch, umklammert den braunen Stoffbeutel mit beiden Händen und dreht mir nickend den Rücken zu. Ich sehe ihr hinterher, doch als sie hinter der Kurve verschwunden ist, mache ich mich ebenfalls auf den Weg. Ich muss herausfinden, ob es hier ein Funkgerät gibt, mit dem ich den Widerstand erreichen kann. Ohne Auto ist der Weg bis zum Unterschlupf kaum bezwingbar. Nur gut, dass Ellas Körper und Ausdauer jahrelang trainiert wurde, dennoch ist der Weg weit und steinig. Als ich an dem Tauschhaus vorbeikomme, spähe ich kurz durch die halb geöffnete Tür hinein in das chaotische Zimmer. Alte Bücher stapeln sich zu hüfthohen Türmen neben Tischen, Stühlen, antiken Uhren und ausgestopften Tieren. So manches Schmuckstück kann man hier ergattern, doch die wichtigsten Güter verstecken sich im Hinterzimmer. Nahrung und Wasser. Egal wie heruntergekommen die Dörfer und Menschen darin sein mögen, eine Regel besagt, dass die Tauschhäuser nicht überfallen werden. Die meiste Zeit wird diese eingehalten, denn all jene, die sie brechen, werden aus der Gemeinschaft verstoßen. Ein kleines Mädchen mit verfilztem Haar stürmt an mir vorbei in das staubige Zimmer, sodass die Tür bis zum Anschlag aufgestoßen wird. Ella, die vor dem Tresen steht und sich mit dem Händler unterhält, blickt sich kurz um und lächelt zögerlich.

Mein Ziel ist der große Marktplatz, an dem sich tagsüber die Bewohner tummeln, um Neuigkeiten auszutauschen. Ein älterer Mann stellt sich mir in den Weg.

»Deine Schuhe sind kaputt. Ich kann sie dir flicken. Zwei Scheiben Brot und wir kommen ins Geschäft.« Dankend gehe ich weiter. Er ist nicht der Einzige, der seine Dienste anbietet. Am Straßenrand sitzen mehrere Menschen, die für einen winzigen Lohn Arbeiten verrichten. Zahnärzte, die den Kunden mit rostigem Instrumentarium Zähne ziehen, Näherinnen, die sich die Finger wund arbeiten, und sogar Männer und Frauen, die über einer Feuerstelle kochen. An jeder Ecke stehen Frauen, die für einen kleinen Lohn alles mit sich machen lassen würden. Ich gehe an allen vorbei, weil mir von diesen Leuten niemand helfen kann. In einem etwas abgelegenen Gebäude in einer Seitenstraße finde ich den Laden, nach dem ich Ausschau gehalten habe. Diese Art Laden gibt es in jedem Dorf. Hier bekommt man kein Obst oder Wasser, sondern Waffen, Alkohol, Drogen. Nichts davon ist von Interesse für mich, das Funkgerät jedoch schon. Für gewöhnlich lassen die Soldaten diese Läden in Frieden, da ihnen egal ist, ob die Menschen sich gegenseitig abknallen oder sich von innen heraus zerstören. Sie sind es sogar, die die meisten dieser Dinge liefern. Ein Anteil des Gewinns steht ihnen dementsprechend natürlich zu. Nur das Funkgerät gehört nicht zu diesen Gütern. Nur der Armee und den *Aquas* ist es erlaubt, sich untereinander auszutauschen. Ich lehne mich gegen die Tür, sodass sich mein Kommen mit einem knarzenden Geräusch ankündigt. Ein etwa dreißigjähriger Mann steht hinter dem Tresen und poliert ein Gewehr.

»Was willst du?«, fragt er mürrisch und sieht mich dabei nicht einmal an.

»Ich muss mit jemanden reden«, knurre ich die Antwort, durch die man an das Funkgerät kommt.

Er hebt den Blick und starrt mich an. Vor dem rechten Auge liegt ein weißer Schleier. »Hau ab. Ich kann dir nicht helfen!«

»Wieso?«

Er schnaubt und sieht sich um, als müsste er sicherstellen, dass niemand uns belauscht, dabei sind wir ganz allein. »Seit gestern tauchen Soldaten auf und durchsuchen jedes Gebäude.«

Sofort werde ich hellhörig. »Wonach suchen sie?«

»Ich weiß es nicht. Nach versteckten Kindern vermutlich. Es ist mir zu riskant, ein Funkgerät zu verlieren.« Sie suchen nicht nach Kindern, sondern nach uns. Es ist besser, ihn in dem Glauben zu lassen, dass er recht hat. Wer weiß, ob er mich sonst nicht für eine Belohnung ausliefern würde. Dankend verabschiede ich mich von ihm und mache mich zügig auf den Weg. Wir müssen hier weg und zwar schnell. Ich hoffe, dass ich nicht zu viel Aufmerksamkeit errege, als ich schnellen Schrittes das Dorf durchquere und in das Tauschhaus reinplatze. Ella ist allein. Sie sieht mich fragend an; als ich den Beutel mit unseren Habseligkeiten zusammenpacke und in meine Tasche stecke, reißt sie die Augen auf.

»Ich warte noch auf das Wasser, was ist los?«

»Wir haben keine Zeit! Wir müssen weg!« Auf mein Drängen hin steckt sie den Laib Brot in ihre Tasche und folgt mir schleunigst aus dem muffigen Haus.

»Was ist denn passiert?« Ohne auf ihre Fragen einzugehen, ziehe ich sie hinter mir her, bis wir das Dorf und die damit einhergehende Gefahr weit genug hinter uns lassen.

»Die Soldaten suchen uns auch hier«, erkläre ich ihr und versuche, meine Anspannung nicht zu deutlich zu zeigen.

Ella beißt sich auf die Unterlippe und ihre Augen bewegen sich in ihren Höhlen, als würde sie vergebens nach einem Ausweg suchen. »Und was machen wir jetzt? Sollen wir warten, bis sie verschwinden?«

»Sie werden die Gegend absuchen und dann sollten wir weit genug weg sein.« Ich stoße einen Fluch aus, ehe ich mir übers Gesicht reibe, um nicht laut aufzuschreien. »Das heißt, wir müssen durch das Brachland laufen. Dort werden sie uns hoffentlich nicht erwarten.«

Sie nickt knapp. »Okay. Und was ist das Problem?«

»Das kostet uns zwei Tage. Unsere Wasserreserven werden verdammt knapp.«

»Na dann …« Schwer seufzend nimmt sie ihre Tasche und legt sie um ihren Körper. »Lass uns keine Zeit verlieren.«

Kapitel 13

Ella

Wir haben kaum noch Wasser.« Seit zwei Tagen sind wir nun schon in dieser Wüste unterwegs. Bisher haben wir keine Menschenseele angetroffen. Kein Dorf, keine Stadt – nichts, wo wir hätten auf Hilfe hoffen können. Nur vereinzelnd tauchen schmale Bäume auf, die kaum Schutz vor der Sonne bieten. Nicht dass wir Zeit hätten, uns auszuruhen. Er treibt mich zur Eile an. Auch wenn meine Kraftreserven allmählich aufgebraucht sind. Genauso wie unser Wasser, das wir seit heute Morgen viel zu sparsam zwischen uns aufteilen. Mein Hals fühlt sich so trocken an wie die Erde, über die wir laufen.

»Ich weiß.« Coles Finger sind so fest um die Träger seiner Tasche geschlungen, dass die Fingerknöchel weiß hervortreten. Sein Blick ist starr nach vorn gerichtet.

»Ohne Wasser werden wir sterben.« Es ist dumm, das Unvermeidliche auszusprechen, aber ich habe innerlich die Hoffnung, dass mir Cole jetzt seinen großen Plan vorlegt. Doch als er nichts erwidert, erstickt auch dieser Wunsch im Keim. Mittlerweile bricht die zweite Nacht in der Wildnis an. Die Sonne sinkt schnell und ohne sie können wir unmöglich weiterlaufen. Die Gefahr zu stürzen ist zu groß, denn ein gebrochenes Bein würde unseren Tod bedeuten. Cole deutet mit einer Kopfbewegung zu einer kleinen Baumgruppe. Wir steuern darauf zu und ich merke mit jedem Schritt, wie dringend ich Schlaf benötige. Als wir sie erreichen, sammelt Cole einige Äste zusammen, während ich eine Decke auf dem Boden ausbreite. Dank der Trockenheit dauert es nicht lang, bis er ein schwaches Feuer vor uns entfacht. Cole setzt sich im Schneidersitz neben mich und sieht gedankenverloren in die knisternden Flammen. Die Stille zwischen uns wird mit jeder schweigsamen Sekunde, die verstreicht, erdrückender. Ich lasse den Blick schweifen, was keine gute Idee ist. Es macht mir nur umso klarer bewusst, dass wir auf uns allein angewiesen sind und dass wir nichts weiter tun können als beten, dass wir bald Wasser finden. Die windschiefen, mageren Bäume sind das Einzige, was die weite Fläche vor uns säumt. Ein ungutes Gefühl überkommt mich, als ich versuche, weiter in die Zukunft zu blicken. Was, wenn wir auf keine anderen Menschen stoßen? Kein Wasser finden? Zwanghaft versuche ich die trüben Gedanken fortzujagen, doch es gelingt mir nicht. Leider war ich mein Leben lang eher Realist als Träumerin. Im Schein des Feuers wirken die Bäume wie dünne Schatten, die sich unheilvoll dem beinahe ebenso dunklen Himmel entgegenstrecken und nur darauf warten, dass wir einschlafen.

Ich will etwas sagen, doch jeder Satz, der mir einfallen würde, fühlt sich unpassend an. Erst als mein Magen in der Stille laut zu knurren beginnt und nicht mehr aufhören will, erwacht Cole aus seiner Starre und sieht mich grinsend an. Ich lege meine Hände auf meinen vibrierenden Bauch. »Du hast nicht zufällig noch irgendwo etwas von euren leckeren Kartoffeln versteckt?«

Er verzieht entschuldigend das Gesicht. »Die habe ich eben beim Äste sammeln aufgegessen.«

»Schon gut, ich habe dafür den Käse vernichtet«, antworte ich kichernd. Mein Lachen klingt dumpf und lautlos, dennoch löst es etwas in mir. Da die unangenehme Stille zwischen uns verschwunden ist, kann ich mich ein wenig entspannen – soweit das in dieser Situation möglich ist – und breite mich auf der Decke aus. Mein Magen knurrt weiter, doch zumindest ist der Druck in meiner Brust vergangen, seit ich auf die Sterne blicke. Vielleicht ist das der Trick: nach oben sehen. Der Himmel enttäuscht einen nie. So war es in *Wonderland*, so ist es jetzt.

»Wenn alles anders wäre, wärst du dann auch Soldat geworden?«, frage ich ehrlich interessiert.

Cole lehnt sich ebenfalls im Sitzen zurück. Als wären es die normalsten Accessoires der Welt, liegen griffbereit neben ihm sein Messer und die Pistole. Er hebt den Blick zum Himmel. »Vielleicht wäre ich Astronaut geworden.« Mit einem verschmitzten Lächeln sieht er mich an. »Oder Arzt.«

Ich lache. »Das sind zwei ganz schön unterschiedliche Berufe.«

»Womöglich wäre ich ja auch beides. Wäre alles anders gekommen, würden die Menschen heute vielleicht andere Planeten besiedeln und ich müsste als Arzt von einem Ort zum nächsten reisen.«

»Interessante Vorstellung«, muss ich grinsend zugeben. »Nur, wieso willst du Arzt sein? Was würden dir die Menschen zurückgeben? Was geben sie dir jetzt zurück? Die meisten von ihnen würden dich für ein wenig Wasser verraten.«

Er senkt den Blick auf seine im Schoß gefalteten Hände und nickt zustimmend. »Natürlich würden sie das. Doch das ändert nichts daran, dass ich ihnen vielleicht das Leben rette. Nicht jeder bekommt den Dank, den er verdient hätte. So war das Leben schon immer und das wird sich auch nicht ändern. Und trotzdem ist es wichtig, dass man denen hilft, die Hilfe brauchen.«

Mit einem Mal fühle ich mich egoistisch. Ich habe stets nur meine Situation gesehen. Cole hingegen ist ein guter Mensch. Langsam verstehe ich, wieso er sich dem Widerstand angeschlossen hat. Und ich bin dankbar, dass er mir die Möglichkeit gibt, ihn dabei zu unterstützen. Lächelnd drehe mich in seine Richtung. Er stützt sich auf den Ellenbogen und sieht mich an. »Und du?«

Ich muss nicht darüber nachdenken. »Ich wäre Künstlerin geworden. Würde etwas erschaffen, was vorher nicht da war. Ich habe keine Ahnung, ob ich Talent besitze, doch die Vorstellung, etwas zu schreiben, was die Menschen mit Freude lesen, oder etwas zu kreieren, was sie staunend betrachten, wäre ein Traum.«

Coles Blicke wandern über mein Gesicht, das wie seins vom warmen Feuerlicht angeschienen wird. Sein rechter Mundwinkel zuckt. »Also, ich sehe dich gern an.«

»Idiot«, lache ich, kann jedoch nicht verhindern, dass dieses Kompliment mein Herz höherschlagen lässt. Ich drehe mich um und schließe die Augen. Mein Magen ist leer und doch schlafe ich heute mit einem Lächeln auf den Lippen ein.

Sobald die Sonne aufgeht und den Weg vor uns erhellt, weckt Cole mich. Mein Hunger bringt mich um, doch da es ihm genauso gehen muss, sage ich nichts. Ich würde sogar auf einer Pflanze herumkauen, weil ich so einen Hunger habe, doch die wenigen Pflanzen, die hier wachsen, sind farblos und stachelig. Der staubtrockene Boden macht es uns umso schwerer, einen Fuß vor den anderen zu setzen. Es dauert nicht mehr lange, bis wir vor Erschöpfung aufgeben werden. Unsere Stimmung ist an einem Tiefpunkt angelangt, sodass wir kein Wort sprechen, während wir nebeneinander herlaufen. Ich weiß nicht einmal, ob er noch eine Ahnung hat, wo wir hinlaufen. Ich habe meine Orientierung schon lange verloren. Ich könnte nicht einmal mehr ausmachen, aus welcher Richtung wir kamen. Vor uns liegt ein kleiner Berg.

»Wir müssen da hoch und uns einen Überblick verschaffen«, sagt Cole mit rauer Stimme. Nach dem Aufstehen haben wir den letzten Tropfen Wasser geleert und sin nun endgültig auf ein Dorf angewiesen. Unsere Kleidung ist schweißnass, als wir die Anhöhe erreichen. Die Hoffnung, die wir eben empfunden haben, verfliegt jedoch sofort. Vor uns befindet sich kein Dorf. Kein Wasser. Keine Vorräte. Nein, vor uns erstreckt sich dieselbe verdorrte Erde, die hinter uns liegt sowie rechts und links von uns. Wir werden sterben.

Ich weiß nicht, wie lange wir laufen, ehe Cole die Hand vor meiner Brust ausstreckt und mich so zum Stehen bringt. Da ich die letzten Stunden nur noch meine Füße angestarrt habe, um sie zu jedem weiteren Schritt zu zwingen, habe ich nicht gesehen, dass sich dort etwas Ungewöhnliches vor uns befindet. »Was ist das?«, keuche ich.

»Sieht aus wie ein Autowrack. Versteck dich.« Er deutet auf einen Gesteinsbrocken, lässt seine Tasche neben mir zu Boden fallen und macht einige Schritte nach vorn. Ich tue, wie mir geheißen und beobachte Cole, wie er sich langsam dem Auto nähert.

Doch plötzlich tritt ein Mann hinter dem Wrack hervor und bevor ich Cole etwas zurufen kann, erscheint ein zweiter und reckt ihm die Hand entgegen. Ich spüre ein Kribbeln auf meiner Haut. Mein Herzschlag jagt durch meinen Körper und ich spüre, dass etwas nicht stimmt. Als ich sehe, wie Cole mit der Hand nach seiner Waffe greift, erkenne ich, dass der Mann nicht einfach nur auf ihn zeigt. Nein, er zielt auf ihn. Mir ausgetrockneten Lippen und viel zu schwachen Gliedern kann ich nichts weiter tun als zuzusehen, wie der erste Mann näher an Cole herantritt. Als wäre es ein Instinkt, zuckt Coles Blick für eine Sekunde zu mir. Und obwohl er sich sofort wieder nach vorn richtet, haben die Männer es gesehen. Natürlich.

Der Mann mit der Waffe deutet mit einer Handbewegung zu mir, woraufhin der andere sich in meine Richtung bewegt. Ich erkenne sein Gesicht nicht, da es von einem großen Strohhut verborgen wird. Innerlich fluche ich, dass sie ausgerechnet jetzt aufgetaucht sind, da Cole und ich so schwach sind. Ich versuche mich aufzurichten, doch meine Beine sind schwach und meine Arme zittern fürchterlich. Ich spüre die Dehydration in allen Zellen meines Körpers. »Hey, Mädchen. Du brauchst keine Angst zu haben.« Der Mann kommt mit langsamen Schritten näher. So als versuche er, sich an ein wildes Tier anzuschleichen. Seine Kleidung ist mit Staub übersät und von der Sonne ausgeblichen. Unter dem Schleier an seinem Hut, den er sorgsam absetzt, verbirgt sich ein ausgemergeltes altes Gesicht. Noch nie habe ich einen so alten Menschen gesehen.

»Du hast sicher Durst.« Ich will etwas sagen, doch meine Kehle ist derart ausgetrocknet, dass ich keinen Laut herausbringe. Also nicke ich langsam, damit die Welt sich nicht erneut zu drehen beginnt. Mit einer vorgestreckten Hand – um mir zu verdeutlichen, dass keine Gefahr von ihm ausgeht – wühlt er in seinem Rucksack und kramt eine silberne Flasche hervor. »Jetzt mach schon, Big! Wir müssen uns wieder auf den Rückweg machen!«, ruft der Kerl mit der Waffe, die weiterhin auf Cole gerichtet ist.

»Cole«, röchle ich und deute auf ihn. Der Mann, der mir die Flasche nun an die Lippen führt, folgt meinem Blick und lächelt mich sanft an. »Deinem Freund wird nichts passieren. Wir nehmen euch mit in unser Dorf, dann wird es euch bald wieder besser gehen.«

Obwohl ich es nicht zulassen will, hilft mir der Fremde beim Aufstehen und legt eine Hand an mein Kreuz, um mich zu Cole zu führen. Die Stelle, an der sie liegt, kribbelt unangenehm und ich würde mich am liebsten aus seiner Berührung herausdrehen, doch ich traue mich nicht. Ich versuche optimistisch zu sein.

Vielleicht werden wir ja doch überleben. Vielleicht haben wir eine Zukunft. Es ist nur ein vager Gedanke, ein leiser Funken Hoffnung, doch in der Sekunde, in der ich Coles Blick erfasse, spüre ich auch diesen Funken verglühen. Wie versteinert steht er da und lässt mich keine Sekunde aus den Augen. Sobald ich nah genug bei ihm bin, greift er nach meiner Hand. Sofort fühle ich mich etwas sicherer. Sogar dann noch, als Big ihm seine Waffe wegnimmt und sie sich unter den Hosenbund klemmt.

»Kommt mit, ohne zu kämpfen, dann passiert euch nichts.« Er lächelt knapp, ehe er die Tür zu dem Auto, das offenbar doch kein Wrack ist, öffnet und uns hineinleitet.

Während die anderen beiden einsteigen, umklammert Cole weiterhin meine Hand, lässt die Männer jedoch nicht aus den Augen. Erst als der Motor stotternd anspringt und wir losfahren, fixiert er die Außenwelt, als wollte er so herausfinden, wohin wir fahren. Ich bezweifle jedoch, dass uns das etwas nützen wird. Es dauert nicht lang, bis wir vor einem großen Tor ankommen. Der Fahrer, dessen Namen ich noch nicht kenne, steigt aus und schmettert die Tür zu. Big dreht sich lächelnd um. »Akzeptiert einfach, dass das jetzt euer Leben ist, dann wird es euch gut gehen, ich verspreche es.« Ehe ich fragen kann, was das für ein Leben sein soll, kehrt der andere Mann zurück, steigt ein und fährt durch das sich öffnende Tor. Der Wagen rollt langsam durch schmale Straßen, an dessen Seiten einige Grüppchen von Menschen jedes Alters sitzen. Sie sehen erstaunlich gepflegt und gut ernährt aus. Anders als die Dorfbewohner, die ich bisher kennengelernt habe.

Misstrauisch lässt Cole den Blick über die Fremden wandern. »Bleib die ganze Zeit bei mir, egal was sie dir sagen.« Als der Wagen stehen bleibt, setzt er sich aufrecht hin. Die Panik, die in mir aufsteigt, als er meine Hand loslässt, erwischt mich eiskalt. Die Stille, als wir aussteigen und hilflos nebeneinanderstehen, behagt mir nicht. Die wenigen Menschen, die wir vor ihren Hütten sitzen sehen, lächeln still vor sich hin. Einige von ihnen beobachten uns, andere wirken nicht so, als würden sie sich auch nur im Geringsten für uns interessieren. Big steigt aus und geht davon, der Fahrer deutet uns an, ihm zu folgen.

»Bis wir morgen mit dem Leiter über euch gesprochen haben, bleibt ihr in eurer Hütte, alles klar?« Sein Verhalten wirkt nicht besonders einladend, doch die Aussicht auf eine eigene Hütte mit einem Bett lässt mich darüber hinwegsehen. Das Dorf macht auf mich nicht den Eindruck, als wäre es eine Zwischenlösung für diese Menschen. Die einfachen Lehmhütten mit ihren Strohdächern sind alle gleich. Die Straße ist nicht gepflastert, doch es liegen auch nirgends Trümmer oder Schrott im Weg. Kurze Zeit später bleibt er stehen und öffnet die Tür einer Hütte. Sie reiht sich unauffällig in die Kette der übrigen ein. »Dort drin könnt ihr die Nacht verbringen.«

Ich folge Cole in das kleine Häuschen und sobald wir beide drin sind, wird die Tür geschlossen und ich höre den Schlüssel, der uns hier drin einsperrt.

»Mir gefällt das hier ganz und gar nicht«, brummt Cole, und auch wenn ich ihm zustimme, kann ich nichts weiter tun, als auf das schmale Bett zuzugehen und mich hinzulegen.

Die Müdigkeit überkommt mich so plötzlich, dass ich nicht einmal mehr Zeit habe, mich umzuziehen.

Kapitel 14

Cole

Das leise Plätschern des Regens weckt mich. Wie vom Blitz getroffen setze ich mich auf und sehe mich im Zimmer um. Mit einem Blick nach rechts sehe ich Ellas schlafende Gestalt. Sie ist mir zugewandt und sieht so friedlich aus, dass ich sie am liebsten ewig weiterschlafen lassen würde. Ich steige aus dem Bett und setze mich an die Wand, um die Tür im Auge zu behalten und nicht wieder einzuschlafen. Ella bekommt davon nichts mit. Sie weiß nicht, in was für einem Schlamassel wir gelandet sind. Und das schlimmste ist, dass ich auch keine Ahnung habe, mit was für Menschen wir es hier zu tun haben. Auf den ersten Blick hat diese Gemeinschaft friedvoll gewirkt und so, als würde es jedem gut gehen. Doch das kann unmöglich so sein. Davon würde der Widerstand doch wissen. Ich muss dringend Kontakt zu ihm aufnehmen. Ich sitze so lange gegen die Wand gelehnt und lausche dem Regen, bis die ersten Sonnenstrahlen durch das milchige Glas der Tür auf meinen müden Körper fallen. Ich beobachte das Treiben auf den Straßen. In regelmäßigen Abständen laufen Patrouillen durch die Straßen. Ob sie die Menschen beschützen wollen oder sie in ihren Häusern gefangen halten, wage ich nicht zu spekulieren. Sie sind jeweils zu zweit, an ihren Seiten hängen Gewehre und ich bezweifle nicht, dass sie sie auch bedienen können.

Erst zwei Stunden nachdem ich die ersten Dorfbewohner an unserem Fenster habe vorbeilaufen sehen, höre ich einen Schlüssel in unserem Schloss. Ella schläft bis zu diesem Zeitpunkt noch seelenruhig, doch als sie das Geräusch ebenfalls vernimmt, setzt sie sich kerzengerade im Bett auf. Ihr Blick huscht durch den Raum, als müsste sie sich zunächst daran erinnern, wo sie ist. Als er mich findet, rutscht sie bis ans Ende des Bettes und schlingt die Decke um ihre Knie.

»Wie lang sitzt du schon da?«

»Eine Weile.«

Sie runzelt die Stirn. »Du machst dir Sorgen, nicht wahr?«

»Eine alte Angewohnheit«, antworte ich mit einem schiefen Lächeln. Es bringt nichts, wenn sie sich zu viele Gedanken macht. Im Moment können wir nur abwarten.

»Und wieso hast du mich nicht geweckt?«, will sie weiter wissen, doch ich kann ihr keine Antwort auf ihre Frage geben, da die Tür lautstark aufgestoßen wird und der Kerl vom Vortag wirft mir einen grimmigen Blick zu. Sofort stelle ich mich hin, versuche meine soldatische Haltung jedoch zu zügeln. Also lasse ich die Schultern abrupt sinken. Niemand hier sollte wissen, wer ich bin. »Kommt. Der Leiter will euch sehen.« Ella klettert geräuschlos aus dem Bett. Sie hat es offensichtlich perfektioniert, unsichtbar zu sein, wenn sie es will.

»Du sagst nichts«, flüstere ich Ella zu, während wir dem Kerl hinaus folgen. Sein Rücken ist gekrümmt und sein Blick schwingt rastlos von einer Richtung zur anderen. Er ist pausenlos auf der Hut, was bedeuten muss, dass er nicht immer in diesem geschützten Dorf gelebt hat. Vor einer Hütte bleiben wir stehen. Die Tür wird von zwei bulligen Männern bewacht, was der einzige Unterschied zu den übrigen Behausungen ist. Sie starren regungslos nach vorn und machen keine Anstalten, einen Schritt zur Seite zu treten, um uns hineinzulassen. Am Fenster huscht eine Gestalt vorbei und erst als eine zierliche junge Frau die Tür öffnet, gehen die Wächter einen Schritt zur Seite.

»Da seid ihr ja endlich. Vater erwartet euch schon.« Wir treten sogleich in ein heimisch eingerichtetes Wohnzimmer ein. Nicht zu vergleichen mit dem kahlen Raum, in dem wir die Nacht verbracht haben. Gemälde hängen an den Wänden, ein Teppich bedeckt den halben Boden und ein Kamin sorgt für wohlige Wärme. Ein großer, edel wirkender Tisch bildet den Mittelpunkt des Zimmers. Drum herum stehen mehrere Stühle, wovon nur der am Kopfende besetzt ist. Das muss der Leiter sein. Anders als ich ihn mir vorgestellt habe.

Seine dunkle Haut zeigt bereits viele Falten und er trägt eine schwarze Hornbrille. Ein Accessoire, das heute kaum noch gesehen wird. Er ist alt. Und wirkt freundlich. Vielleicht trügen seine ruhige Art und die Lachfalten, die sich um seinen Mund gebildet haben, jedoch auch. Heutzutage ist es schwer, jemandem zu vertrauen.

»Es freut mich, euch kennenzulernen.« Er hebt eine Hand, die bisher noch mit der Fläche nach unten auf dem Holztisch lag, und deutet auf die freien Plätze. »Ich bin Bob. Falls Morgan euch Angst eingejagt hat, tut mir das leid. Er wirkt manchmal Furcht einflößend auf unsere Gäste. Ihr könnt mir jedoch glauben, dass euch hier niemand etwas Böses will.« Er nickt uns auffordernd zu, woraufhin wir uns ebenfalls hinsetzen. So weit von ihm entfernt, wie es uns möglich ist. Er streicht sich sein langes Haar, das einst schwarz gewesen sein muss, jetzt zum größten Teil aus Grau besteht, aus dem Gesicht.

»Ich müsste Kontakt zu jemandem aufnehmen«, sage ich geradeheraus. »Haben Sie ein Funkgerät?«

»Leider nicht.« Er lässt die Mundwinkel bedauernd sinken. »Wir können die Nachricht jedoch gern überbringen, wenn du uns sagst, an wen sie gerichtet ist.«

Ich lächle knapp. »Ich würde sie lieber selbst überbringen. Ihre Gastfreundlichkeit weiß ich zu schätzen, doch wir müssen weiter.«

Bob lässt sich auf seinem Stuhl zurücksinken und verschränkt die Hände vor dem Bauch. Er wirkt entspannt und so, als könnte ihn nichts aus der Fassung bringen. Die junge Frau, die uns die Tür geöffnet hat, stellt Gläser vor uns hin und füllt aus einer gläsernen Karaffe Wasser hinein. Morgan trinkt seines sogleich leer und gibt seiner Tochter einen Kuss auf die Stirn, ehe er sie wieder wegschickt.

»Das wird unmöglich sein, es tut mir leid. Unser Fahrzeug ist unterwegs und zu Fuß ist es ein weiter Weg bis ins nächste Dorf.«

»Wir laufen«, erkläre ich und trinke zaghaft. Vergiftet kann es nicht sein, wenn er aus derselben Karaffe getrunken hat.

Bob stößt ein kehliges Lachen aus. »Unsinn. Bleibt ein paar Tage hier, bis die Suchtruppe wieder da ist, dann bringen wir euch, wohin ihr wollt.«

»Was genau suchen sie denn dort draußen?«, fragt Ella neugierig und leert ihr Glas in einem Zug.

Bob lächelt sie an, was die Fältchen um seine Augen nur noch deutlicher hervortreten lässt. »Verlaufene Seelen wie euch. Zu oft sind schon Menschen im Brachland verdurstet oder verhungert. Ich habe gehört, dass auch bei euch die Zeit knapp wurde. Wir haben euch im rechten Augenblick gefunden.«

»Ja. Dafür sind wir sehr dankbar.« Er scheint sie im Gegensatz zu mir von sich überzeugt zu haben.

Er nickt bescheiden. Als wäre es keine große Sache, dass seine Männer uns gefunden haben. »Dann zeigt uns eure Dankbarkeit und feiert heute Abend mit uns. Jedes gerettete Leben ist eine Bereicherung und ein Grund zu feiern, nicht wahr?«

»Sehr gern.« Sie lächelt dankbar und naiv. Ich wünschte, ich könnte ihr die Enttäuschung, die garantiert kommen wird, ersparen.

Nachdem Bob uns erklärt, dass wir uns frei in dem umzäunten Dorf bewegen dürfen, werden wir wieder entlassen. Auch Morgan verschwindet vor der Tür und wir sind tatsächlich allein. Kritisch sehe ich mich um, während wir die Straßen durchqueren.

Ella schwingt zu mir herüber und stupst mich mit dem Ellenbogen an. Sie lächelt von unten zu mir empor. »Kannst du dem Ort zumindest für die kurze Zeit, die wir hier sind, eine Chance geben? Bob wirkt wie ein guter Mensch.«

Manchmal sind die Menschen, die gut zu sein scheinen, die schlimmsten von allen. Weil ihre Augen hoffnungsvoll glänzen, behalte ich diese Erfahrung, die ich bereits machen musste, jedoch für mich. »Ich versuche es.«

Sie atmet tief durch und ein zufriedenes Lächeln legt sich auf ihre Lippen. »Ich will mich nur einmal wie ein normaler Mensch fühlen.«

Lachend schüttle ich den Kopf. »Normal ist ein Wort, das keinerlei Bedeutung mehr besitzt.«

Herausfordernd kneift sie die Augen zusammen und starrt mich aus engen Schlitzen an. »Wir könnten es selbst definieren.« Im gleichen Moment, wie mir ein herrlicher Duft in die Nase steigt, beginnt Ellas Magen zu knurren und sie versucht schnuppernd herauszufinden, woher der Duft kommt. Wir folgen ihm bis zum Dorfplatz, auf dem sich massenhaft Frauen und Männer tummeln. Schweine und Schafe laufen frei herum und an den Rändern befinden sich kleine

Holzwagen, in denen allerhand angeboten wird. Von geschnitzten Statuen über aus Stein geschliffene Messer bis hin zu Essen. Wir stellen uns in die Reihe am Essensstand. Nach und nach kommen wir näher, bis wir vor dem riesigen Topf stehen, in dem eine köstlich duftende Brühe vor sich hin köchelt.

»Ihr seid neu«, erkennt die Frau, während sie zwei Schüsseln füllt.

»Was können wir dir anbieten für das Essen?« Ich krame in meiner Tasche nach dem Beutel voller Tauschsachen, doch die Frau winkt ab.

»So müsst ihr hier nicht bezahlen. Das Dorf hält zusammen.« Sie lächelt, sieht uns jedoch nicht an, während sie uns die Schüsseln reicht. Dankend nehmen wir sie entgegen und laufen ein Stück, bis wir auf einer Wiese ankommen, auf der einige der Leute sitzen und miteinander reden. Manche lachen sogar. Eine Frau strickt ein Babykleidchen und redet nebenbei mit einer Schwangeren. Ella und ich lassen uns ebenfalls in dem Gras unter einer großen Weide nieder und löffeln die Brühe. Das Bild, das sich von diesem Dorf zusammenstellt, wirkt zu perfekt. Ich fühle ein Kribbeln im Nacken, finde jedoch nicht heraus, was genau es verschuldet. Nachdem wir aufgegessen haben, bleiben wir sitzen. Als ich Ella ansehe, bemerke ich, dass sie die hohen Zäune anvisiert, die das Dorf umgeben.

»Es muss ein merkwürdiges Gefühl sein, wieder eingesperrt zu sein. Wir verschwinden von hier, sobald es geht.«

Ella denkt einen Moment darüber nach, ehe sie antwortet. »Es ist anders als in *Wonderland.*« Sie lächelt mich zögerlich an. »Du bist da. Ich fühle mich sicher.«

Ich senke den Blick und spüre, wie sich meine Stirn in Falten legt. »Fühl dich nie zu sicher, Ella. Das kann sehr gefährlich werden.«

Mich ignorierend, legt sie sich auf den Rücken und schließt die Augen. »Können wir nicht hierbleiben?«

»Du weißt, dass das nicht geht. Denk an den Widerstand und an deinen Freund.«

Ella seufzt schwer und sofort tut es mir leid, dass ich ihre Seifenblase zum Platzen gebracht habe. »Ich habe ihn nicht vergessen. Es wäre nur schön, hierzubleiben. Es ist so friedlich.«

»Wir sehen das, was sie uns zeigen.«

Blind schlägt sie in meine Richtung und trifft mich am Oberschenkel. »Sei nicht so ein Miesmacher. Lass mich doch ein wenig träumen.«

»Na gut. Wenn du willst, bleiben wir für immer hier und leben glücklich bis an unser Lebensende.« Ich muss schmunzeln, als sich ihre Lippen zu einem seligen Grinsen verformen. »Wie viele Kinder willst du?«

»Drei. Einen Jungen und zwei Mädchen.« Sie öffnet ein Auge, schirmt es jedoch mit der Hand vor der Sonne ab.

»Gleich drei, okay. Ein Junge muss auf jeden Fall sein. Ich hätte gern einen Sohn, dem ich alles beibringen kann, was ich weiß.« Ich lege mich neben sie und stütze mich auf den Ellenbogen.

Ella denkt eine Weile darüber nach. »Wer sagt denn, dass wir gemeinsam Kinder bekommen? Vielleicht suche ich mir hier jemanden?«

Theatralisch presse ich mir eine Hand gegen die Brust. »Ich dachte, das wäre besiegelt? Läuft das nicht so?«

Sie grinst breit, sodass ihre perfekten Zähne zum Vorschein kommen. »Doch, natürlich, mein edler Prinz.«

So friedlich und entspannt wie an diesem Tag habe ich Ella noch nie gesehen, weshalb ich es nicht übers Herz bringe, noch einmal von meinen Zweifeln zu reden. Für mich steht fest, dass ich einen Ausweg finden muss, doch vielleicht hat sie recht und eine Zeit zum Träumen würde uns beiden guttun.

So vergehen die Stunden, bis die Nacht hereinbricht und das Fest beginnt. Irgendwo ertönt eine Gitarre und eine dunkle Männerstimme beginnt dazu zu singen.

»Erzähl mir von dir«, bitte ich Ella. Die Sonne ist komplett hinter dem Horizont verschwunden, doch nun erhellen funkelnde Sterne und der Vollmond den Platz vor uns.

Ella lächelt traurig, während sie an einem trockenen Stück Brot herumspielt. »Glaub mir, da gibt es absolut nichts zu erzählen.«

»Das glaube ich dir nicht. Wie kommst du zu deinen Narben?« Sobald ich die Frage gestellt habe, erkenne ich, wie dumm sie war. Sie presst ihre Lippen fest zusammen und legt das Brot neben sich auf die Decke, auf die wir uns irgendwann gesetzt haben. »Tut mir leid, wenn ich taktlos bin. Feingefühl war noch nie meine Stärke.«

Sie atmet tief ein. »Ist schon okay. Vor Jahren brach im *Wonderland* ein Feuer aus. Ich saß fest und wäre beinahe nicht mehr rausgekommen. Es hieß, dass der Widerstand dafür verantwortlich war. Es war das erste Mal, dass ich von euch gehört habe.«

Wie von selbst greift meine Hand nach ihrer und umschließt sie fest. »Es tut mir schrecklich leid, was mit dir passiert ist.«

»Es ist schon lange her.« Ella hebt den Blick und in ihren Augen glänzen Tränen, die ich ihr nehmen würde, wenn ich könnte.

Zart lasse ich meinen Daumen über ihre Handfläche gleiten. »Ich hätte dir die Erinnerung daran dennoch gern genommen.«

Sie zuckt mit den Schultern und versucht zu lächeln, doch kann das leichte Zittern ihrer Unterlippe nicht verbergen. »Erinnerungen formen uns zu den Menschen, die wir heute sind.«

Ich strecke meine freie Hand aus, berühre sanft ihr Kinn und zwinge sie so, mich anzusehen. Als sie die Augenlider nach einigen Sekunden hebt, lächle ich sie an. »Ich bewundere dich für deine Stärke.«

Ella stößt ein kleines Lachen aus, das ebenfalls ein Schluchzen sein könnte. »Und das sagst ausgerechnet du? Ich glaube, ich kenne keinen Menschen, der so viel Selbstsicherheit ausstrahlt wie du. Ich fühle mich so beschützt bei dir wie bei niemandem.«

»Solange ich kann, werde ich dich vor allem beschützen«, verspreche ich ihr. Ella antwortet nicht mehr und das muss sie auch nicht. Ihre Blick, der auf meinem Gesicht ruht, und ihre Hand, die unverändert unter meiner liegt, reichen aus. Ich wünschte, ich könnte sie von allem Bösen fernhalten. Nie zuvor habe ich jemanden wie sie kennengelernt. Sie ist stark und gleichzeitig will man sie vor allem beschützen. Tough und im selben Moment so schüchtern.

Sie zittert. »Ist dir kalt?«, frage ich.

»Ein wenig.«

»Warte hier!« Ich stehe auf und ehe ich ihre Hand loslassen kann, klammert sie sich ein letztes Mal fest. Ich entferne mich von der Musik und der heiteren Stimmung. Es war schön, für einen Tag die Außenwelt zu vergessen, auch wenn es dumm und fahrlässig war. Wir müssen hier weg, an meiner Meinung hat sich nichts geändert. Gerade will ich die Tür zu unserer Hütte öffnen, da höre ich ein Schluchzen. Sofort gehe ich in Kampfstellung und versuche das Geräusch zu lokalisieren. In der Gasse rechts von mir wird eine Frau von drei Männern umringt. Schnell verschanze ich mich hinter der Ecke, um das Geschehen zu beobachten. Ein Baby weint.

»Du kennst die Regeln«, brummt einer der Männer. Eine Gruppe Frauen geht an der Szene vorbei, als würde nichts passieren. Sie reden, eine lacht sogar. Niemand hier sorgt sich oder ist verwundert über das grausame Bild.

»Bitte, er ist doch mein erstes Kind!«, ruft die Frau verzweifelt und wirft sich vor die Füße des Mannes, der das Neugeborene im Arm hält. »Bitte!« Ihre Stimme ist kaum mehr als ein Schluchzen, doch die Männer gehen davon, ohne sie eines weiteren Blickes zu würdigen.

Plötzlich fällt es mir wie Schuppen von den Augen. Die Erkenntnis hätte viel früher kommen müssen, doch ich habe mich blenden lassen. Ich versuche ruhig zu bleiben, weil ich keine Aufmerksamkeit auf mich ziehen will. Auf dem Weg zurück zum Marktplatz fällt mir auf, dass ich während des ganzen Tages kein einziges Kind habe herumlaufen sehen. Wie konnte ich so blind sein? Zähneknirschend gehe ich zu Ella. Ich versuche mir nichts anmerken zu lassen, habe dennoch das Gefühl, dass plötzlich alle Blicke auf mir liegen.

Fluchend lasse ich mich neben sie sinken. »Wir müssen hier weg, sobald wir können.«

»Was? Ich dachte, du …«

Ich unterbreche sie. »Ella, hier geht etwas vor sich. Sie dir an, wie viele der Frauen schwanger sind. Im Vergleich dazu, siehst du hier irgendwelche Kinder herumlaufen?«

»Vielleicht sind sie schon in den Betten.« Sie will es sich nicht eingestehen, doch ich sehe in ihrem prüfenden Blick, dass erste Zweifel aufkommen.

Mein Puls hämmert fest gegen meinen Hals. Am liebsten würde ich Ella schnappen und auf der Stelle verschwinden. »Dieser Ort ist eine Brutfarm.« Ich weiß nicht, wie ich Ella erklären soll, was hier vor sich geht. »Es läuft ähnlich ab wie in *Wonderland*. Nur dass diese Frauen die Kinder für die *Aquas* austragen.«

Sie zieht scharf die Luft ein. Ihre Augen öffnen sich weit. »Woher weißt du das?«

»Glaub mir einfach. Die Frauen bekommen ein Kind nach dem anderen. Sieh sie dir doch an. Sie sind müde und wirken so viel älter, als sie eigentlich sind.« Sachte lege ich eine Hand an ihr Gesicht und sehe sie eindringlich an. »Wir müssen hier weg.«

Kapitel 15

Ella

Cole und ich lassen uns den ganzen Abend nichts anmerken, da wir befürchten, weggesperrt zu werden. Wir reden mit den Dorfbewohnern, obwohl ich niemandem wirklich zuhören kann. Alles, woran ich denken kann, ist unsere Flucht. Wie wir es anstellen, ob wir es schaffen und wie es danach weitergehen soll. Jetzt, wo ich weiß, was für ein Ort das hier ist, kommt er mir nicht mehr so paradiesisch vor. Ich erkenne die Müdigkeit in den Gesichtern der Frauen und die Aufmerksamkeit in denen der Männer. Das, was ich für Sicherheit gehalten habe, stellt sich als große Lüge heraus. Die Menschen hier sind genauso sicher vor unserer Welt, wie ich es in *Wonderland* war. Vielleicht beschützt, und doch bezahlt man dafür mit Seele und Körper.

Sobald wir sicher waren, dass niemand ahnen könnte, dass wir dieses schmutzige Geheimnis entdeckt haben, machen wir uns auf den Weg zur Hütte. Cole, der wie am Morgen auf dem Boden gegenüber der Tür verharrt, redet auf mich ein, dass ich schlafen und meine Kräfte sammeln soll, doch ich bekomme kein Auge zu. Ich sehe die vielen schwangeren Frauen vor mir, die ihre Kinder niemals aufwachsen sehen. Sie verkaufen sie an die *Aquas*, ob sie wollen oder nicht. Als Ruhe im Dorf eingetreten ist, ist längst späte Nacht. Genau genommen wird bald die Sonne wieder aufgehen. Mit jeder Minute, die verstreicht, wird unsere Fluchtmöglichkeit geringer.

»In zehn Minuten müssen wir los. Dann ist Schichtwechsel und wir können ungesehen raus.« Auf meinen verdutzten Blick hin nickt

Cole zum Fenster, an dem gerade zwei bewaffnete Männer vorbeilaufen. Die Patrouille habe ich überhaupt nicht bemerkt. Ich schäme mich für meine Unachtsamkeit.

Als Cole aufsteht, seine Tasche vom Boden hievt und sich neben der Tür positioniert, mache ich es ihm gleich. Bei unserer Ankunft wurde ihm seine Pistole abgenommen, weshalb wir bis auf das Messer keine Waffen mehr besitzen. Er öffnet so schnell die Tür und huscht hinaus, als wäre er nie im Zimmer gewesen. Ich schließe sie wieder leise hinter mir und folge ihm. Der Weg ist nur durch den Vollmond beleuchtet und ich danke ihm, dass er so hell für uns scheint. Doch im selben Moment wächst die Gefahr, entdeckt zu werden. Hinter jedem Geräusch vermute ich die Wachmänner, doch ich folge Cole einige Minuten, ohne einer Menschenseele zu begegnen. Ich weiß nicht genau, was er vorhat und das beunruhigt mich. Sollte er darauf vertrauen, dass wir ungesehen über den Zaun klettern können, dann ist diese Aktion überaus riskant.

»Halt!«, ertönt eine tiefe Männerstimme. Ich erstarre. Das Blut gefriert in meinen Adern.

»Geh weiter, Ella!«, murmelt Cole angespannt. Ich spüre deutlich, wie er seinen Körper anspannt. Bereit, unsere Verfolger anzugreifen.

»Bleibt stehen!«, wiederholt der Mann und ich höre, wie er im Laufschritt näher kommt.

»Was machen wir jetzt?«, frage ich wimmernd. Ich wünschte, mein Herz würde langsamer schlagen.

»Kämpfen, wenn es sein muss.« Cole bleibt stehen und dreht sich auf dem Absatz um. Mit der rechten Hand schiebt er mich hinter seinen Rücken.

»Was macht ihr hier draußen?«, fragt der andere Mann. Er hat eine Glatze und ist ein wenig größer als Cole.

»Ich glaube, die wollen abhauen …«, faucht sein Nebenmann.

Mein Körper versteift sich zunehmend und auch Cole atmet schwerer. Seine Hand bewegt sich langsam zu dem Messer in seinem Hosenbund. Der Glatzkopf sieht zwischen uns hin und her. Er versucht die Lage einzuschätzen, ist offensichtlich jedoch verunsichert. Er legt die Stirn kraus und sein Mund öffnet sich kaum merklich.

»Lasst uns gehen«, flehe ich, sobald Cole das Messer gezückt hat und es kein Zurück mehr gibt. Der Kleinere handelt nicht so zögerlich wie sein Freund. Er greift schnell nach dem Gewehr, das er bei sich trägt, und richtet es auf uns. Mein Herz hämmert immer fester in meiner Brust. Ich bin wie erstarrt, bin hilflos. Der mit der Glatze stößt einen lauten Fluch aus, ehe er sein Gewehr ebenfalls nimmt, doch anders als erwartet richtet er es nicht auf uns, sondern schlägt mit dem Lauf auf den Schädel seines Freundes. Cole ist genauso überrascht wie ich, denn er lässt sein Messer für eine Sekunde sinken und starrt den Mann verwirrt an. Dieser hat den Blick auf seinen am Boden liegenden Kameraden gerichtet. Das Gewehr baumelt wieder um seine Schulter. Seine Hände wandern hoch zu seinem Gesicht, das blasser wird. Dann zuckt sein Blick hoch zu uns.

»Wartet. Bitte, nur einen Moment!« Sobald er den Satz beendet hat, sprintet er regelrecht die Straße entlang. Cole und ich werfen uns unsichere Blicke zu. Er dreht sich um und will gerade wieder losmarschieren, als ich ihn am Arm packe, um ihn zurückzuhalten. Ich weiß, dass es naiv von mir ist, dem Mann zu vertrauen, doch immerhin hat er uns eben aus einer brenzligen Situation gerettet. Cole verengt die Augen, befreit sich jedoch nicht aus meinem Griff.

»Er könnte mit mehreren Männern zurückkommen.«

»Wieso hätte er dann seinen Partner niederschlagen sollen? Hast du nicht diesen Zwiespalt in seinen Augen gesehen?«, versuche ich ihn zu überreden und hoffe, dass das kein riesiger Fehler ist. Sollte er noch Einwände haben, ersticken die lauter werdenden Laufschritte diese im Keim. Der Mann und eine fremde Frau kommen näher. Eng an sich gepresst trägt sie ein Kind. Sie schützt es mit einer dunklen Decke, doch unten lugen die Füße hervor. Cole macht einige Schritte zu dem am Boden liegenden Mann und nimmt ihm das Gewehr ab, um es sich selbst umzuhängen.

»Nehmt sie mit. Bitte! Ich flehe euch an: Nehmt meine Tochter mit!«, wimmert die Frau, noch ehe sie stehen bleibt. »Sie soll keine von denen werden.« Der Mann legt der Frau beruhigend eine Hand ans Kreuz und ich erkenne, dass beide ganz schrecklich zittern. Mit der freien Hand nimmt er die Decke weg und legt den Blick auf ein kleines Mädchen frei. Wir kennen diese Menschen nicht und sind ihnen nichts schuldig, doch mit nur einem Blick auf das kleine Ding, das auf der Hüfte seiner Mutter sitzt, weiß ich, dass ich es nicht zurücklassen kann. Ich warte nicht auf Coles Reaktion, sondern versuche das Kind anzustrahlen, als ich die Arme nach ihm ausstrecke.

»Na? Kommst du mal zu mir, Kleine?«

»Josy«, sagt die Mutter erstickt, während sie ihre Tochter in meine Richtung hält. Ihr treten Tränen in die Augen, als sie sich noch einmal über ihre Tochter beugt, sie sanft streichelt und einen endlos langen Kuss an ihre Schläfe drückt. »Sie heißt wie meine Mutter.«

Ich lächle traurig, versuche ihr Mut zu machen oder zumindest ein wenig den Schmerz zu nehmen. »Ich werde Josy mit meinem Leben beschützen.« Das kleine Mädchen streckt mir seine zierlichen Ärmchen entgegen und umklammert meinen Hals, als seine Mutter sich schluchzend abwendet. Der Druck auf ihr Herzen ist beinahe selbst in mir spürbar.

»Wir müssen los«, sagt Cole mit einer Sanftheit, die ich im Moment nicht von ihm erwartet hätte.

»Ich zeige euch einen Weg hinaus. Wir wollten selbst nach Josys Geburt von hier flüchten, doch dann wurde meine Schwiegermutter krank und meine Frau konnte sie nicht zurücklassen.« Er geht vor und deutet uns an, ihm zu folgen. Seine Frau ist in der Dunkelheit verschwunden. »Wir dachten …« Er wirft einen Blick auf seine Tochter und lächelt traurig. »Wir dachten, ihre Chance wäre vertan.« Das kleine Mädchen vergräbt das Gesicht an meiner Brust und ich ziehe es automatisch noch ein wenig enger an mich. Bis auf unsere Schritte ist es völlig still um uns. Wir folgen ihm zum Rand des Dorfes, bis wir den Zaun erreichen. Hinter einer Baumgruppe, ein wenig versteckt vor dem restlichen Dorf, bleibt er stehen und deutet auf einen großen Felsen.

»Hilf mir!«

Gemeinsam schieben Cole und er den Brocken zur Seite und ein Loch, das unter dem Zaun hindurchführt, kommt zum Vorschein. »Es ist nur noch eine dünne Schicht auf der anderen Seite.«

Cole reicht mir das Gewehr und seine Tasche und hüpft ohne Umschweife in das Loch. Es dauert nicht lang, da sehen wir auf der anderen Seite, wie die Erde sich bewegt und kurz darauf in sich einfällt.

»Alles okay?«, frage ich flüsternd, doch anstatt mir zu antworten, steckt er den schmutzbedeckten Oberkörper wieder auf unserer Seite aus der Grube.

»Gibt mir die Sachen!«, befiehlt er. Nachdem ich ihm alles gereicht habe, landen sie wenig später auf der anderen Seite im Gras. »Jetzt das Kind«, murmelt er, als er erneut auftaucht. Unser Retter räuspert sich schwer, nachdem er seine Tochter ein letztes Mal geküsst hat und sie Cole wie einen Schatz übergibt. »Danke schön«, sagt dieser und verschwindet. Sobald er mit Josy auf der anderen Seite herausklettert, steige ich ebenfalls hinein und schiebe mich durch den engen Tunnel.

Josy sieht so winzig in Coles Armen aus. Als ich sie nehme, gibt sie leise Geräusche von sich und ich bete, dass sie nicht anfängt zu weinen. Schnell verabschieden wir uns von ihrem Vater und laufen der Dunkelheit entgegen.

Nach einer Weile wird Josy zunehmend schwerer, doch ich kann mich nicht überwinden, sie an Cole abzugeben. Ich fühle mich für die Kleine verantwortlich und obwohl ich weiß, dass sie bei Cole mindestens so sicher wäre wie bei mir – wenn nicht sogar sicherer –, gibt Josy mir Stärke.

»Warte, ich habe eine Idee.« Er kramt in seiner Tasche und sucht nach dem dünnen Tuch, in dem wir unsere Vorräte eingepackt hatten, und wickelt es so um mich und Josy, dass es ihr Gewicht gleichmäßig verteilt. Cole bleibt vor mir stehen und legt mir die Hände um beide Oberarme.

»Ich wusste von Anfang an, wie stark du bist.«

Zufrieden lächelnd sehe ich zu ihm auf und würde ihn am liebsten umarmen. Kurz lasse ich mich von meinen Gefühlen leiten und lehne meine Stirn gegen seine Brust, doch als mir bewusst wird, dass jetzt nicht der richtige Zeitpunkt dafür ist, wende ich mich schnell wieder ab und gehe weiter. Wir laufen schon seit einigen Stunden und stehen wieder da, wo wir vor zwei Tagen waren. Offenbar wurde das Dorf vor vielen Jahren inmitten des Brachlandes erbaut. Die Vegetation ist vergleichsweise besser. Die Bäume und das Gestrüpp, das hier wächst, sind grüner als zuvor. Und doch gibt es keine Zivilisation. Und ehrlich gesagt, finde ich das nach unserem letzten Erlebnis überhaupt nicht so schlimm. Was mir allerdings Sorgen bereitet, ist Josy. Sie quengelt und ich weiß nicht, wie lang ich sie noch ruhig halten kann. Ich gebe ihr regelmäßig Wasser, kann jedoch nicht einschätzen, wie sehr ich es einteilen muss.

»Cole?«

Er geht einige Schritte vor mir, bleibt jetzt jedoch stehen und sieht zurück, sodass ich aufholen kann. Gerade will ich fragen, wie lange wir noch gehen müssen, da erkenne ich, dass er hinter mir etwas erblickt hat. Sofort zieht er das Gewehr und richtet es auf die Gestalt, die noch so weit entfernt ist, dass man sie kaum erkennen kann. Sie kommt näher und obwohl es klüger wäre weiterzugehen, können wir es uns nicht erlauben, dass sie uns von hinten angreift. Also gehen wir langsam auf sie zu. Cole vor Josy und mir, die Waffe ununterbrochen auf den Mann gerichtet.

»Stehen bleiben!«, ruft er, als wir nah genug an ihn herangekommen sind. Erst jetzt erkenne ich, dass er ebenfalls etwas in der Hand hält. Es ist eine altmodische Armbrust. Er hat sie nicht erhoben, sondern lässt sie neben sich baumeln. Der Mann bleibt stehen.

»Okay, gut, und jetzt die Waffe fallen lassen!«

Der Mann gibt keine Antwort, doch seiner Reaktion zufolge versteht er uns.

»Waffe fallen lassen, habe ich gesagt!«

»Schon gut!«, ruft er und seine Stimme klingt rau. Die vor die Augen geschobene Schutzbrille ist schmutzbedeckt. Auch sonst erkennt man nicht viel, da die untere Hälfte seines Gesichts mit einem Tuch bedeckt ist. »Schon gut!«, wiederholt er. Langsam beugt er sich vornüber und legt seine Armbrust zu Boden. Er blickt sich um, als wöge er seine Chancen oder Alternativen ab. »Habt …« Er stellt sich mit erhobenen Händen wieder aufrecht hin. »Habt ihr etwas zu trinken? Ich habe mein Wasser vor einem Tag aufgebraucht.«

»Wieso bist du allein hier unterwegs ohne genügend Wasser?«, will Cole wissen. Ich denke daran, dass wir selbst vor zwei Tagen mit diesem Problem zu kämpfen hatten.

»Ich bin nicht allein.« Sofort lasse ich meinen Blick wandern, um nach anderen Ausschau zu halten, die uns jeden Moment einkesseln könnten. Ich ziehe Josy enger an mich, woraufhin sie leise quengelt, doch der Kerl hebt beschwichtigend die Hände.

»So meine ich das nicht. Wir wurden getrennt und ich war leider nicht für das Wasser zuständig.«

»Für was warst du denn zuständig?«, fragt Cole und deutet mir an, ihm zu folgen. Das Gewehr lässt er keine Sekunde sinken.

»Ich habe die Medikamente geschleppt.« Mein Herz beginnt schneller zu schlagen. Medikamente sind Gold wert, beinahe so wertvoll wie Wasser. In Anbetracht der Tatsache, dass wir von dem einen erst einmal genug haben, da wir auf dem Fest genug Wasser gebunkert hatten, würde uns der Inhalt seiner Tasche sehr gelegen kommen. Cole sieht das offensichtlich ebenso, denn er wirft mir einen schnellen Blick zu, der Bände spricht.

»Bist du Arzt?«, frage ich mit fester Stimme.

»Leider nicht, ich habe Antibiotika. Die helfen gegen fast alles.« Er greift nach seinem Rucksack, doch Cole schreit ein lautes »Hey« und auch ich mache mich bereit, im Notfall wegzulaufen. Mit Josy auf dem Arm kann ich unmöglich kämpfen.

»Ich will sie euch bloß zeigen«, erklärt er mit ruhiger Stimme, bleibt jedoch erstarrt.

»Lass das mal lieber«, knurrt Cole und deutet mir an, vorwärts zu gehen. »Sie schaut nach. Und wenn du sie auch nur falsch ansiehst, drücke ich ab!« Der Kerl nickt verstehend. »Nimm deine Brille und das Tuch ab!« Er tut, wie ihm geheißen und ich bleibe wie versteinert stehen, als ich den Kerl erkenne.

»Josh?«, frage ich mir zitternder Stimme.

»Ella?« Ein Stein, von dem ich gar nicht wusste, dass er da ist, fällt mir vom Herzen. Ich vergesse meine Furcht, weil dieser Mann kein Fremder ist. Schnell gehe ich die letzten Schritte auf ihn zu und schließe ihn in die Arme, soweit Josy das erlaubt. Er hat sich kaum verändert, ist dünner geworden und Müdigkeit liegt auf seinem Gesicht. Ansonsten ist er noch derselbe, den ich in *Wonderland* kannte.

»Wie kommst du hierher?«, frage ich, während ich eine Flasche Wasser aus meiner Tasche hervorhole. Cole lässt allmählich die Waffe sinken, wirkt jedoch skeptisch dem für ihn Fremden gegenüber.

Joshs löchrige Stiefel künden von der weiten Strecke, die er zurückgelegt haben muss. Mit gierigen Schlucken trinkt er und reicht mir die halb leere Flasche wieder zurück. Der dankbare Ausdruck in seinen Augen lässt mich lächeln.

»Ich bin abgehauen. Der Kerl, der mich aus *Wonderland* abtransportiert hat, war ein Schwächling. Es war nicht schwer, ihn zu überwältigen. Wäre ich nicht zufällig auf eine kleine Gruppe gestoßen, wäre ich allerdings verloren gewesen.«

Überrascht reiße ich die Augen auf. »Du bist einfach abgehauen? Davon haben wir nichts mitbekommen.«

»Wundert mich nicht, dadurch würden nur mehrere Fluchtversuche stattfinden. Ich hatte wohl Glück.« Er lächelt und sieht von mir zu Cole. »Ebenso wie du, wie es aussieht. Wie kommst du zu einem Kind?«

»Lange Geschichte.« Wie ferngesteuert streiche ich über Josys Haarflaum. Die weichen blonden Haare fühlen sich an wie Federn. »Wohin bist du unterwegs?«

»Meine Gruppe hat von einem Ort gehört, an dem die Menschen geheilt werden. Sie können natürliches, unbehandeltes Wasser trinken.«

»So was gibt es nicht«, mischt Cole sich ein, der bisher nicht geredet hat.

Josh legt die Stirn in Falten. »Vielleicht ja doch. Hoffnung ist alles, was uns bleibt, oder?«

Cole lacht trocken. »Das ist keine Hoffnung, das ist ein Hirngespinst.«

»Wieso?«

»Weil ich schon zu viele Menschen habe erkranken sehen. Nur Medizin konnte sie wieder heilen.« Er dreht sich um, sodass er in die Richtung blickt, in die wir unterwegs waren. »Lasst uns weitergehen. Wir haben keine Zeit zu verschwenden.«

Josh geht einen Schritt an uns vorbei, sodass er wieder vor Cole steht und ihn ansehen kann. »Begleitet mich. Der Ort kann nicht mehr weit sein. Bevor ich von meinen Leuten getrennt wurde, sagten sie, dass wir weiter nach Osten müssen.«

Weil ich ihn unmöglich wieder seinem Schicksal überlassen kann, versuche ich Cole zu überreden. »Lass uns ihn hinbringen, Cole. Wenn es dort wirklich sicher ist, müssen wir das wissen!«

Er wirft mir einen kritischen Blick zu und zunächst denke ich, dass er meine Bitte ignorieren wird, doch dann stößt er die angehaltene Luft aus und nickt knapp. »Na gut.«

Kapitel 16

Ella

So laufen wir nach Osten, wie Josh es beschrieben hat. Dass der Zwischenstopp nicht zu sehr von unserem eigenen Weg abkommt, erzählte Cole mir erst später. Allmählich verändert sich die Umgebung. Alles wird grüner und seit einiger Zeit folgen wir dem Weg eines schmalen Bachs. Wasser um sich zu haben ist beruhigend, selbst wenn man weiß, dass man nichts davon trinken darf. »Achtung!«, ruft Josh plötzlich und ich ziehe Josy instinktiv fester an mich, sodass sie zu weinen beginnt. Josh greift nach der Armbrust, die an seinem Rücken hängt. Hinter einem Baum links von uns springt etwas hervor. Erst auf den zweiten Blick erkenne ich, dass es ein Mensch ist. Er bewegt sich eher wie ein Tier. Gebückt und schnell springt er von einem Baum zum anderen. Sein dunkles, verfilztes Haar hängt ihm im Gesicht und fliegt bei jeder Bewegung hin und her. Er knurrt. An diesem Mann ist nichts Menschliches mehr zu erkennen.

»Hau ab!«, brüllt Josh, während Cole ebenfalls sein Gewehr hervorholt.

Der Mann zeigt seine gelben Zähne und stößt ein markerschütterndes Lachen aus. Selbst mit dem Wahnsinn in seinen Augen wirkt er, als könnte ihn nichts stoppen, als er wie von Sinnen auf uns zugerannt kommt. Josh zielt und schießt. Der Pfeil trifft den Mann in der Brust und schleudert ihn zu Boden. »Wieso hast du das getan?«, hauche ich fassungslos und starre auf den Toten. Sein Blut färbt den Sand dunkel und erinnert an verschüttete Farbe.

»Er hätte uns umgebracht«, verteidigt Cole ihn und packt das Gewehr weg. Mit sorgenvoller Miene sieht er mich an und kommt einen Schritt näher, um mich zu beruhigen, doch ich drehe mich aus seiner Berührung.

»Es war das Richtige, Ella.«

Ich kann die Augen nicht von dem Mann nehmen und beginne trotz Hitze zu zittern. Es ist völlig surreal, dass das wirklich passiert ist. Dass wir Menschen angreifen müssen, um selbst zu überleben. Müssten wir nicht zusammenhalten, um gegen den eigentlichen Feind gemeinsam zu kämpfen? Josy weint immer noch leise, während Cole mich trotzdem an sich zieht.

»Es ist okay«, flüstert er, ehe er einen Kuss auf meine Stirn haucht und mich ansieht. »Du darfst dich schlecht fühlen. Das bedeutet, dass du noch rein bist.« Er streicht mir liebevoll lächelnd eine Strähne aus dem Gesicht, während ich versuche wegzusehen. »Ich hoffe, dass du dir diese Eigenschaft noch lange beibehalten kannst.«

Joshs Einsatz für uns hat offensichtlich auch Coles Misstrauen besänftigt, denn er wirkt deutlich entspannter als zuvor. Er hat mir Josy abgenommen, die nun seelenruhig in seinen Armen schläft. Ich wünschte, ich hätte ihre Unwissenheit.

Etwa eine Stunde später entdecken wir Rauch am Horizont.

»Da muss es sein!«, spekuliert Josh euphorisch und wie auf ein Stichwort beschleunigen wir alle unsere Schritte. Und er hat recht. Wir entdecken kleine niedliche Häuser, aus deren Schornsteine Rauch aufsteigt. Anders als bei unserem letzten Halt wird dieses Dorf nicht von einem Zaun umringt. Im Gegenteil. Davor prangt ein großes Schild, auf dem neben einer grinsenden Sonne steht: Willkommen im Paradies.

Dass dieser Ort wirklich ein Paradies ist, bezweifle ich, dennoch kann ich mein Lächeln nicht unterdrücken. Cole bleibt davor stehen und sieht sich aufmerksam um. Wir machen es ihm gleich. »Du bist skeptisch«, erkenne ich.

»Paradies?«, fragt er spöttisch, als müsste das alles erklären. Josh lässt sich jedoch nicht von seinem Vorhaben abbringen und marschiert ohne weitere Diskussion in das Dorf. Cole wirkt nicht überzeugt, folgt ihm dennoch mit einigen Metern Entfernung. Seine Hand liegt ununterbrochen auf dem Lauf des Gewehrs.

Wir gehen den breiten, gepflasterten Weg entlang und wundern uns, dass niemand uns über den Weg läuft. Natürlich haben wir kein Empfangskomitee erwartet, dennoch ist es merkwürdig, dass hier absolut niemand ist. Zumindest macht es den Anschein, dass es so ist.

»Lasst uns umkehren«, schlägt Cole vor, doch noch ehe ich antworten kann, höre ich Joshs laute Stimme rufen:

»Hallo? Ist jemand da?«

Ich starre ihn ungläubig an.

Eine Haustür wird geöffnet und eine kleine korpulente Frau kommt mit einem Gewehr im Anschlag hinaus. Sie sieht nicht so aus, als würde sie uns erschießen wollen, doch man weiß ja nie.

»Wer seid ihr?«, ruft sie, ehe noch weitere Menschen aus ihren Häusern kommen.

»Wir haben gehört, dass man hier sicher leben kann!«, antwortet Josh mit melodischer Stimme.

»Ach ja? Wir haben hier keinen Platz mehr für Zuwachs!«, mischt sich ein jüngerer Mann ein, der hinter der Frau auftaucht. Er ist offensichtlich ihr Sohn. Sie haben dasselbe karottenrote Haar.

»Bitte. Ich habe Freunde, die hierhin unterwegs waren. Sie müssten erst vor Kurzem angekommen sein.« Joshs Gesicht ist offen und ehrlich, sodass die Bewohner ihm seine Geschichte offenkundig abkaufen. Sie wechseln schweigend Blicke.

»Wer sind deine Freunde?«, fragt die Frau in seine Richtung nickend und Josh beginnt zu erzählen, wie er seine Weggefährten kennengelernt hat und wie sie getrennt wurden. Durch die lange Zeit, in der ich bewegungslos herumstehe, wird Josy unruhig. Erst jetzt bemerkt die Frau sie. Ich weiß nicht, ob sie das Oberhaupt dieses Örtchens ist, doch als sie die Waffe sinken lässt, tun es ihr die übrigen Menschen nach. Mit krausgelegter Stirn und halb geöffnetem Mund kommt sie auf mich zu, ihren Blick weiterhin auf das Kind gerichtet. »Wie heißt sie?«, fragt sie mit sanfter Stimme, als sie vor mir stehen bleibt und sich mit dem Gesicht über die Kleine beugt. Diese beruhigt sich sofort und beginnt sogar zu kichern, als die Frau ihr Grimassen schneidet.

»Josy«, antworte ich und obwohl ich das Bedürfnis habe, mich wegzudrehen, um sie vor der Frau zu beschützen, lasse ich es zu, dass sie ihr liebevoll über das Gesicht streichelt.

»Sie ist ein Wunder«, flüstert sie, hebt den Blick und ihre stahlgrauen Augen funkeln zufrieden. »Ich kann euch nicht einfach wegschicken. Bleibt, solange ihr wollt.«

»Für uns ist es nur ein Zwischenstopp. Lediglich unser Freund will länger bleiben«, erklärt Cole und deutet auf Josh. Dann stellt er uns vor.

Die Frau nickt. »Kommt, ihr wollt euch sicher waschen.« Sie läuft vor. »Ich bin Rose.« Sie führt uns tiefer ins Dorf, wo nun auch weitere Menschen herumlaufen. Ebenso wie Ziegen, Schafe, Hühner und sogar eine Kuh. In der Mitte eines Platzes befindet sich ein gepflasterter Brunnen, aus dem Wasser geschöpft wird.

»Ihr habt wirklich sauberes Wasser?«, fragt Cole ungläubig, kann den Blick jedoch nicht von den Leuten lösen, die den vollen Eimer über den Rand des Brunnens hieven.

»Haben wir.« Sie hält kurz inne und lächelt. »Mein Vater hat diesen Ort entdeckt. Eine unterirdische Quelle verläuft hier hindurch und endet in einer Höhle. Wir gehen davon aus, dass sie ausreichend geschützt war, sodass nur ein winziger Anteil dieser Sporen hineingelangen konnte. Die meisten Leute werden krank, allerdings heilen nach wenigen Tagen alle wieder. Dank unseres reinen Wassers.« Dass es an dem verseuchten Wasser lag, dass so viele Menschen krank wurden und starben, wurde schnell erkannt. Genau genommen lag es an einer Pflanze, die eine Substanz in die Gewässer absondert, die der menschliche Körper nicht verarbeiten kann. Diese Substanz legt sich um alle wichtigen Organe und setzt ihnen zu, bis sie schließlich absterben.

»Unmöglich«, flüstert Cole. Allmählich wirkt es, als würden seine Zweifel bröckeln und auch ich kann nicht leugnen, dass diese Leute allesamt gesund und munter wirken. Obwohl sie unbehandeltes Wasser trinken. »Wieso weiß niemand hiervon?«, hakt Cole nach.

Rose stockt kurz. Sie senkt den Blick. »Wir befürchten, dass das Militär und die *Aquas* die Quelle versiegeln würden. Sie wollen die Macht, also dürfen sie nie davon erfahren.«

Wir folgen ihr weiter in eine Höhle hinein. Sie ist so hoch, dass ich die Decke in der Dunkelheit nicht erkennen kann. Wir klettern einen kleinen Hang hinab, weshalb ich Cole Josy anvertraue.

»Am Anfang hat mein Vater die Nachricht verbreitet und wollte jedem Menschen diese Chance ermöglichen, doch es kamen nicht nur gute Leute hierher. Also erfährt man jetzt nur noch über Freunde davon. Der Kreis derjenigen, die von diesem Wunder wissen, bleibt klein und vertraut.« Sie deutet um die Ecke. »Dort könnt ihr euch waschen. Kommt danach einfach in mein Haus. Ich versorge euch mit allem, was ihr für euren weiteren Weg braucht.« Josh geht vor, ich folge ihm und Cole bildet das Schlusslicht. Uns erwartet ein tiefblauer See inmitten der Höhle. Ich frage mich, wie es sein kann, doch es wirkt so, als scheine die Sonne von unten herein. Das Wasser glitzert und lockt uns mit seinem hellen Blau. Wir drei wechseln unsichere Blicke, ehe erstaunlicherweise Cole der Erste ist, der sich auszuziehen beginnt. Nachdem er Josy an Josh übergeben hat, legt er das Gewehr zur Seite, schlüpft aus seinem schwarzen Shirt, sodass er oberkörperfrei vor uns steht. Seine Muskeln bewegen sich, während er die Hose zu Boden gleiten lässt. Ich bemerke, dass Josh mich beobachtet, also wende ich verlegen das Gesicht ab. Ich spüre, wie ich erröte. Cole ist trainiert und gut in Form, sein markantes Gesicht, die stark wirkenden Augen und sein beschützender und gleichzeitig liebevoller Charakter machen es mir dann nur noch schwerer, ihm nicht zu verfallen.

Ich drehe mich mit dem Rücken zu den Jungs und beginne mich ebenfalls bis auf die Unterwäsche auszuziehen. Meine Kleidung lege ich zu einem ordentlichen Haufen auf eine trockene Stelle am Boden und als ich mich umdrehe, bemerke ich, dass beide mich ansehen. Cole sieht ertappt weg, doch ich erkenne, wie sich sein Brustkorb schneller hebt und senkt. Josh starrt lediglich auf die Brandnarben an meinem Körper, die ich, sobald ich seinen Blick bemerke, beschämt verdecke. Vorsichtig klettere ich eine wackelige Leiter hinab.

Cole schwimmt in dem klaren Wasser nur ein paar Meter von mir entfernt, doch ich kralle mich an der Leiter fest und warte darauf, dass Josh mir das Kind reicht, ehe er selbst hineinklettert. Das Wasser ist herrlich kühl und legt sich weich um meine Haut. Ich wünschte, ich könnte schwimmen. Mich so geschmeidig in dem Wasser bewegen wie Cole. Es sieht so leicht aus, doch sobald ich eine Hand von der Leiter löse und mich das Schwappen einer kleinen Welle mit sich zu ziehen droht, hämmert mein Herz wie wild in der Brust.

Nach einer Weile, in der keiner von uns ein Wort sagt, beginne ich Josy und mich zu waschen. Auch wenn ich gern länger hierbleiben und mich meiner Angst stellen würde, jagen mir Schauer über den Körper. Nachdem auch die Jungs fertig sind und sich wie ich wieder angezogen haben, suchen wir Rose. Wir finden sie auf der dunkelbraunen Holzbank vor ihrem Haus sitzend und Kartoffeln schälend. Sobald sie uns – oder besser gesagt Josy – sieht, breitet sich ein Lächeln auf ihren Lippen aus. Ihre Blicke ruhen auf dem Kind, als wären sie Magnete und Josy das einzige Stück Metall auf dem ganzen Planeten. Sie legt das Messer weg, wischt sich die Hände ab und kommt auf uns zu.

»Wollt ihr euch ausruhen?«, fragt sie und trotz des Lächelns klingt ihre Stimme stark und autoritär.

Cole schüttelt den Kopf. »Wir werden gleich wieder aufbrechen.«

Rose nickt, als hätte sie diese Antwort bereits erwartet, und richtet sich dann an Josh. »Deine Freunde erwarten dich auf dem Marktplatz. Sie haben deine Geschichte bestätigt. Du darfst so lange bleiben, wie du willst. Allerdings musst du mit anpacken.« Josh nickt und sofort erhellt sich sein Blick. Er dreht sich in meine Richtung.

»Ich wünsche dir alles Gute! Wenn du Silas gefunden hast, erzähl ihm von diesem Ort. Er soll mich besuchen kommen.« Er umarmt mich, verabschiedet sich ebenfalls von Cole und eilt davon. Er hat seine Familie gefunden. Ich wünsche mir nichts sehnlicher, als dass er glücklich wird. Kurz blicke ich ihm hinterher, eh ich Coles Hand auf meiner Haut am Hals spüre.

»Ella, wir müssen reden.«

Ich versuche in seinen Augen zu lesen, worum es geht. Vergebens. Also lasse ich mich von ihm ein paar Schritte von Rose fortführen, sodass sie uns nicht mehr hört. Seine Stirn liegt in Falten und er richtet den Blick weit hinter mich in die Ferne. Sein Brustkorb bewegt sich schwerfällig.

»Lass Josy hier bei Rose.«

»Was?«, hauche ich. Überrascht von seiner Bitte gehe ich einen Schritt zurück, sodass er mich ansehen muss. Was er auch tut. Seine Augen blicken entschuldigend, doch er sagt nichts.

»Ich habe ihren Eltern versprochen, mich um sie zu kümmern.«

Cole kommt wieder näher, legt seine rechte Hand um mein Handgelenk und streicht mit dem Daumen langsam über die weiche Haut. Mein Herz beginnt sich zu beschleunigen. Ob wegen der Berührung oder seiner Forderung, vermag ich nicht zu sagen.

»Ihr Leben wird hier sicherer sein als in der Stadt oder bei den Rebellen. Vertrau mir.«

Kann ich das? Ihm vertrauen? Mein Herz sagt Ja, doch es hat nicht viel Übung im Vertrauen. Es könnte sich irren. Tränen bilden sich in meinen Augen. »Ich kann mich gut um sie kümmern«, wispere ich.

Er lächelt sanft und streicht mir wie so oft eine Strähne hinters Ohr. »Daran habe ich nicht den geringsten Zweifel. In der Stadt würde sie ein Leben im Verborgenen unter der Erde führen. Willst du das?«

Mit einem Blick auf Josys zartes Gesicht erkenne ich, dass mir keine Wahl bleibt. Sie ist so jung und hat noch die Chance, ein Leben ohne Angst führen zu können. Zumindest muss ich ihr die Möglichkeit auf ein solches bieten. Auch wenn ich mein Versprechen breche, wird es das Beste für sie sein. Ein Rebellenhort ist kein richtiger Ort für ein Kind. Es soll nicht zu Dingen überredet werden wie Cole. Es soll nicht sein Leben lang kämpfen müssen. Also beuge ich mich schweren Herzens über sie und küsse ihre warme Stirn.

»Du wirst ein schönes Leben führen«, flüstere ich. Mit schweren Schritten gehe ich auf Rose zu und ohne ein Wort reiche ich ihr das Kleinkind. Mit verwirrtem Blick starrt sie mich an, doch ich schaffe es nicht, etwas zu sagen. Ein dicker Kloß in meinem Hals hindert mich daran. Cole tritt neben mich und legt mir tröstend eine Hand auf den Rücken.

»Kümmere dich um sie.«

Rose reißt die Augen auf, nickt jedoch sofort, als habe sie Angst, dass wir unsere Entscheidung sonst noch ändern. »Ich habe drei Kinder und fünf Enkelkinder aufgezogen. Sie wird es gut bei uns haben.« Sie lächelt mich traurig und gleichzeitig dankend an. »Ich verspreche es dir.«

Nickend umarme ich sie zum Abschied und warte darauf, dass Cole unsere Verpflegung entgegengenommen hat, damit wir uns endgültig auf den Weg zum Widerstand machen können.

Kapitel 17

Ella

Mit der Verpflegung und der kurzen Pause kommen Cole und ich schneller voran als zuvor. Cole ist zielstrebig und treibt mich zur Eile an, sobald ich zu schwächeln beginne. Vor Kurzem haben wir wieder normales Terrain betreten. Häuser, die dicht an dicht stehen. Hier und da ein paar Menschen, denen wir so gut wie möglich aus dem Weg gehen. Je näher wir dem Widerstand kommen, desto öfter entdecke ich ihr Symbol für eine bessere Zukunft. An Wänden, Schildern oder auf dem Boden. Ich streiche mit den Fingern über den Baum an meinem Armband. Ich hoffe, dass es mir irgendwann dieselbe Hoffnung gibt wie diesen Menschen.

Lächelnd sieht Cole über die Schulter. Die letzten Stunden haben wir kaum geredet, weil jeder seinen Gedanken nachhing. »Wir sind da.«

Wir verlassen die Straße, nachdem er den Wald an einer mir willkürlich vorkommenden Stelle betritt.

Cole führt mich ins Dickicht des Waldes, bis ich ein niedriges graues Betongebäude erblicke.

Das muss es sein.

Mein Puls rast wie verrückt. Ich folge Cole, der zielstrebig auf die Eisentore zugeht. Er öffnet sie ohne Umschweife, doch anders als ich es erwarte, ist dahinter alles wie leer gefegt. Kein Licht, keine Menschen, nichts, was einen Rebellenunterschlupf vermuten lässt. Verwundert will ich Cole fragen, ob wir wirklich richtig sind, da wird zu meiner Rechten eine Tür geöffnet. Eine junge Frau mit kurzen schwarzen Haaren tritt aus dem Raum dahinter hervor. Ihr Blick ist ganz allein auf Cole gerichtet. Sie schenkt mir nicht den Hauch von Aufmerksamkeit.

»Miranda«, sagt er ruhig und umarmt sie fest.

»Ich hatte Angst, dir sei etwas passiert!«, brummt sie, nachdem sie sich aus seiner Umarmung gelöst hat, und starrt ihn verärgert an.

Cole seufzt schwer und sieht mich mit schiefem Lächeln an. »Wir hatten einige Komplikationen.« Erst jetzt sieht auch Miranda zu mir, doch sie begrüßt mich nicht. Ihr Blick wirkt im Gegenteil nicht besonders einladend auf mich. Sie dreht sich um und geht davon.

Ich folge ihr und Cole in den dunklen, staubigen Raum, aus dem sie gekommen ist. Bis auf die Regalbretter an den Wänden ist das Zimmer leer, bis Miranda einen unauffälligen Teppich, der den kompletten Boden bedeckt, hochzieht und eine Luke im Boden zum Vorschein kommt. Nach einer Reihe Codes, die Miranda in ein Tastenfeld daneben eingibt, öffnet sich diese leise. Ich bin ebenso neugierig wie verängstigt. Coles Grinsen, als er mich ansieht, verrät mir, dass er genau diese Reaktion von mir erwartet hat. Er reicht mir die Hand und hilft mir, eine schmale Treppe hinabzusteigen. Mit jedem Schritt in die Tiefe wird mir unbehaglicher.

Unten angekommen, erschlagen mich die Eindrücke. Gleißendes Licht. Die unterschiedlichsten Gerüche von Staub, Essen und Menschen. Laute Geräusche. Und so viele Menschen. Coles Blick ist leicht angespannt – beinahe besorgt. Vermutlich sehe ich aus, als hätte ich soeben einen Geist gesehen. Und im Inneren fühlt es sich tatsächlich wie solch eine Entdeckung an.

Überall eilen schwer bepackte oder wild diskutierende Männer umher. Rechts neben uns stapeln sich Berge von Kanistern. Sauberes Wasser! So viel, wie ich in meinem Leben noch nicht getrunken habe.

Wie ist das möglich?

Ein Mann marschiert an uns vorbei und nimmt sich vollkommen ungerührt einen Kanister.

»Wo kommt das ganze Wasser her?«, frage ich schockiert.

»Wir arbeiten dafür«, antwortet Miranda in einem schnippischen Tonfall, der sie mir sofort unsympathisch macht. Sie ist ein Mensch, der einem vom ersten Moment an klarmacht, dass man ihm untergeordnet ist.

Demonstrativ bleibe ich stehen und sehe ihr direkt in die Augen. »Andere Menschen verdursten, während ihr hier unten Unmengen bunkert.«

Ihre Oberlippe zuckt kurz, dann rümpft sie die Nase und dreht sich schwungvoll um. Cole führt mich durch den großen Raum, in dem sich alle tummeln. An der hintersten Ecke befinden sich große Türen, hinter denen ein Flur mit gedämpftem Licht liegt. Hier kann ich endlich aufatmen und versuche die Eindrücke der letzten Minuten zu verarbeiten. Wie kann ein so eindrucksloses Gebäude unterirdisch so viel mehr sein?

Vor einer morschen Holztür halten wir schließlich. Cole öffnet sie mit einer einladenden Geste.

»Da sind wir. Dein Zimmer. Wie du siehst, haben sie dir die Präsidentensuite überlassen.« Er macht keine Anstalten, mich allein zu lassen. Ich weiß nicht, wann er mir so nah kam oder ob es mir jetzt erst auffällt, da ich mich auf ihn konzentriere, doch seine Nähe macht mich plötzlich nervös.

Was ist nur los mit mir?

Ich habe mit ihm schon zusammen im Bett geschlafen, trotzdem kann ich nichts dagegen tun. Und auch nicht gegen meine trockene Kehle, als er mir eine Strähne hinter mein Ohr streicht.

»Schlaf ein bisschen.«

Seine Stimme ist rau. Er räuspert sich und verlässt mein Zimmer abrupt. Statt mich hinzulegen, wie Cole das wollte, erkunde ich das kleine Zimmer. Außer einem Bett, einem einfachen Holzstuhl daneben und einer dunklen Kommode an der freien Wand entdecke ich eine schmale Tür, hinter der ich ein kleines Bad vorfinde.

Ohne Umschweife stelle ich mich unter die Dusche und genieße das prasselnde Wasser auf meinem verspannten Körper. Die Tropfen in meinem Gesicht erinnern mich an Regen, und wenn ich die Augen schließe, vergesse ich, wo ich gerade bin. Ich stelle mir vor, ich sei im Wald. Draußen in Freiheit. Doch allein der Gedanke daran erscheint mir falsch. Ich habe mich zur Hilfe verpflichtet. Eine Aufgabe, von der ich nicht weiß, wie ich sie erfüllen soll. Was soll ich schon tun können?

Ernüchtert stelle ich das Wasser ab, schlinge mir ein Handtuch um den Körper und betrachte mein eigenes Spiegelbild. Auch wenn es seltsam ist, mich selbst anzusehen. Ich hätte nach den letzten Tagen erwartet, eine müde, schwache Ella zu sehen, doch das Gegenteil ist der Fall. In meinen blauen Augen ist ein Feuer entfacht.

Die Menschen ziehen sich Grenzen, bestimmen, was sie schaffen und was nicht. Wagen es nicht, darüber hinaus zu sehen, aus Angst, es nicht hinzubekommen. Doch ich habe gelernt, dass man viel weiter über seine Grenzen hinausragen kann, wenn man es nur versucht. Wir sind stärker, als wir denken. Könnten so viel mehr erreichen, wenn wir nur an uns glauben würden. Die Welt ist erbarmungslos, und doch weiß ich jetzt, dass ich nicht aufgeben werde. Ich werde kämpfen.

In meinem Zimmer erwartet mich Cole und starrt mich mit offenem Mund an, ehe ich registriere, dass ich bis auf das Tuch nichts anhabe.

»Ella! Warum schließt du denn nicht ab? Hier könnte jeder einfach so reinmarschieren!« Er klingt verärgert, was mich erröten lässt. Ich verschränke die Arme vor meiner Brust.

»Es … tut mir leid«, stammle ich. Ich setze mich auf das Bett und spüre zum ersten Mal, seit wir angekommen sind, wie müde ich bin. Meine Beine kribbeln und ich kann nicht verhindern, dass ich mich tiefer ins Laken sinken lasse. Cole bleibt stehen und sieht mich an. Seine ernste Miene lichtet sich allmählich.

»Ich wollte nur fragen, ob du noch etwas brauchst?«

Ich denke über seine Frage nach, doch im Augenblick ist mein Schädel leer. Ich weiß nicht, was ich denken oder fühlen soll. Kann alles, was in den letzten Tagen passiert ist, nicht richtig verarbeiten. Jetzt habe ich erst die Zeit dazu bekommen und bin völlig überfordert. Ohne zu wissen, woher sie kommen, laufen mir Tränen über die Wangen. Cole legt die Stirn in Falten und kommt auf mich zu, während ich sie wegwische, doch sie versiegen nicht. Unaufhörlich strömen sie aus meinen Augen, bis meine Sicht völlig verschwommen ist. Mein Hals wird eng und ich schnappe nach Luft. Mein Körper beginnt zu zittern und mit jedem Zittern fühle ich mich verlorener in ihm. Kurz darauf spüre ich Coles warmen Körper neben mir. Er zieht mich an sich, so eng, dass kein Blatt zwischen uns passt, und streicht mir übers nasse Haar. »Hey, alles ist gut. Du bist jetzt in Sicherheit«, murmelt er an meinen Scheitel und drückt seine Lippen dagegen.

Ich weine an seiner Brust, weiß nicht einmal genau warum, und doch kann ich es nicht verhindern. »Soll ich dich allein lassen? Dann kannst du schlafen.«

»Bitte bleib«, hauche ich. Wenn Cole bei mir ist, ist es einfacher zu akzeptieren, dass ich nun dieses neue Leben führe. Obwohl es schwer ist, kann er mir den richtigen Weg zeigen. Er nickt, löst sich kurz von mir, um auf dem Bett bis zum Kopfende hochzurücken, und ich krabble wie ein Kleinkind hinterher. »Schließ die Augen. Ich passe auf dich auf. Versprochen.«

Ich folge seinen Anweisungen, lehne mich gegen ihn und kann meinen Augen erlauben, sich auszuruhen. Nur für einen Augenblick.

Als ich sie wieder aufschlage, ist es bereits Tag. Obwohl wir uns unter der Erde befinden, wird die Dunkelheit vertrieben. Gegen Cole gelehnt und mit schmerzendem Nacken beobachte ich verwundert die Decke, an der nach und nach kleine Lichter aufflackern und das Zimmer erhellen. Cole hat mich zugedeckt und obwohl mir warm ist, bin ich dankbar dafür, denn ich trage nur ein Tuch um den Körper.

»Die Lampen sind dem Sonnenaufgang angepasst, damit man das Zeitgefühl nicht verliert«, erklärt Cole mit verschlafener Stimme. »Manche sind wochenlang hier unten.«

»Woher bekommt ihr den Strom?«, frage ich und beobachte sein Gesicht genau. Jedes Härchen, jede kleine Falte, jede Regung.

»Über ein altes Stromaggregat.« Er setzt sich auf und lässt den Nacken knacken. »Hunger?«

»Nicht wirklich«, murmele ich, dabei wird mein Bauch jeden Augenblick anfangen zu knurren. Noch will ich das Zimmer nicht verlassen.

Cole sieht mich nachdenklich an. »Ich bringe dir etwas mit. Ich werde mich um dich kümmern, solange du Zeit brauchst. Und irgendwann bist du bereit, dich deiner Zukunft zu stellen.«

Kapitel 18

Cole

Zwei Tage vergehen, in denen Ella ihr Zimmer nicht verlässt. Und obwohl ich ihr alle Zeit der Welt geben würde, weiß ich, dass das unmöglich ist. Sie muss bereit sein, alles für den Widerstand zu geben. Ich weiß nicht, was der Plan für sie vorgesehen hat, dennoch ist es meine Aufgabe, sie davon zu überzeugen, uns zu helfen.

Als Soldat bekommt man seine Aufgabe, die man auszuführen hat. Der Grund darf uns nicht interessieren, wir müssen den Anführern vertrauen und ich vertraue Phil. Ich würde ihm mein Leben anvertrauen.

In einem unbeobachteten Moment haste ich durch die große Halle und fülle meinen Rucksack mit allem, was uns draußen den Arsch retten kann. So viel Wasser, wie ich tragen kann, ultradünne Thermodecken, die kaum Platz einnehmen, zwei Klappmesser für Ella, eine Glock, eine Beretta mit Schalldämpfer und ausreichend Energie-, Nähr- und Proteinriegel für ein paar Tage. Ich bete, dass es nicht so weit kommt. Und eine Tafel Schokolade darf natürlich nicht fehlen.

Mir ist bewusst, dass niemand Ella und mich gehen lässt. Schon gar nicht jetzt, wo die Wasserlieferungen bevorstehen, doch genau auf die baue ich. Ich hoffe, dass sie Ella davon überzeugen, dass die Welt gerettet werden muss und sie nicht die Augen verschließen darf.

In ihrem Zimmer zieht Ella eine dunkle Hose und einen schwarzen Kapuzenpullover über. Sie muss so unauffällig wie möglich aussehen.

»Wir müssen raus, solange die meisten beim Mittagessen sind.«

»Wieso? Dürfen wir nicht raus?«, fragt sie unsicher.

»Nein.« Ich befürchte bereits, dass sie meinen Plan vereiteln wird, doch auf ihrem Gesicht breitet sich ein verschlagenes Lächeln aus.

»Ein Rebell der Rebellen. Gefällt mir.«

Wir verlassen das Zimmer und ich scanne die Umgebung ab. Hie und da unterhalten sich kleine Grüppchen, doch niemand schenkt uns Beachtung. Solange niemand von meinen Freunden uns entdeckt, ist unser Vorhaben nicht gefährdet. Für Ella muss unser Versteck wie ein Gefängnis wirken. Einen Weg hinaus gibt es bloß, wenn man die Codes für die Türen und Luken kennt, doch ich habe hier mein halbes Leben verbracht. Ich kenne jeden Gang, jede knirschende Diele, jeden Weg hinein oder hinaus. Wenn ich nicht im Armeestützpunkt war, war ich hier.

Gemeinsam rennen wir die leeren Flure entlang. Unsere Schritte hallen viel zu laut und verraten jedem in unserer Umgebung, wo wir sind und wohin wir wollen. Zum Glück hat heute Gideon Wachdienst und nach ihm könnte man eine Uhr stellen. Punkt dreizehn Uhr macht er für eine halbe Stunde Toilettenpause. Niemand verbietet es ihm, da der Posten ohnehin nutzlos ist. Niemand würde in dem Gebäude ein unterirdisches Versteck vermuten.

Niemand von uns spricht ein Wort, bis wir die großen Eisentore hinter uns ins Schloss fallen lassen.

»Ich fühle mich wieder wie ein kleiner Junge, der sich nachts aus dem Zimmer schleicht, um im Wald herumzuirren. Damals wurde ich nie geschnappt und heute auch nicht.«

»Es lässt sich ein Muster erkennen, würde ich sagen.« Ella grinst breit. Ihre Augen leuchten und ich könnte sie ewig ansehen, wenn sie so strahlt. Aber die Zeit läuft uns davon.

Gemeinsam hasten wir zu einem der versteckten Schuppen. Mein Objekt der Begierde ist die KTM Enduro. Ich schwinge mich auf das Motorrad und deute Ella an, hinten aufzusteigen.

»Ist wie reiten. Einfach aufsitzen und festhalten. Den Rest übernehme ich.«

»Ich bin noch nie geritten.«

»Halt dich einfach fest.«

Der Auspuff knattert, nachdem ich die Maschine gestartet habe, und wir donnern los. Ella krallt sich mit beiden Händen an meinen

Bauch und vergräbt kreischend das Gesicht in meinen Rücken. Vielleicht sollte ich nicht so schnell durch den Wald preschen, doch dann würde der Ausflug nur halb so viel Spaß machen. Grinsend weiche ich den Bäumen aus, bis wir schlussendlich den Grip auf der Straße wiederfinden.

»Langsamer!«, schreit Ella.

»Wir sind bald da!« Es gibt kaum ein vergleichbares Gefühl, als durch die Gegend zu fahren. Die Geschwindigkeit, die Gefahr und die Freiheit in den Adern pulsieren zu spüren. Als die Stadt nach zwanzig Minuten in meinem Sichtfeld auftaucht, bremse ich ab und suche nach einem passenden Versteck für die Maschine. Ellas Gesicht ist blass, ihre Augen glasig. Sie sieht gar nicht glücklich aus, als sie sich einen Moment später auf den Boden sinken lässt, um sich zu beruhigen.

»Das war schrecklich!«

Ich lache und helfe ihr wieder auf die Beine. »Noch ein paar Mal und du wirst es lieben.«

Je näher wir der Stadt kommen, desto unwohler wird mir bei der ganzen Sache. Ich stelle mir allmählich die Frage, ob es wirklich klug von mir war, sie hierhin mitzunehmen. Dieser Ort ist nicht die größte Stadt *Parias*, doch sie ist die nächste und im Prinzip ist es egal, wohin ich Ella bringe. Den Zweck erfüllt es allemal.

Wir kauern uns hinter einen zusammengefallenen Schuppen und ich versuche die Situation einzuschätzen. Die Menschen sind beunruhigt, hektisch. Sie sind wie Ratten, die sich zusammenrotten, sich jedoch sofort gegenseitig angreifen, wenn ihnen eine andere Ratte zu nahe kommt. Ihre Augen sind matt und müde und dennoch achtsam. Gerade muss ein Wassertransporter hier gewesen sein, um die Wochenration zu liefern. Perfekt!

»Was machen wir hier?« Die Anspannung in Ellas Stimme ist nicht zu überhören. Obwohl sie sich offensichtlich versucht zusammenzureißen, sehe ich die Furcht in ihrem Gesicht. So etwas wie diese Stadt hat sie noch nie gesehen. So viele Not leidende, hungernde Menschen.

Ich hingegen bin diesen Anblick gewohnt.

Als Kind lebte ich behütet in *Gara*, doch als meine Schwester entführt wurde, änderte sich alles. Sobald ich alt genug war, um der Armee beizutreten, habe ich dies getan. Jeder kennt Familien, denen ein oder sogar zwei Kinder entrissen wurden. Einige Familien sind dankbar für das zusätzliche Wasser, das als Entschädigung gelten soll. Sie reden sich weiter ein, dass ihre Kinder nun in Sicherheit sind. Andere jedoch zerbrechen an dem Verlust. Wie meine Mutter. Sie war der Grund, wieso ich mich qualifiziert habe und der Armee beigetreten bin. Als Soldat bin ich viel herumgekommen, habe bei den Wasserauslieferungen sämtliche Elendsviertel besucht. Es gibt Orte, an denen die Menschen wesentlich schlechter dran sind als hier. Kinder, die nur aus Haut und Knochen bestehen. An jeder Ecke Frauen, die für wenige Essenskrümel ihre Körper und Seelen verkaufen. Wenn ich dort war, die Armut sah und daran dachte, dass die *Aquas* die lebenswichtigen Ressourcen in Hülle und Fülle besitzen, gab es nur eines, was mich am Durchdrehen hinderte: der Gedanke an Gerechtigkeit.

Ich merke, wie ich mich durch die Erinnerung versteife, da auch Ella unruhiger wird. Also versuche ich zu lächeln. Tröstend streiche ich ihr eine Haarsträhne hinters Ohr und ziehe die Kapuze tief in ihr Gesicht.

»Ich überzeuge dich von unserer Sache. Nur verhalte dich unauffällig und verrate Phil nichts von unserem Ausflug.«

Geduckt laufe ich um die Trümmer herum, um die Gegend nach Gefahren abzusuchen. Ella folgt mir bis an ein Häusereck, wo ich sie zurückhalte, da ich auf der anderen Straßenseite einen Truck erspähe.

»Was ist *Atman*?«, fragt Ella, als sie die Aufschrift darauf liest.

»*Atman Corporation* ist ein Zusammenschluss von vielen kleinen Organisationen, die einst für einen guten Zweck errichtet wurden – wie *Wonderland*. Firmen, Fabriken, alles Mögliche. *Atman* sind die Handlanger von Cassandra Fiala, wenn du so willst.«

Sie verzieht angewidert das Gesicht.

Neben dem Truck hieven zwei Wachen mit wenig Elan die Kanister von der Ladefläche. Die Menschenschlange reicht um viele Ecken herum. Jeder Bewohner muss sich ausweisen und wird auf einer Liste abgehakt. Die Verteilung dauert ewig, doch das hindert die Soldaten nicht daran, ab und an Pausen einzulegen und die Menschen in der prallen Sonne warten zu lassen. An der nächsten Kreuzung laufen zwei weitere Wachen plaudernd nebeneinanderher und zielen mit ihren Gewehren auf die Wartenden. Sie führen ihre Patrouille nur halbherzig durch, sind eher daran interessiert, die Menschen zu schikanieren. Ein Schuss löst sich und die Aufschreie der verängstigten Bürger bringt sie zum Lachen.

Die Bewohner der Stadt schenken uns keine Aufmerksamkeit. Jetzt, da meine Haare ein wenig länger sind, ein Dreitagebart mein Gesicht bedeckt und ich in Zivil gekleidet bin, erkennt man mich nicht mehr als Soldat. Die meisten Menschen hier beschützen ihre Wasservorräte. Doch nicht nur; andere kämpfen um sie.

Schon von Weitem schallt das Geschrei zu uns herüber und genau dessen Ursprung ist unser Ziel. Männer und Frauen mit eingefallenen Körpern und Gesichtern tummeln sich auf den Straßen. Keiner von ihnen macht sich die Mühe, seine Wasserkanister zu verstecken, denn jeder hier weiß, dass heute der Tag der Wasserlieferungen ist.

Obwohl es an Orten wie diesen kaum alte Leute gibt, sieht man hier und da vereinzelte krumme Gestalten, die von jüngeren gestützt werden. Auch wenn sie sich kaum auf den Beinen halten können, müssen die Alten ihr Wasser selbst abholen. Vor Jahren war das noch anders. Damals reichte es aus, wenn ein Familienmitglied den Pass der Person mitbrachte, da jeder registrierte Bürger ein Recht auf seine Ration hat. Doch die Not trieb einige Bewohner so weit, dass sie ihre Verstorbenen über Wochen in der Wohnung versteckten, um weiterhin ihre Wasserrationen zu erhalten. Der Staat lässt sich nicht täuschen und führte somit ein, dass nur Anwesende ihre Rationen bekommen.

»Bleib bei mir«, murmele ich, während wir uns durch die Meute drängen. Ellas Blick huscht panisch umher. *Gara* ist ein Paradies im Vergleich zu diesem Trauerspiel, doch aus irgendeinem Grund fühlen die Menschen sich zu Städten hingezogen. Sie denken vielleicht, dass sie hier sicherer sind, doch genau das Gegenteil ist der Fall. Hier verlieren sie ihre Menschlichkeit und das ganze Ausmaß dessen wird uns in einem abstoßenden Wettkampf vorgeführt, den wir in diesem Augenblick vor uns sehen.

Zwei Männer stehen auf einer selbst gebauten morschen Bühne. Beide sind kräftig gebaut und offensichtlich geübte Kämpfer. Die

Jubelrufe, als sie sich gegenseitig an die Gurgel gehen, sind ebenso barbarisch wie die Kämpfe an sich. Man fragt sich, wie es möglich sein kann, dass Menschen sich selbst noch so viel mehr Unheil antun, wo doch schon das System ihnen nichts Gutes verheißt. Doch im Endeffekt ist dies die einzige Chance, selbst zu entscheiden. Es ist eine Möglichkeit, ihr Leben eigenständig in die Hand zu nehmen. Ja, sogar Hoffnung ist ein Teil dieses Elends. Die Hoffnung, am Ende des Tages als Sieger hervorzugehen und Wasser für seine Liebsten zu gewinnen.

»Was …?« Ellas Worte bleiben ihr im Hals stecken.

»Diese Männer kämpfen für ihre Familien. Und die Umstehenden haben Wetten abgeschlossen.« Sie starrt erst mich, dann die zahlreichen Zuschauer des Schauspiels entsetzt an. »Das ist unmenschlich!«

»Sieh dich um. Alles hier ist unmenschlich.«

Ein gebrechlicher Mann mit abgenutztem Mantel dreht sich in Ellas Richtung. Sein Schädel ist lediglich von einem dünnen Haarflaum bedeckt, seine Zähne bis auf den letzten ausgefallen. Der Bettler packt sie am Arm und zwingt sie, ihn anzusehen.

»Ich habe solchen Hunger!«

Während die meisten Menschen durch Tauschgeschäfte mit den Bauern versuchen, ihr Leben besser zu machen, tun die Bettler nichts, außer die wenigen Habseligkeiten der Übrigen zu beneiden. Ella versteift sich, weiß offensichtlich nicht, was sie tun soll. Diese bemitleidenswerten Wesen können einem mit einem einzigen Blick eine Last auflegen, die kaum jemand ignorieren kann. Schon gar nicht ein Mensch, der all dies nicht kennt.

»Wir haben nichts!«, sage ich mit fester Stimme und ziehe Ella demonstrativ an mich. Ich spüre ihren Herzschlag fest gegen meine Seite pochen, während sie den Alten nicht aus den Augen lässt.

Mein Blick gleitet wieder auf die Bühne. Einer der Kämpfer liegt auf dem Boden, doch der andere zeigt auch jetzt noch kein Erbarmen mit seinen Schlägen. Knochen brechen, Blut fließt.

»Das war genug«, sage ich, doch Ella hält mich zurück.

»Ich muss sehen, was hier draußen vor sich geht. Das ist es doch, was du wolltest, oder? Dass ich sehe, wie schlecht es den Menschen geht und wie weit sie fürs Überleben gehen.«

Der Wettmeister steigt auf die Bühne und fühlt nach dem Puls des am Boden Liegenden. »Er lebt noch.«

Einen Moment lang flammt Erleichterung in Ellas Blick auf, bis sie begreift, dass der Tod den Gewinner bestimmt. Sie wickelt eine ihrer blonden Locken um den Finger und sieht mit zusammengepressten Lippen zu dem Menschenpulk. Ich kenne das Gefühl. Diese Hoffnung, dass jemand aufschreit und alle dem ein Ende setzt. Doch alle bleiben still. Schlussendlich erkennt sie den Schrecken der Realität, die Bitternis und die Angst, die die Menschen so abgestumpft haben werden lassen.

Ella muss verstehen, dass das unsere Aufgabe ist. Wir müssen dem Volk Hoffnung schenken, denn Hoffnung ist neben der Angst das, was uns Menschen antreibt und uns zu dem macht, was wir sind. Gäbe es die Hoffnung nicht, hätten wir längst kapituliert.

Sanft und bestimmend zugleich nehme ich Ellas Hand in meine und ihr Blick findet meinen. Ihre Augen wirken seltsam glasig. »Lass uns gehen.«

Sie nickt zögerlich und lehnt sich an mich.

Mit wild klopfendem Herzen führe ich Ella an einen Platz, der mir mehr bedeutet als alle anderen. Ich habe Angst, es ihr zu zeigen. Obwohl ich Ella zu kennen glaube, kann ich mir nicht zu hundert Prozent sicher sein. Je weiter wir gehen, umso unbelebter wirkt alles. So gut wie alle Fenster sind verriegelt oder zugemauert. Ob die Wohnungen und Häuser wirklich unbewohnt sind, ist ungewiss. Plünderer, die häufiger durch die Städte ziehen, sollen jedoch denken, dass hier nichts zu holen ist.

Von den Wachen ist kein Schutz zu erwarten und so verschanzen sich manche Leute ihr Leben lang in ihren Häusern.

Die Menschen sind auf sich selbst gestellt.

In einem der verlasseneren Viertel befindet sich eine ehemalige Schule, die noch recht gut erhalten ist. Von außen ist sie verbarrikadiert und heruntergekommen. Niemand würde ahnen, dass im Inneren Menschen leben. Das war der Plan und bisher hat niemand versucht, hineinzugelangen.

Ich stelle sicher, dass niemand uns sieht, und öffne routiniert ein mit Holzbrettern zugenageltes Fenster, das in den Heizungsraum der Schule führt. Ich helfe Ella durch das Fenster und verschließe es wieder hinter uns.

»Wo sind wir?«, fragt sie mit dem Blick auf die übereinandergestapelten Schulbänke, die hier ihre letzte Ruhestätte gefunden haben.

»In einer Schule.«

»Und was wollen wir hier?«

»Das wirst du noch sehen.«

Mit einem geheimen Code klopfe ich gegen eine verriegelte Tür und einige Minuten später öffnet Celia sie. Celia ist dreizehn und somit die Älteste hier. Ihr stets unsicherer Blick klart auf. Sie schlingt ihre Arme eng um meine Taille und vergräbt das Gesicht an meiner Brust.

Behutsam streiche ich ihr übers Haar. Es muss eine Ewigkeit her sein, dass ich sie besucht habe, und ich kann mir nur vorstellen, dass es sich für sie noch länger anfühlt. Wenn an jedem Tag dasselbe auf einen wartet, verliert man irgendwann das Zeitgefühl. Tag für Tag.

Ella drückt sich an uns vorbei ins Innere des Raumes und erstarrt. In einer Ecke sitzen zehn Kinder zusammengedrängt und beobachten uns mit Argusaugen. Mich kennen sie, doch es kommt selten vor, dass sie eine fremde Person zu Gesicht bekommen.

»Wer sind diese Kinder?«

»Hauptsächlich sind es Waisen. Sie haben niemanden außer uns. Ich helfe ihnen dabei, sich zu verstecken.«, erkläre ich knapp. Ellas Miene wird sanfter und endlich bekomme ich die Gewissheit, dass dies die richtige Entscheidung war.

Beruhigend spreche ich mit den Kindern, stelle ihnen Ella vor und langsam tauen sie auf. Manche der Mädchen sind geradezu fasziniert von Ellas Haaren und beginnen sofort, ihr Frisuren zu verpassen, während andere sie dabei beobachten. Ella setzt sich auf einen kleinen Stuhl, sodass die Mädchen gut rankommen. Sie kichern und ab und an hört man einen kleinen Schmerzenslaut von Ella, was die Mädchen nur noch lauter kichern lässt.

Ich knie mich in die Ecke und winke Celia zu mir. Grinsend kommt sie zu mir hergelaufen und umarmt mich erneut.

»Wann kommst du uns das nächste Mal besuchen?«

Wie immer bei dieser Frage schmerzt mein Herz. Sie ist so sehr an meine Abwesenheit gewöhnt, dass sie an nichts anderes denkt. Ich habe eine besondere Bindung zu Celia, weil sie eins der Kinder aus *Gara* ist. Ich habe oft auf sie aufgepasst, als sie kleiner war.

»Das kann ich nicht sagen, das weißt du doch. Ich habe euch Wasser und Riegel mitgebracht. Sogar eine Tafel Schokolade. Teilt es euch gut ein, hörst du?«

Sie nickt mit leuchtenden Augen, nimmt alles an und verstaut es unter einer Klappe im Boden.

Beim Anblick der Kinder kocht die Wut in mir auf. Ihre Augen, die in den ausgemergelten Gesichtern noch viel größer wirken. Sie sind die Leidtragenden dieses Elends.

Sobald Cassandra Fiala und *Atman* gestürzt sind, wird es den Kindern besser ergehen. Doch ich sehe ihre dürren Körper, ihre fahle Haut und frage mich, ob es bis dahin nicht zu spät sein wird.

Es gibt Augenblicke, an denen ich mir gestatte zu träumen. Von einer Welt, in der wir nicht von einem Übel zum nächsten laufen. Von einem Leben, in dem die größte Sorge darin besteht, was man am Abend essen soll, und nicht darin, ob es überhaupt etwas zu essen gibt. Wenn ich bei den Kindern bin, schaffe ich es, diese Augenblicke länger werden zu lassen. Stunden, in denen ich vergesse, was uns dort draußen erwartet. Doch sobald ich wieder aufbreche, stürzt der gesamte Trümmerhaufen wieder auf mich ein.

Die Gefahr, dass jemand uns vermisst, wird von Minute zu Minute größer. Also brechen wir auf und lassen die Kinder schweren Herzens und mit schlechtem Gewissen zurück.

»Sie alle wurden ausgewählt, habe ich recht?«, fragt Ella flüsternd, kaum dass wir das Gebäude verlassen haben.

»Ihre Eltern wollten sie nicht hergeben und mussten dafür mit ihrem Leben bezahlen.«

»Sie haben also niemanden, der sich um sie kümmert?«

Ich nicke flüchtig. »Wir sehen regelmäßig nach ihnen, doch offiziell gibt es sie nicht. Das Versteck war eine Übergangslösung und jetzt leben manche schon zehn Jahre hier. So kann es nicht bleiben.«

»Wieso nehmt ihr sie nicht bei euch auf?«, stellt sie die Frage, die mich schon so lange beschäftigt hat. Mit der ich Phil schon so oft belästigt habe.

»Es geht einfach nicht.« Wir haben keine Zeit, keinen Platz, keine Leute, um sich um sie zu kümmern. Das sind die Antworten, die ich seit Jahren zu hören bekomme, doch ich weiß, dass sie Ella nicht gefallen würden – ebenso wenig wie mir. »Wirst du uns helfen, etwas dagegen zu unternehmen?«, frage ich stattdessen.

»Ja.« Ellas Augen glänzen, als ich sie dankbar in eine Umarmung schließen will. Doch als ein markerschütternder Schrei in der Ferne erklingt, lasse ich von dem Vorhaben ab. Ein Prickeln legt sich auf meinen Nacken und wandert mir die Wirbelsäule hinab.

Ohne lange zu überlegen, stürme ich zurück in das Gebäude zum Unterschlupf der Waisen und scheuche sie durch zwei Luken in einen versteckten Kellerraum. Traurige, erschrockene Gesichter, ängstliche Laute. All dies bricht mir das Herz, doch nur so können wir sie schützen.

»In der Tasche sind Waffen. Im Notfall musst du sie benutzen, okay?« Ich werfe Ella den nun fast leeren Rucksack zu. Sie nickt angespannt und hilft dabei, die Kinder ein wenig zu beruhigen, bevor wir gehen und die Klappe hinter uns schließen.

»Wir lassen sie zurück?«

»Wenn wir sie mitnehmen, bringen wir sie in Gefahr!«

So schnell wir können laufen wir hinaus, der aufwirbelnde Staub kratzt in meiner Kehle. Ich helfe Ella durch das Fenster, bevor ich selbst hinaussteige und das Brett wieder davor befestige. Die Sonne droht bereits hinter den höchsten Häusern zu verschwinden, als etliche Menschengrüppchen unseren Weg kreuzen. Wir laufen den Störenfrieden genau in die Arme, doch das ist unser einziger Weg hinaus.

Wir schlängeln uns an Autowracks entlang und machen hin und wieder halt, um die Situation einzuschätzen. Eine Gruppe Frauen hat sich eng aneinandergedrängt und versteckt sich hinter einem von Müll überlaufenden Container. Sie werfen uns panische Blicke zu, als wir unserem Weg folgen wollen.

»Vergiss nicht, die Waffe einzusetzen.«

Als wir die letzten Häuser der Stadt erreichen, springt plötzlich ein schwarz gekleideter Kerl mit kahl geschorenem Kopf auf die Straße. Sein Grinsen wird breiter, während er uns mustert. Man kann Ellas Angst förmlich spüren. Sie klammert sich an meinen Arm, als der

Fremde durch die Zähne pfeift. Das Signal für seine Freunde. Keine Sekunde später kann ich eine Silhouette hinter ihm entdecken.

»Lauf!«, rufe ich Ella zu, bevor die Männer uns erreichen.

Sie rennt los, wirft keinen Blick zurück. Der Rucksack auf ihrem Rücken schwenkt hin und her. Ich bin froh, dass sie auf mich gehört hat, denn im nächsten Augenblick taucht ein Dritter auf, der jubelnd auf mich zustürmt. Ich versuche mir einen Weg freizukämpfen, doch sie umkreisen mich wie die Geier ihre Beute.

Einer von ihnen erwischt mich am Jackenärmel und schleudert mich auf den Kies. Ein anderer stürzt sich auf mich und schlägt mit voller Kraft auf mein Gesicht ein. Ich habe keine Ahnung, was diese Kerle wollen, ob sie bloß Plünderer, eine Bande Vollidioten oder Soldaten sind. Ich befreie mich aus dem Griff, rolle auf den Rücken und trete mit voller Wucht gegen einen Kopf, sodass der Angreifer zusammenbricht. Als ich aufspringe, erkenne ich, dass nur noch einer der beiden anderen hier ist. Hektisch sehe ich mich um, suche Ella, kann sie jedoch nirgends entdecken.

Im nächsten Augenblick presst sich ein Arm um meine Kehle und drückt zu. Instinktiv ramme ich meinen Ellenbogen in den Bauch des anderen, wodurch sich sein Griff lockert. Ich drehe mich in einer Bewegung um und kugle seine Schulter gekonnt aus. Mit einem jämmerlichen Weinen geht er in die Knie.

Plötzlich ertönt ein Schuss.

Ella!

Ein zweiter Schuss.

Mein Herzschlag setzt aus, alles in mir rebelliert. Ich laufe los und als ich sie endlich erreiche, wird mir schlecht. Ich entdecke ihr Bein hinter einem Felsbrocken hervorblitzen. Ich wage es kaum weiterzugehen, doch da höre ich ein angestrengtes Stöhnen. Und das kommt nicht von ihr. Mit geballten Fäusten stürme ich um die Ecke auf den am Boden liegenden Mann zu. Blut quillt aus seinem Bauch. Mit beiden Händen versucht er die Wunde zusammenzuhalten, doch es ist offensichtlich umsonst. Ohne lange darüber nachzudenken, schnappe ich mir die Waffe, die neben ihm am Boden liegt, lade nach und schieße ihm zwischen die Augen.

Erst dann höre ich sie. Ihr leises Wimmern. Mit einem prüfenden Blick erkenne ich, dass sie verletzt ist, doch sie lebt. Ihr Gesicht ist blass, ihr Körper zittert. Mit zwei Schritten bin ich bei ihr, hocke mich vor sie und nehme ihr Gesicht in meine Hände. Zwinge sie, mich anzusehen. Sie steht unter Schock.

»Es ist alles ist gut.« Kurz lasse ich den Blick wieder sinken zu der kleinen Wunde an ihrer Seite. Mit zitternden Fingern hebe ich ihr Oberteil hoch und ziehe zischend die Luft ein. Schnell beruhige ich mich und schenke ihr ein aufmunterndes Lächeln. Die Kugel hat sie nur gestreift.

»Ist er … tot?«

»Wir müssen abhauen. Sofort!« Tränen stehen ihr in den Augen, doch sie blinzelt sie schnell weg. Nickend hält sie mir ihre Hand hin, sodass ich ihr aufhelfen kann.

Meine Nerven sind zum Zerreißen gespannt, als wir mit schnellen Schritten durch den Wald laufen. Ich stütze sie. »Das Motorrad ist zu laut. Wir müssen laufen.«

Ella nickt.

Das Ganze war eine verdammt beschissene Idee!

Kapitel 19

Ella

Sobald wir das Gebäude in der Ferne erspähen, fällt eine Last von Coles Schultern. Er stößt den Atem so geräuschvoll aus, als hätte er ihn seit einer viel zu langen Zeit angehalten. Zwar wollte ich es nicht zugeben, doch ich kann mich kaum noch auf den Beinen halten. Meine Wunde tut weh, doch vor allem sitzt der Schock sehr tief. Hätte der Mann etwas genauer gezielt, könnte ich tot sein.

»Wieso tun die Menschen nichts gegen ihre Armut?«

Cole überlegt einen Augenblick, ehe er mir antwortet. »Hin und wieder gehen Menschen auf die Barrikaden, nur werden sie so schnell vertrieben, dass der Großteil der Menschen es nicht besser weiß, nein. Sie glauben, was ihnen erzählt wird: dass das Wasser nur durch die Rationierung ausreicht.«

Die Leute, die nichts gegen ihre Umstände tun, kennen die Wahrheit nicht. Was mich noch mehr schockiert als ihre Tatenlosigkeit. Diese Naivität ist erschreckend. Vielleicht war mein Leben gar nicht so schlimm. Zumindest im Vergleich zu dem der Menschen hier.

Vor ein paar Minuten hat es begonnen zu gewittern, doch wir haben uns nicht die Mühe gemacht, die Decken aus dem Rucksack zu nehmen

»Ich hasse Gewitter!«, gesteht Cole und stößt ein müdes Lachen aus. Dabei verlässt ein Ton seine Kehle, der fast nicht mehr menschlich wirkt. »Früher liebte ich sie.« Er sieht wieder zu mir auf. Seine Haare kleben an seiner Stirn und ich will mir gar nicht vorstellen, wie ich in diesem Augenblick aussehe. Das Blut ist vom Regen weggewaschen, doch die Enge in meiner Brust bleibt.

Meine Schuhe versinken im Schlamm unter uns.

Das Zuschlagen der Tür und die damit verbundene Ruhe helfen tatsächlich, um zu vergessen. Oder zumindest zu verdrängen. Jetzt allerdings stehen wir in dieser Stille und blicken einander in dem trüben Licht der Leuchtstoffröhren an. Als wäre es normal, als wäre es okay, lege ich meine Hände an Coles Brust. Ich spüre seinen Herzschlag und es beruhigt mich, dass es so schnell schlägt wie mein eigenes. Meine Hände lasse ich höher zu seinem Hals wandern. Ich kann seine Anspannung fühlen. Ohne jeglichen Grund beuge ich mich vor und küsse seine Schläfe. Braucht so etwas überhaupt einen Grund? Das Gefühl in meinem Inneren sagt Nein. Es sagt, dass ich es noch mal tun soll. Noch viele Male.

Cole wischt mir einen Tropfen von der Wange. »Ich muss dir etwas sagen, bevor wir hineingehen.«

»Später«, hauche ich und bewege meinen Kopf wieder auf seinen zu. Das Quietschen von Schuhen reißt uns aus unserer Trance. Wir lösen uns rasch voneinander und starren in den Gang. Vor uns ragt eine große Gestalt empor und beobachtet uns. Unter dem vom Regen tropfenden Umhang kann ich nichts erkennen, bis auf den grauen, gepflegten Bart und die zusammengepressten Lippen. In einer einzigen kontrollierten Bewegung steht Cole aufrecht. Den Rücken gestrafft, die Arme gerade.

»Phil.«

»Lasst uns hineingehen.« Die Stimme des Mannes ist harsch und lässt keinen Widerspruch zu. Mit einem knappen Nicken folgen Cole und ich ihm. Meine Hand fühlt sich plötzlich einsam an. So als wüsste sie nicht mehr, wie es ist, allein zu sein.

Nachdem er die Codes eingegeben hat und wir den großen Gemeinschaftssaal durchquert haben, erklärt Phil, dass er uns sofort zu unseren Schlafräumen begleiten wird.

»Morgen früh werden wir uns unterhalten.«

Von allen vorbeilaufenden Personen werden wir – oder besser gesagt er – gegrüßt, was meine Annahme bestätigt. Er ist der Chef hier.

Auf dem Flur zu den Schlafräumen bleibt er abrupt stehen und signalisiert uns, es ihm gleichzutun. »Es hat keinen Sinn, es lange geheim zu halten, deshalb sage ich es offen heraus, sodass du dir über

Nacht ein paar Gedanken machen kannst.« Sein strenger Gesichtsausdruck erinnert mich an unsere Pflegerinnen. »Ella. Es gibt einen Grund, wieso ausgerechnet du hier bist. Deine Mutter war meine Schwester.«

Ich schnappe nach Luft. Die Zeit steht still, dessen bin ich mir sicher. Es ist glatt unmöglich, dass sie weiterläuft. Unmöglich.

All die Jahre habe ich mich gefragt, wie es wohl wäre, Familie zu haben. Die Menschen, die einem am nächsten stehen, die man lieben muss, weil die Natur es vorhergesehen hat. Ich habe mir vorgestellt, wie viel Liebe ich empfinden würde. Doch in diesem Augenblick fühle ich – nichts. Dieser Mann ist ein Fremder. Ich empfinde nicht das Bedürfnis, ihn in den Arm zu nehmen, Zuflucht bei ihm zu suchen, und auch er wirkt nicht so, als würde er mich jeden Augenblick an sich ziehen wollen. Ruhig und ungerührt steht er vor mir. Die Hände ineinander verschränkt, als warte er auf eine Antwort. Eine Reaktion. Doch ich habe nicht die geringste Ahnung, wie ich mich verhalten oder was ich denken soll. Lebt meine Mutter noch? Wieso hat man mich nicht gesucht?

»Wie kann das sein?«, frage ich mit belegter Stimme. Ich empfinde keine Trauer und trotzdem fühlt es sich an, als würde eine unsichtbare Kraft mein Herz zusammendrücken. Fragend sehe ich Cole an, da ich ihn besser kenne und er mir mehr bedeutet als dieser Mann.

Coles Blick ist gesenkt und er wirkt seltsam distanziert. »Vielleicht besprichst du das besser mit deinem Onkel.«

»Wusstest du davon?«

»Ja.« Seine Stimme klingt emotionslos. Ganz anders, als ich sie kenne.

Fassungslos starre ich ihn an. Wie konnte er mir das verschweigen? Meine Brust zieht sich schmerzlich zusammen bei dem Gedanken, was ich alles mit Cole erlebt habe. Er hat nicht ein einziges Mal versucht, mir die Wahrheit zu sagen. In meinem Hals hat sich ein dicker Kloß aus Verrat und falschem Vertrauen gesammelt und verspottet mich, indem er nicht verschwinden will. Er hält mir meine Naivität vor.

Wie konnte ich Cole vertrauen, alles aufsaugen und glauben, was er mir erzählt?

Wir kennen uns nicht einmal zwei Wochen und doch kam es mir vor, als könnte ich ihm alles anvertrauen. In der Hoffnung auf eine bessere Zukunft und einen Menschen gefunden zu haben, der sich für mich als Person interessiert, war ich blind. Dabei war ich nur ein Auftrag.

»Du hast mich angelogen. Wieso?«

»Weil es meine Aufgabe war.« Cole sieht zu meinem Onkel, das Gesicht ausdruckslos. Wie konnte ich vergessen, dass er Soldat ist? Es gibt keinen Hinweis in seiner Stimme oder seinem Gesichtsausdruck, der von Bedauern spricht.

Als wäre ich ihm egal.

»Phil«, sagt er und mein Onkel nickt auf eine stumme Frage hin, woraufhin Cole den Flur entlanggeht. Ich blicke ihm nach, doch er dreht sich nicht um. Erst als er an seiner Zimmertür stehen bleibt, um sie zu öffnen, schenkt er mir einen entschuldigenden Blick. Wortlos starre ich seine Tür an, auch nachdem er längst dahinter verschwunden ist.

Phil räuspert sich, um meine Aufmerksamkeit wieder zu erlangen. »Ich erwarte von dir, dass du dich auf deine Aufgabe konzentrierst. In den nächsten Tagen werden wir dir einige Kampftechniken beibringen und nach erfolgreichem Abschluss wird dir dein Auftrag zugeteilt.«

»Und … mein Freund?«

Seine Augen verengen sich zu Schlitzen. »Sprich in ganzen Sätzen.«

»Mir wurde gesagt, dass wir meinen Freund befreien würden. Silas. Er wurde vor mir aus *Wonderland* abgeholt. Ich werde euch erst helfen, sobald Silas frei ist.«

»Gut, ich werde darüber nachdenken.«

Mit diesen Worten lässt er mich stehen. Phil, der Anführer des Widerstands.

Coles Auftraggeber.

Mein Onkel.

Kapitel 20

Cole

Ich starre an die graue Decke. Meine Gedanken kreisen einzig und allein um Ella. Ich kann mir vorstellen, wie sie sich fühlen muss und wie wütend sie auf mich ist. Ich hätte sie trösten müssen, doch ich bin es gewohnt, vor einem Diensthöheren zu spuren, und Phil ist an diesem Ort der Diensthöchste, den man finden kann. Er ist es, der die Bruderschaft ins Leben gerufen hat. Niemand von uns weiß viel über ihn und noch weniger über Ellas Mutter, doch jeder hier vertraut auf ihn.

Die Nacht war kurz. Als ich am frühen Morgen mit den ersten Lichtern aufstehe, ist meine Laune an einem Tiefpunkt angelangt. Mühsam rappele ich mich auf und stehe kurze Zeit später vor Ellas Tür. Wie erwartet, reagiert sie nicht auf mein Klopfen. »Ella! Lass uns reden! Es tut mir leid, wie alles gelaufen ist.«

Keine Antwort. Keine einzige Regung aus dem Innern, obwohl ich mir sicher bin, dass sie mich hören kann. Wenn es ihr so ergangen ist wie mir, hat sie kein Auge zugemacht.

»Wir müssen trainieren. Und wenn du es nur für deinen Freund tust …« Sie schweigt nach wie vor und ich wende mich seufzend ab. Ich werde sie nicht zwingen, muss ihr Zeit geben, um ihr Vertrauen wiederzugewinnen. Einem Menschen ein erstes Mal zu vertrauen ist nicht schwer. Wenn man es allerdings verloren hat, ist es beinahe unmöglich, es zurückzugewinnen. Kurz vergrabe ich das Gesicht in den Händen, bevor ich zu Phils Büro marschiere und mit festen Schlägen an seine Tür klopfe. Schwäche widert ihn an, also gebe ich ihm keinen Grund, dasselbe von mir zu halten. Er öffnet sie nach einigen Minuten und wirkt nicht gerade erfreut, mich zu sehen. Zwar ist Phil nicht oft in unserem Unterschlupf, doch wenn er uns mit seiner Anwesenheit beglückt, verbringt er sie die meiste Zeit in diesen vier Wänden. Er geht zurück in den Raum, lehnt sich gegen den Tisch und kneift die Augen zusammen. »Du solltest mit meiner Nichte beim Training sein.«

»Sie öffnet mir die Tür nicht.«

Phil lacht drohend auf. »Bist du Soldat oder habe ich das falsch in Erinnerung? Du hast Menschen zu schlimmeren Dingen gebracht und dann willst du mir erzählen, dass du ein Mädchen nicht dazu bringst, ihr Zimmer zu verlassen?« Er drückt sich vom Tisch ab und kommt auf mich zu. »Habe ich dir zu viel zugemutet? Bist du es vielleicht doch nicht wert, dass ich meine Hoffnung in dich investiere?«

Ich beiße die Zähne aufeinander, reiße mich zusammen, bleibe jedoch stumm, weil ich weiß, dass er keine Antwort erwartet.

»Du hast den Ernst der Lage offenbar nicht verstanden. Denkst du, ich würde mich von einer verschlossenen Tür aufhalten lassen?« Sein Blick ist herausfordernd.

»Nein.«

»Dann bring ihr jetzt gefälligst das Kämpfen bei!« Als ich mich nicht bewege, öffnet er die Tür und drängt sich schroff an mir vorbei. Mit unguter Vorahnung folge ich ihm. Meine Vermutung bestätigt sich, als er schnurstracks an allen Zimmern vorbeistürmt und Ellas Tür ansteuert. Ohne anzuklopfen oder sich anzumelden, stößt er die Tür auf. Ich bleibe stehen, weil ich Ella einen Funken der Privatsphäre lassen will, die Phil soeben durchbrochen hat.

»Du bist nicht zu deinem Spaß hier. Wenn ich Cole befehle, dich zu trainieren, dann wirst du dich dem fügen. Hast du mich verstanden?«

Sie gibt keine Antwort, läuft allerdings einige Sekunden später an mir vorbei in Richtung der großen Halle.

»Sie wird sich nicht mehr aufführen wie ein bockiges Kind«, versichert Phil mit undurchdringlicher Miene und lässt mich ebenfalls stehen.

Ich gehe Ella hinterher. Mit verschränkten Armen und einem Blick, der einen zu Stein verwandeln könnte, steht sie mitten im

Raum. Sie passt nicht hier rein. Niemand beachtet sie, niemand versucht sie aufzubauen. Alle sind damit beschäftigt, die Welt zu retten. Doch muss man nicht zuerst anfangen, die Menschen um sich herum zu retten?

Mein Herz stockt, als ich das erste Mal in meinem Leben an der Bruderschaft zweifele. Schnell schüttle ich die Gedanken ab und trete neben Ella. »Es tut mir leid, okay?«

»Bringen wir es hinter uns«, erwidert sie trocken.

Ich führe sie in die Trainingshalle, wo wir uns umgeben von Laufbändern, Boxsäcken und allen möglichen Geräten aufzuwärmen beginnen. »Zeig mir, was du kannst.«

Ella redet kein Wort mit mir. Sie sieht mich nicht einmal an, als sie mich angreift. Sie ist stark und hat einige gute Handgriffe drauf, doch noch ist sie nicht gut genug. Jeder von uns muss kämpfen können, und erst wenn sie ein gewisses Level erreicht, ist sie bereit für den nächsten Schritt. Erst dann wird Phil seinen Plan für sie mit uns teilen.

Das Training ist hart und doch versuche ich sie wegen der Streifwunde so gut es geht zu schonen. Phil haben wir davon nichts erzählt, doch wenn jemand sie entdeckt, bleibt es nicht lange unser Geheimnis.

Sie führt die Übungen aus, hört mir zu, wenn ich etwas erkläre, zeigt mir aber in jedem Augenblick, dass sie wütend auf mich ist. Dass sie die ganzen letzten Jahre trainiert wurde, ist natürlich kein Zufall, so wie wir nur wenig dem Zufall überlassen. Genevieve Clark ist die einzige Verbündete in *Wonderland*, und sie war es, die Ella in die richtige Richtung gelotst hat. Wir brauchten sie als Kämpferin. Phil wollte sie als Kämpferin. Mit jedem Schlag, in den sie all ihren Frust und ihre Kraft steckt, spüre ich ihre Stärke.

»Rede mit mir!«, sage ich, während sie mit Fäusten nach meinem Gesicht schlägt, ehe sie mit dem Fuß meinen Oberkörper trifft. Sie schnaubt wütend. In ihren Augen lodert ein Feuer.

»Ella! Es war nicht meine Aufgabe, dir zu erzählen, wer er ist.« Sie trifft meine Schläfe, sodass ich stöhnend einen Schritt zurück mache.

»Du denkst, ich bin wütend, oder?« Sie lacht schnaubend. »Ich bin enttäuscht, Cole! Ich dachte, du wärst mein Freund!« Tränen steigen in ihre Augen und als sie das ebenfalls merkt, wischt sie sich rasch übers Gesicht.

»Ich bin dein Freund«, bestätige ich. Ich gehe einen Schritt auf sie zu, doch sie windet sich aus meiner Berührung heraus, sobald meine Hand sie erreicht. »Ich bin derselbe wie davor. Ich bin für dich da.«

Ella dreht sich von mir weg, doch ich gebe nicht auf. »Lass mich dir beweisen, dass du mir nach wie vor vertrauen kannst.«

Wieder gehe ich auf sie zu, sodass ich nun fast ihren Rücken berühre. Entgegen meiner Erwartung bleibt sie stehen und rührt sich nicht. Ellas Atmung geht schwer.

»Bitte«, flüstere ich, während ich meine Hand auf ihren Oberarm lege und sie zu mir umdrehe. Sie antwortet nicht, doch als ich sie an mich heranziehe, gräbt sie ihr Gesicht an meine Brust und weint lautlos in mein Shirt.

Einige Tage später habe ich einen Entschluss gefasst. Ich weiche nicht von Phils Seite und versuche ihm meinen Plan zu Silas Rettung nahezulegen. Es dürfte mich nicht so sehr beschäftigen, was Ella über mich denkt, doch das tut es.

»Wir werden diesen Jungen nicht befreien, das ist Schwachsinn.« Nebeneinander durchqueren wir den kompletten Unterschlupf. Viele der Männer bekommen Phil nur selten zu Gesicht, doch manchmal stärkt es die Moral, wenn sie sehen, dass er einer von uns ist.

Gerade haben wir den Kontrollraum passiert, in dem einige Jungs stundenlang vor Bildschirmen hocken und alle funktionsfähigen Überwachungskameras im Auge behalten. Die meiste Zeit über besteht ihre Arbeit darin, Banden und deren Raubzüge zu beobachten. Wenn wir Männer zur Verfügung haben, senden wir sie aus, um die Menschen vor den Plünderern zu schützen.

»Es ist wichtig für Ella«, versuche ich Phil zu überreden. Während ich flüstere, damit nicht jeder unser Gespräch mitbekommt, redet Phil in seinem gewohnt autoritären Ton.

»Das mag sein, doch diese Aktion ist zu riskant und belanglos für den Plan.« Mit anerkennendem Blick nickt er einem Jüngling zu, der vor einem großen Haufen Waffen hockt und diese gründlich reinigt.

»In einer Woche werden die Jungs zur Auktion transportiert. Wir wollten doch bald damit beginnen, das Vertrauen der Bürger für uns zu gewinnen. Wie groß wäre ihr Vertrauen, wenn wir diese Jungs retten?« Als er plötzlich stehen bleibt und in die Ferne sieht, erkenne ich, dass ich ihn an der Angel habe.

»Wir wären Helden für sie und niemand könnte länger leugnen, dass *Wonderland* die Hölle auf Erden ist, sobald die Jungs frei sind und ihre Geschichten erzählen«, fahre ich fort. Er hebt das Kinn. Stolz, als wäre es seine Idee gewesen, dann setzt sich wieder in Bewegung.

»Such dir Männer zusammen und legt mir morgen Abend den Plan vor«, sagt er, wendet sich mir zu und beäugt mich von oben herab. »Solltest du es jedoch versauen, bist du raus.« Da Phil weder wegsieht noch weitergeht, ist für ihn unsere gemeinsame Tour wohl beendet, weshalb ich mich auf den Weg zu Ellas Zimmer mache, in dem sie sich bis auf unsere Trainingszeiten verschanzt.

»Komm rein!«, ruft sie, nachdem ich an ihrer Tür geklopft habe.

»Lust auf einen kleinen Nachtspaziergang?«, frage ich lächelnd, während ich den Kopf durch den Türspalt stecke. Sie setzt sich schnell auf und nickt aufgeregt. Seit unserem kleinen Ausflug in die Stadt war sie nicht mehr draußen. Es ist zu unsicher, gesehen zu werden, dennoch weiß ich selbst, wie einengend es sein kann, hier drin gefangen zu sein. Sie hüpft regelrecht aus dem Bett und bleibt vor mir stehen.

»Nichts lieber als das!«

Dieses Mal interessiert es mich nicht, ob jemand uns sieht, wie wir den Unterschlupf verlassen, da es mir niemand verbieten kann. Ich bringe Ella zu einer kleinen Lichtung im Wald. Das weiße Kleid, das sie trägt, schlingt sich um ihren schmalen Körper, wenn der Wind durch die Bäume jagt. Die Lichtung ist nicht weit entfernt, sodass man von dort aus das obere Geschoss des Unterschlupfs erkennen kann. Obwohl der Boden trocken ist, breite ich meine Jacke darauf aus, damit Ella sich hinsetzen kann. Lächelnd nimmt sie Platz und klopft neben sich auf den freien Stofffetzen, sodass ich ganz nah an ihr sitzen kann. Sie hebt das Gesicht, reckt es dem schwarzen Himmel zu. Nur der Mond und die Sterne erhellen diesen Ort. Für kurze Zeit genießen wir den Moment. Ich beobachte sie. Ihre wunderschönen Gesichtszüge, die so weich und gleichzeitig stark sind. Ihre geschwungenen Lippen und die großen Augen. Mein Blick wandert weiter über ihre mit Narben bedeckten Arme, mit denen sie sich auf dem Boden abstützt.

»Wie würde dein perfektes Leben aussehen?«, frage ich irgendwann in die Stille hinein.

Ella schließt kurz die Augen. Und lächelt breiter. »Das hier – egal, wie furchtbar es gerade ist – ist schon ganz okay. Mehr habe ich nie erwartet.«

»Du findest es hier so furchtbar? Jetzt gerade?«

»Im Moment ist es ganz besonders schlimm«, provoziert sie mich.

»Wieso glaube ich dir nicht?«

Sie sieht mich mit funkelnden Augen an. »Weil du zu überzeugt von dir bist? Mal im Ernst, ich ...« Sie atmet tief durch, legt den Kopf in den Nacken, blickt in den Sternenhimmel und ich sehe, wie schwer es ihr fällt, darüber zu reden. Ich lege mich zurück und Ella tut es mir gleich, ehe sie tief durchatmet. »Ich meine, ich kann halbwegs mitentscheiden, was mit mir und meinem Leben passiert. Das ist völlig neu für mich. Es macht mir Angst, und es ist gleichzeitig ein wundervolles Gefühl, eine Wahl zu haben.«

»Man sollte immer die Wahl im Leben haben.«

Ausgestreckt auf dem Rücken, die Gesichter dem Himmel zugewandt, liegen wir auf dem weichen Gras.

»Wie sieht dein perfektes Leben aus?«, fragt sie flüsternd.

Wehmütig lächelnd betrachte ich das Profil ihres Gesichts, das in diesem Moment so entspannt und selig wirkt.

»Ich wollte die Welt verbessern. Irgendetwas bewegen.«

Ella dreht sich in meine Richtung. In ihren Augen liegt ein Schimmern. Das Lächeln auf ihren Lippen lässt mein Herz höherschlagen. Langsam kommt ihre Hand meiner näher, bevor sie ihre Finger mit meinen verschränkt.

»Das ist ein schöner Traum«, wispert sie.

Ich drehe unsere Hände vor meinen Augen, ehe ich sie ansehe. Mein Herzschlag beschleunigt sich. »Ich habe eine Überraschung für dich.«

Kapitel 21

Ella

Ich dachte, ich kenne Cole mittlerweile, doch mit der Wendung nach unserem Abend im Wald hätte ich nie gerechnet. Seine Worte klingen noch so klar nach, als hätte er sie gerade eben erst gesagt: Wir befreien Silas.

Ich schleiche mich in Coles Zimmer, doch zu meiner Enttäuschung ist er schon wach, sitzt auf einem Stuhl und reinigt seine Waffe.

»Guten Morgen! Wolltest du dich zu mir legen? Tut mir leid, ich bin kein Langschläfer.« Er grinst, als ich vor ihm stehen bleibe, und zieht mich seitlich auf seinen Schoß. Für einen Augenblick erlaube ich mir, mich an ihn zu schmiegen und seinen Duft zu inhalieren. Sein Geruch beruhigt mich. Ich lehne meine Schläfe gegen seinen. Zwischen Cole und mir hat sich etwas geändert. Ich weiß nicht wann, doch gestern Abend habe ich es zum ersten Mal zugelassen, nachdem er mir von Silas' Rettungsaktion erzählt hat.

»Ich bin aufgeregt«, gestehe ich und das beschreibt nicht einmal ansatzweise, wie ich mich fühle.

»Ich weiß. Ich werde gleich alle zusammenholen und einen Plan ausarbeiten. Wir werden dann die Route abfahren und den geeignetsten Platz für einen Überfall aussuchen.« Er drückt mir einen Kuss auf den Scheitel und greift an mir vorbei nach seiner Waffe.

»Und wieso brauchst du die?«

Er zwickt mich neckisch in die Hüfte. »Man weiß nie, wann man angegriffen wird, das müsstest du mittlerweile wissen.«

Gänsehaut umfasst mich bei der Vorstellung, dass etwas schieflaufen könnte, aber ich muss ihm unweigerlich zustimmen. »Denkst du, dass alles gut geht?«

Mit seinen Augen fixiert er meinen Mund und ich frage mich, ob er genauso oft über unseren Kuss nachdenkt wie ich. »Ich wünschte, ich könnte es dir versprechen. Doch eines kann ich mit Sicherheit sagen: Ich werde alles dafür geben, um Silas heil zu dir zurückzubringen.« Ein Prickeln zieht sich über meinen Nacken. Cole klingt zielstrebig, doch vor meinem inneren Auge spielt sich ein Schusswechsel ab, in dem er möglicherweise verletzt oder sogar getötet wird. »Wir holen ihn und die anderen dort raus«, verspricht er, während er mir eine Strähne hinters Ohr streift.

»Du musst mir versprechen, dass auch *du* wieder zu mir zurückkehrst!« Er antwortet nicht, sieht mich nur mit diesem Blick an, der mir bis in die Seele sehen kann, beugt sich vor und küsst mich auf die Stirn, ehe er sich auf den Weg macht, um eine Gruppe Freiwilliger zu rekrutieren und einen Plan zu schmieden.

Kapitel 22

Cole

Wie vereinbart suche ich am Abend Phil auf, um ihm meinen Plan offenzulegen. Um die Strecke auszukundschaften, haben mich lediglich Miranda und zwei weitere kampferfahrene Männer begleitet. Fünf weitere konnte ich rekrutieren, um mich bei der Rettungsmission zu unterstützen. Ich weiß, dass viele nur auf Anweisungen von Phil hören und mir deshalb nicht zugesagt haben. Dennoch war ich enttäuscht über das wenige Vertrauen in mich.

Phil sitzt auf dem gepolsterten Stuhl hinter seinem Schreibtisch, auf dem ich eine große Landkarte ausgebreitet habe. Ich falte sie so, dass nur die interessante Stelle vor uns liegt. »Ich bin die Strecke abgefahren.« Ich deute auf eine lange Gerade. »Hier werden wir uns positionieren. Sie werden uns meilenweit im Voraus entdecken und wir werden ihnen schutzlos ausgeliefert sein.« Phil wirft mir einen Blick aus zusammengekniffenen Augen zu. Er hält mich für wahnsinnig. »Allerdings wird das nur ein Ablenkungsmanöver sein. Denn die Wagen, die wir dort abstellen, werden leer sein. Der eigentliche Angriffspunkt liegt hier.« Ich lasse meinen Finger nach links wandern, aus dessen Richtung der Konvoi kommen wird. »Um die Jungs vor dem vermeintlichen Überfall zu schützen, werden sie den Transporter anhalten und abwarten, bis die Gefahr gebannt ist. Weit genug entfernt, um sie nicht zu verlieren. Während der Schutzkonvoi die offensichtliche Gefahr sicherstellt, greifen wir aus dem Hinterhalt den Transporter an. Meiner Erfahrung nach befinden sich höchstens drei bewaffnete Soldaten an Bord, die wir ausschalten müssen, um den Transporter zu entführen.«

»Du willst ihnen unsere Wagen überlassen. Du weißt, dass wir hart für sie gekämpft haben.«

Entsetzt über seine Aussage, starre ich ihn an. »Diese Jungs sind wichtiger als das ganze Blech.«

Er hält meinem Blick stand, nickt dann jedoch. »In Ordnung. Bis zum Zuschlag braucht deine Gruppe allerdings noch Zuwachs.«

Nickend stimme ich ihm zu und verlasse sein Büro, ehe er seine Meinung noch ändert.

Eine Woche kann sich endlos in die Länge ziehen, wenn man auf etwas hinfiebert. Jeden Tag verbringe ich mit Ellas Training oder versuche Männer für mein Vorhaben, Silas und die anderen Jungs zu retten, zu gewinnen. Die wenigsten erklären sich dazu bereit, was mich mehr und mehr an unserem Zusammenhalt zweifeln lässt. Am Ende sind wir fünfzehn Mann.

Aus meiner Zeit als Soldat weiß ich, dass vor jedem Transport die Strecke abgefahren wird, um Gefahren früh genug zu erkennen. Aus diesem Grund bleibt uns nur ein winziges Zeitfenster von zehn Minuten, um unsere Wagen an der perfekten Stelle zu positionieren und zu unserem Versteck zu gelangen. Mit Glück hält der Wagen nah bei uns, mit Pech weiter weg und wir verlieren kostbare Zeit.

Heute allerdings ist es so weit. Da Motorräder mobiler sind und man mit ihnen schneller flüchten kann, haben wir uns für diese Transportmittel entschieden. Nun stehen wir im Schatten der Bäume, versteckt und getarnt, und warten alle bangend auf den Moment, in dem der Transporter und sein Konvoi den Weg passieren.

Als ich sie entdecke, sträuben sich die Härchen in meinem Nacken. Alle sind angespannt. Miranda, die neben mir steht, atmet schwer und ihre Brüder, die uns begleitet haben, trippeln unruhig von einer Seite zur anderen. Ich lasse die Fahrzeuge nicht aus den Augen, doch mit jedem Meter, den sie weiterfahren, ohne ihre Geschwindigkeit zu drosseln, werde ich unruhiger.

Miranda knirscht mit den Zähnen. »Da läuft etwas schief! Cole, sie bleiben nicht stehen! Fuck!«

Noch ehe ich etwas sagen kann, hechtet sie davon und schwingt sich auf ein nicht weit entferntes Motorrad. Sie fährt davon. Wir übrigen starren ihr hinterher. Alle werden unruhig und ich versuche krampfhaft zu überlegen, was wir nun tun sollen. Uns bleibt nur diese eine Chance. Plötzlich hören wir das Motorradgrollen und sehen es ebenfalls, wie es weiter weg aus einem Seitenweg auf die Hauptstraße fährt. Weit genug entfernt, damit niemand uns entdecken kann. Wie ein Profi bewegt sich Miranda auf dem Motorrad. Sie legt sich in die Seite um enge Kurven und lenkt unsere Feinde von uns ab. Geduckt und blitzschnell fährt sie auf den Konvoi zu und ich halte die Luft an, als ich plötzlich Schüsse höre. Miranda duckt sich, dreht sich gekonnt um und fährt davon. Der Transporter hält an.

Sie hat es geschafft.

Als wir uns bereit zum Angriff machen, setzt er sich jedoch wieder in Bewegung und fährt in den Wald hinein. Genau auf uns zu. Die Soldaten dürfen uns nicht entdecken. Denn dann werden sie einen nach dem anderen aus dem Fahrzeug heraus abknallen. Wir verschwinden weiter in das Dickicht hinein, bis wir das Abstellen des Motors mit anschließenden Schritten hören.

»Der Typ muss lebensmüde sein.«

»Und wir müssen darunter leiden. Es wird kaum jemanden interessieren, wieso wir zu spät kommen. Arschloch.«

Ich versuche mir von meiner Stelle aus einen Überblick zu verschaffen. Aus der Fahrerkabine waren drei Soldaten ausgestiegen, die sich nun in aller Seelenruhe ihre Kippen anzünden.

Meine Kameraden warten auf ein Zeichen von mir und ich nicke ihnen zu. Mein Herz hämmert fest in meiner Brust, dennoch handle ich entschlossen.

Wir nutzen den Überraschungseffekt. Für kurze Zeit werden sie überrumpelt sein, doch in wenigen Sekunden sind diese Männer kampfbereit. Sie sind Soldaten. Ausgebildet, um zu töten. Doch das bin ich auch.

Mein Körper übernimmt die Führung. In geduckter Position nähern wir uns dem Fahrzeug und den davorstehenden Männern.

Sobald ich nahe genug an einem von ihnen dran bin, verlasse ich mein Versteck. Ich mache einen Sprung und ramme dem verdutzten

Kerl meine Faust ins Gesicht. Knochen knacken. Heulend wirft er den Kopf in den Nacken und umfasst seine gebrochene Nase. Wenige Sekunden später sind seine Hände blutüberströmt. Dies ist das Zeichen, dass auch die anderen angreifen. Meine Leute stürzen sich als Einheit auf die Soldaten. Unser Augenmerk ist auf ihre Waffen gerichtet. Wenn sie schießen, werden ihre Kollegen es hören und zurückkommen. Aus diesem Grund haben auch wir uns nur mit Messern bewaffnet.

Ich verschmelze mit meinen Messern.

Die Soldaten, die jetzt in völliger Alarmbereitschaft stehen, rufen sich gegenseitig Befehle zu. Ich höre all dies nur noch weit entfernt. Aus dem Transporter kommen weitere Soldaten, mit denen ich nicht gerechnet habe. Es sind mehr als erhofft. Fünf mindestens. Wir haben alle Hände voll zu tun. Wir sollten ihnen weit überlegen sein, doch nun dürfen wir keine Fehler machen. Ich folge meinem Instinkt und vertraue auf meine Reflexe. Sie greifen teilweise mit bloßen Händen an. Die Klinge in meiner rechten Hand schießt vor und versenkt sich in einem Bauch.

Ein tiefes Röcheln ertönt, während der Mann sich vorbeugt und sich eine Hand auf die Wunde presst. Mein Fuß trifft ihn am Ohr, um ihn endgültig zu erledigen. Hinter mir höre ich einen meiner Männer keuchen. Ich sehe mich um und erkenne, wie einer der Soldaten den Arm um Holdens Kehle geschlungen hat und zudrückt. Wut brennt in meinen Adern. Ein tiefes Knurren dringt aus meiner Kehle empor, als ich mich auf Holdens Angreifer stürze. Er erkennt, dass ich die größere Bedrohung bin, lässt also von seinem Opfer ab und wendet sich mir zu. Wir prallen zusammen, wodurch wir beide zu Boden geworfen werden und ich meine Messer verliere, doch darum kümmere ich mich nicht. Ich springe auf, hole zum Schlag aus, verfehle ihn jedoch, da er sich rechtzeitig wegduckt und in einer geschmeidigen Bewegung auf die Beine kommt. Bevor er sich jedoch erneut wehren kann, lande ich mit der anderen Hand einen Treffer. Wegen der Wucht des Schlags stolpert er rückwärts. Er fletscht die Zähne, rennt auf mich zu und rammt mich am Bauch. Ich schnappe nach Luft, fange mich schnell wieder und stürze ihn abermals zu Boden. Ich weiß, dass ich die Oberhand gewinnen muss, also umgreife ich

Knie und streichelt sanft darüber, sodass eine Gänsehaut über meinen Körper wandert.

»Komm mit!« Er umschließt meine Hand und führt mich wieder hinaus. Es ist mittlerweile dunkel geworden, sodass die Menschen hier mutiger geworden sind.

Im Hinterhof der Halle sitzen unzählige Leute um Feuerstellen herum, die genauestens geprüft werden, damit keine zu hoch wird und womöglich die Aufmerksamkeit unserer Gegner erregt. Beinahe alle Mitglieder sind hier versammelt und wirken zum ersten Mal wie echte Menschen mit Ängsten, Lebensfreude und Hoffnung. Sie reden, lachen, essen und trinken.

Ich begleite Cole zu einer der Bänke, die um die Feuer aufgestellt sind, und gestatte es mir, die Atmosphäre zu genießen. Die warmen, flackernden Flammen, die meine Haut erhitzen. Die lachenden Stimmen, die dasselbe mit meinem Herz anstellen. Coles Hand liegt hinter mir auf der Bank. Wenn ich mich bewege, streift sein Arm die nackte Haut zwischen meinem Pullover, den ich nach Silas' Ankunft übergezogen habe, und der Hose.

Cole sitzt nicht lange still. Er beobachtet einige der Jüngeren, wie sie versuchen, ein neues Feuer zu entfachen, dabei allerdings kläglich scheitern. Er grinst amüsiert und springt auf.

»Und ihr wollt für uns kämpfen? Dabei könnt ihr nicht einmal ein Feuer anzünden!«

Cole ist begnadet darin, die Menschen zu Dingen zu animieren. Sie lieben ihn dafür, dass er ihnen etwas beibringt, ohne jemanden dabei zu schikanieren. Geduldig zeigt er ihnen, wie sie die Flammen zum Lodern bekommen, löscht sie dann wieder, damit sie es selbst versuchen.

Er lacht laut auf. Ein Lachen, das mich zum Mitlachen einlädt und mir ohne Grund das Blut in die Wangen treibt. Cole strahlt. So ausgelassen und zufrieden habe ich ihn noch nie gesehen und wer kann es ihm verdenken? Auch in meinem Innern tanzen die Gefühle, erfüllen meinen Körper mit Freude, Hoffnung, Zufriedenheit und Glück. Coles Augen finden mich und der Blick, mit dem er mich mustert, ist stechend. Intensiv. Mein Herz schlägt einen Salto, wie immer, wenn er mich so ansieht. Er entschuldigt sich bei seinem Gesprächspartner mit einem freundschaftlichen Klopfer auf den Rücken und kommt geradewegs auf mich zu.

Ohne ein Wort legt er seine beiden Hände an meine Wangen und hält mein Gesicht umschlossen. Der Verband an der Linken ist blutdurchtränkt und verschmutzt, doch das stört weder mich noch ihn. Seine Augen sind das Einzige, was mich interessiert. Und sein Duft, der mittlerweile schon unverkennbar für mich geworden ist. Ich lege ihm meine Hände an die Brust. Vergesse, dass wir von etlichen Menschen umgeben sind und ich eigentlich verlegen sein müsste. Sein Herz schlägt kräftig gegen meine Haut. Als ich meinen Blick wieder hinauf zu seinem Gesicht wandern lasse, bleibt er an seinem schiefen Grinsen hängen.

Am liebsten würde ich ihn fragen, ob er mich in diesem Augenblick genauso gern küssen würde wie ich ihn. Ich tue es nicht, da ich darauf vertraue, dass mein Bauchgefühl mich nicht komplett in die Irre führt, und so beuge ich mich instinktiv vor, bis unsere Lippen sich treffen. Erst noch scheu, vorsichtig, als wollten sie austesten, ob es in Ordnung ist. Dann fester. Cole packt mich an der Taille und zieht mich enger an sich. Mein Blut brodelt und die Welt beginnt sich langsamer um uns zu drehen. Ales in mir jubelt und fühlt sich an, als hätte ich seit Ewigkeiten auf diesen Kuss gewartet, und vielleicht habe ich das. Er ist perfekt. Cole ist perfekt.

Erst weiß ich nicht, was ich mit meinen Armen und Händen machen soll, nach einer Weile jedoch finden sie ihren Weg um Coles Hals. Meine Hand lege ich um seine Wange, streiche über die weiche Haut und ich kann mir kein besseres Gefühl vorstellen. Es ist, als wäre es das Natürlichste auf der Welt, ihn zu küssen. Als wäre es mir in die Wiege gelegt worden wie das Atmen. Empfindungen bilden sich in meinem Bauch, die schmerzhaft und unendlich tröstlich zugleich sind. Ich habe Angst, nicht mehr vollständig zu sein, sobald wir uns voneinander lösen, also klammere ich mich umso fester an ihn. Ein leises Stöhnen dringt aus Coles Kehle direkt in meinen Mund. Ich spüre, wie es durch meinen Körper vibriert. Die Berührungen, die er mir schenkt, jagen mir Schauer über den Rücken. Seine Hände sind überall und hinterlassen heiße Spuren auf meiner Haut.

»Lasst das bloß nicht den Boss sehn.«

Hastig ziehe ich mich aus seiner Umklammerung zurück und streiche mir über das erhitzte Gesicht. Mindestens ein Dutzend Leute beäugen uns, untermalt von hämisch grinsenden Mündern. Sie haben recht. Das darf nicht passieren. Jedenfalls nicht hier, wo jeder uns sehen kann. Wo mein Onkel uns entdecken wird. Allein der Gedanke an ihn verursacht eine Gänsehaut auf meinem Körper.

Cole lächelt verlegen und lässt mich zurück, um sich zu einigen der Jungs an den Tisch zu setzen. Ich tue es ihm gleich und geselle mich zu einer Gruppe um eines der Feuer. Es ist mir egal, ob sie mich bei sich haben wollen, denn ich kann mich ohnehin auf nichts anderes konzentrieren als auf ihn.

»Na, so habe ich dich ja noch nie gesehen.« Silas hockt sich neben mich und wie von einem Magneten angezogen lehne ich mich gegen ihn. Mir war überhaupt nicht klar, wie leer ich mich ohne ihn gefühlt habe, als er nicht da war.

»Bisher kannte ich eben keine so tollen Typen.«

Theatralisch presst er sich eine Hand ans Herz. »Autsch. Du hast dich nicht verändert! Du quälst mich immer noch zu gern.« Ich schweige eine Minute und versuche mir selbst einzureden, dass er recht hat. Dass ich immer noch dieselbe Ella bin, die er aus *Wonderland* gekannt hat. Doch die bin ich nicht mehr.

»Es ist viel passiert, weißt du?«

»Ja. Du bist viel stärker als vorher. Du musst dich nicht mehr verstecken, bis dich jemand rettet. Nun bist du es, die die Menschen rettet!«

Silas wird uns helfen. Wir werden gemeinsam die Menschen retten, die von der Welt vergessen wurden.

»Bevor wir zu Helden werden, lassen wir es uns noch mal so richtig gut gehen!« Er reicht mir ein halb transparentes Getränk. Zögerlich nippe ich daran und verziehe das Gesicht. Ich huste. Es schenkt mir innere Wärme, brennt allerdings in meinem Hals.

»Was ist das?«

»Wildbeerenschnaps. Trink aus! Heute feiern wir!«

Kapitel 24

Cole

Fisch gibt es nur zu besonderen Anlässen und jedes Mal wird der sagenhafte Geschmack von etwas Bitterem begleitet. Als das saubere Wasser verschwand, starben auch viele der Meerestiere. Nur die resistenten überlebten. Wie bei allem, was die Katastrophe mit sich brachte.

Ich schaffe es nicht, meine Blicke lange von Ella loszureißen, und mehr und mehr Leute bemerken es. Ich habe keine Ahnung, woran es liegt. Für gewöhnlich bin ich ziemlich gut darin, meine Gedanken zu verstecken. Nur ist heute alles anders. Wir haben einen Sieg vorzuweisen, egal, wie klein er sein mag. Und all meine Gedanken wollen gelebt werden und scheren sich nicht darum, ob das nun gut oder schlecht ist.

Phil ist inzwischen zu uns gestoßen und weil ich es nicht riskieren will, ihm einen Grund zu geben, Ella von mir fernzuhalten, verabschiede ich mich und lege mich schlafen.

Das Vernünftigste, was ich seit Langem gemacht habe.

Das Absinken meiner Matratze reißt mich aus einem tiefen Schlaf, doch sobald ich die zierliche Gestalt auf mir spüre, knipse ich die Nachttischlampe an und bin plötzlich hellwach.

»Ella?« Mit einem Räuspern versuche ich, meine vom Schlaf belegte Stimme wieder vernünftig klingen zu lassen. »Was machst du da?«

Sie presst ihre kleine Stupsnase in meine Halsbeuge und schnüffelt heftig. Ein Lachen kriecht aus meiner Kehle, doch ich kann sie einfach nicht wegschieben.

»Du duftest so gut!«, sagt sie überschwänglich. Sie lallt ein wenig.

»Das ist dieselbe Seife, die du auch benutzt«, erkläre ich mit einem Grinsen auf den Lippen. Sie glaubt mir nicht und wirft den Kopf von einer Seite zur anderen, wodurch ihr weiches Haar mein Gesicht streift.

»Isses nich.«

Okay. Das wird interessant. »Du bist betrunken, kann das sein?«

Ihre glasigen Augen fixieren mein Gesicht. Sie beißt sich auf die Lippe und fängt dann an zu kichern. »Ein bisschen.«

»Ein bisschen«, wiederhole ich lachend.

Während sie so auf mir hockt, gräbt sie ihre Hände in mein Haar, greift hinein, zieht und zerrt daran. »Autsch!«

»So weich! Wie machst'n das?«

»Ein Mann muss tun, was ein Mann tun muss, um zu jeder Zeit weiche Haare zu haben.«

Schnell setzt sie sich auf und grinst mich schelmisch an. »Und du bist ein Mann.«

»Als ich das letzte Mal nachgesehen habe, war es zumindest noch so«, erkläre ich und weiß bei ihrem zufriedenen Blick sofort, was mich erwartet. Ihre Hände streicheln meine Brust hinab, sie rutscht mit den Hüften tiefer.

»Wenn du magst, kann ich noch mal nachsehen?« Das ganze Blut aus meinem Körper sammelt sich und fließt bergab, doch bevor alles aus meinem Gehirn verschwunden ist und Ella etwas tut, was wir beide später bereuen, klammere ich sie fest an meine Brust und drehe mich so, dass sie neben mir auf die Matratze rollt.

»Verschieben wir das lieber«, flüstere ich und Ella legt ihr Gesicht erneut an meinen Hals. Sie atmet zufrieden durch.

»So schön.«

»Ella?« frage ich, doch sie ist bereits eingeschlafen und lässt mich hellwach zurück. Mit zu viel Blut in der südlichen Region und einem Teufelchen im Ohr, das nicht versteht, warum ich sie zurückgewiesen habe.

Je länger ich wach liege und sie betrachte, umso weniger verstehe ich es selbst.

Kapitel 25

Ella

Ich wache aus einem unruhigen Schlaf auf. Mein Körper schmerzt, was wohl daran liegen könnte, dass ich zu einer Kugel zusammengekauert bin. Völlig orientierungslos stütze ich mich auf dem Ellenbogen ab und versuche Ordnung in das Durcheinander in meinem Bett zu bekommen. Allmählich gehen die ersten Lichter an und ich erkenne sofort, dass irgendetwas anders ist. Ich bin nicht allein. Cole. Sein rechter Arm liegt angewinkelt unter seinem Kopf, während der andere am Bett herabhängt. Er sieht zufrieden aus – und ich kann mich an nichts erinnern. Ruckartig setze ich mich auf, schwinge die Beine aus dem Bett und bereue es sofort, als das Zimmer anfängt sich zu drehen.

»Was hast du vor?«, fragt er mit rauer, verschlafener Stimme. Ich wende mich ihm zu und schmelze beinahe bei dem Anblick. Sein nackter Oberkörper ist von nun an das, was ich jeden Morgen als Erstes sehen will, wenn ich aufwache.

»Haben wir etwa …? Du weißt schon.«

Er greift nach meiner Hand und zieht mich zu sich heran, sodass ich mich hinlegen und ihn ansehen muss.

»Denkst du, ich würde mit dir schlafen, wenn du geistig nicht anwesend bist?«

»Keine Ahnung. Würdest du?«

»Nein«, raunt er. Sein Gesicht ist mir so nah, ich müsste mich nur vorbeugen, um ihn zu küssen. »Gestern Abend warst du nicht so schüchtern.« Er grinst frech und langsam – sehr langsam – tauchen die Erinnerungen von der Nacht wieder auf.

Verdammt!

Ich springe hoch, renne zur Tür, doch Cole ist ebenso schnell auf den Beinen und umfasst meine Hüfte, sodass ich nicht abhauen kann. Dafür versinke ich jetzt im Boden.

»Oh Gott!«, jammere ich und schlage mir die Hände vors Gesicht.

»Hey! Das war irgendwie süß.« Ich höre sein Grinsen.

»Das kann unmöglich süß gewesen sein! Ich habe mich benommen wie eine Verrückte.«

»Nein, du warst süß. Vielleicht ein bisschen versaut, aber verdammt süß.« Seine Hände gleiten meinen Körper empor. Sie finden sich an meinem Nacken, bis seine Finger sich in mein Haar schieben und mir einen wohligen Seufzer entlocken. Gänsehaut überzieht die Stellen, die sie berührt haben.

Langsam beugt Cole sich vor und küsst mein Schlüsselbein. Seine Lippen streifen meinen Hals, mein Kinn, meine Lippen. Er verharrt in dieser Stellung, als warte er auf etwas. Auf mich. Auf meine Einwilligung. Sein heißer Atem streift mein Gesicht und meine Lider schließen sich flatternd, weil ich es nicht länger ertrage, ihm in die Augen zu sehen.

»Küss mich, Ella«, raunt er an meinem Mund und ich spüre sein Lächeln, als ich mich traue, mich vorbeuge und für den Bruchteil einer Sekunde meine Lippen gegen seine presse. »So küsst man seine Mutter. Das kannst du besser.«

Seine Finger streichen über meine nackten Arme und ich halte es nicht mehr aus. Halte den Abstand nicht mehr aus, das Verlangen, das meinen ganzen Körper überrollt. Hastig greife ich in Coles widerspenstiges Haar und ziehe ihn an mich. Er knurrt, als unsere Lippen miteinander verschmelzen. Ich weiß nicht, wo ich plötzlich das Selbstbewusstsein hernehme, aber ich ergreife die Initiative, öffne den Mund und verändere unseren Kuss. Will alles von ihm einfangen, will ihn spüren. Unsere Zungen berühren sich und es ist das beste Gefühl, das ich kenne.

Cole dirigiert mich Richtung Bett, geleitet mich darauf, sodass er über mir liegt. Unseren Kuss unterbricht er nur, um mir das Top über die Arme zu streifen. Er lehnt sich lächelnd nach hinten und betrachtet mich. Hätte er mich nicht schon ausgezogen, täte er es jetzt mit Blicken. Sie fahren ganz langsam über meinen Körper, über jede Hebung, jede Delle … jede Narbe. Plötzlich fühle ich mich zu nackt. Unwillkürlich lege ich meine Arme über den Bauch, verberge einige der weißen und roten Narben, die mich verunstalten.

Coles Augen verengen sich. »Was soll das?«

Ich halte den Atem an. Was stimmt nicht mit mir? Ich habe mir das hier gewünscht! Bei niemandem fühle ich mich so geborgen wie bei ihm. Wenn ich es selbst kaum ertragen kann, meinen Körper anzusehen, wie sollte Cole mich dann schön finden können? Er legt sich seitlich neben mich, umfasst meine Handgelenke und zieht sie sachte von meinem Bauch.

»Wieso willst du mich?«, frage ich mit brüchiger Stimme und ich weiß, dass es dumm ist. Ich weiß, dass Cole ein guter Kerl ist, allerdings könnte er jede andere haben. Ein schrecklicher Gedanke kommt mir, der unbewusst vielleicht schon länger da war: Er vergöttert meinen Onkel. Was, wenn ich nur ein Mittel zum Zweck bin?

Cole liest meine Gedanken, kennt meine Ängste – natürlich tut er das. Aus irgendeinem Grund kennt er mich besser als ich selbst. Er stemmt sich auf einen Ellenbogen und sieht mich wütend an. »Denk es nicht einmal! Ich habe mich deinetwegen in dich verliebt!«

Man sagt, dass Liebe das Herz zum Rasen bringt, bei mir setzt es hingegen gerade ein paar Schläge aus. Ich weiß nicht, ob ich mich bewegen soll, weiß nicht, ob ich mir wieder etwas anziehen oder ob ich etwas sagen soll.

Cole lächelt. »Du denkst zu viel.«

»Ich kann nicht damit aufhören, wenn du mich so ansiehst.«

Er beugt sich vor und gibt mir einen sanften Kuss. »Dann muss ich dich wohl ablenken«, haucht er und beginnt, sich meinen Hals hinab zu küssen. Mein Atem beschleunigt sich und ich muss unwillkürlich nach Luft schnappen. Mein Körper steht in Flammen und unter jeder seiner Berührungen verliere ich mehr und mehr die Kontrolle über ihn. Meine Hände zerren an seinem Shirt, bis er sich von mir löst, damit ich es ihm eilig über den Kopf ziehe. Wir halten inne. Schwer atmend beugt er über mich, sein Gesicht dem meinen ganz nah. Seine Blicke liebkosen mich, während meine zu seinen Armen wandern, die sich neben meinem Körper in die Matratze stemmen. Vorsichtig lasse ich meine Fingerspitzen über seine Haut und die angespannten Muskeln gleiten, bis Cole erzittert und seine Arme einknicken. Jetzt liegt er völlig auf mir, sodass ich jeden seiner Atemzüge durch meinen Körper jagen spüre.

»Ich liebe dich«, flüstere ich. Mehr zu mir als zu ihm.

Er hält die Luft an.

Ehe er etwas antworten kann, zerstört ein Klopfen an der Tür den Moment. Cole regt sich nicht, doch die Person auf der anderen Seite ist hartnäckig und hämmert nun dagegen.

»Geh«, sage ich mit einem Lächeln auf den Lippen. Ich habe keine Antwort erwartet, da ich selbst nicht einmal wusste, dass ich diese Gefühle in mir trage. Bis zu dem Augenblick, als ich sie ausgesprochen habe.

Cole lehnt sich mit geschlossenen Augen vor und küsst mich sanft. So anders als zuvor. Dieser Kuss lässt mich völlig ruhig und glücklich zurück, als Cole aufsteht und mit noch nacktem Oberkörper die Klinke herunterdrückt.

»Hast du Ella …« Die Stimme kenne ich. Wo sie zu Beginn des Satzes noch sanft war, wird sie messerscharf, als Miranda an Cole vorbeisieht und mich in dem Bett entdeckt. »… gesehen?« Sie beäugt mich angewidert, bevor sie sich wieder an Cole wendet. »Phil sucht euch. Da jetzt die Forderung der kleinen Prinzessin erfüllt ist, können wir endlich mit dem Wesentlichen anfangen.« Miranda dreht sich auf dem Absatz um und marschiert wütend davon.

Cole sieht mich mit entschuldigender Miene an. »Sie mag dich wirklich nicht.«

»Das wird daran liegen, dass sie dich zu sehr mag?« Ich kann nicht umhin, die Eifersucht in meinem Magen zu akzeptieren. Sie ist da. Punkt. Cole streckt sich mir entgegen und greift nach meinem Arm, wofür er sich halb übers Bett beugen muss. Er zieht mich zu sich.

»Das bedeutet mir nichts. Nur du bedeutest mir etwas.« Ich atme seinen unverwechselbaren Duft ein und schließe die Augen. Ich wünschte, es wäre auch so einfach, Gefühle zu verschließen.

Kapitel 26

Cole

Nach Mirandas Auftritt nahm ich mir Zeit mit Ella. Ich wusste, dass Phil alles andere als begeistert über unsere Verspätung sein würde, doch das Risiko musste ich eingehen. Als wir sein Büro betreten, erwartet er uns mit grimmigem Blick und bittet uns, uns zu setzen. Er hingegen steht, wodurch er wie ein Richter über uns steht, um sein Urteil zu verkünden.

»Ihr wusstet von Anfang an, dass Ella nur aus einem Grund hier ist. Sie soll uns helfen, Cassandra Fiala und somit *Atman* zu Fall zu bringen.«

Ich sage nichts, spüre jedoch, wie Ella sich verspannt. Ich kann mir nur vorstellen, wie es sein muss, wenn die eigene Familie in einem lediglich einen Nutzen sieht.

»Es gibt nur eine Sache, die wir brauchen, um das System zu stürzen und alle Bewohner unserer Insel auf unsere Seite zu ziehen, und das ist die Formel für sauberes Wasser.« Er stoppt und sieht jeden von uns nacheinander an. Seine Augen haben einen grauen Schimmer, dennoch ist sein Blick stechend. »Und die Formel finden wir bei Cassandra Fiala. In ihren Palast hineinzukommen ist beinahe unmöglich. Allerdings nur beinahe. Sie selbst sieht sich offensichtlich als eine Heilige, denn jedes Jahr holt sie die drei besten Mädchen zu sich, die sie zu ihrer Leibgarde ausbilden lässt. Bis auf diese Mädchen hat niemand von außerhalb die Chance, ihr nahe genug zu kommen, um die Formel zu finden.«

Mein Magen verkrampft. Ich weiß worauf er hinauswill, doch mir gefällt dieser Gedanke ganz und gar nicht. »Du könntest jede andere nehmen. Wieso sie?«

Phil hält inne und lässt uns nicht aus den Augen. »Es muss jemand sein, der einst in *Wonderland* war. Nur ehemalige *Wonderlandschüler* sind zu diesen Wettkämpfen zugelassen und nur diesen Mädchen bietet sie diese Möglichkeit.«

»Wieso Ella?«, frage ich erneut. Ich balle meine Hände zu Fäusten. Kann nicht glauben, dass er ihr das antun will. Ella hat bisher keinen Laut von sich gegeben. Sie sitzt völlig apathisch neben mir und starrt die Tischplatte an.

»Sie ist deine Nichte.«

»Manchmal muss man die Menschen, die man liebt, für eine größere Sache in Gefahr bringen«, erklärt er sachlich. So, als wäre nichts dabei.

»Wir könnten noch jemanden retten und …«

»Es reicht!« Phil lässt seine Faust auf die Platte vor mir knallen und kommt meinem Gesicht ganz nah. »Sie muss es sein. Und wenn du mir noch ein weiteres Mal widersprichst, brauchst du dich hier nie wieder blicken zu lassen.«

Mein Kiefer mahlt und alles in mir ist auf Angriff gepolt, doch ich kann es mir nicht leisten, nun auszuflippen. Ich werde Ellas einziger Halt sein, wenn sie dorthin muss. Sie braucht mich.

»Geht in die Waffenkammer. Dort bekommt Ella ihr Equipment und in einer Woche wird sie aufbrechen.«

Ella schweigt weiter, während wir nebeneinander zu dem kleinen Waffenraum am Ende des Flurs gehen. Ich würde sie gern trösten. Ihr die Angst nehmen und sagen, dass alles gut wird, doch das kann ich nicht. Ich kann sie nicht beschützen. Vor dem Raum wartet unser Waffenmeister bereits auf uns. Er uns Phil sind die Einzigen, die einen Schlüssel zu diesem Zimmer haben. Er begrüßt uns nicht, schließt lediglich die Tür auf und hinter uns wieder zu.

»Hat Phil dir erklärt, wie alles ablaufen wird?« Ella sagt nichts, was als Antwort reicht. »Nun. Es ist nicht ganz legal, doch es kommt vor, dass *Aquas* unter sich handeln. Wir haben dich sozusagen auf dem Schwarzmarkt an einen Mann verkauft, der an Kämpfen teilnimmt. Diese dienen lediglich zur Belustigung der höheren Gesellschaft. Und es gibt nur eines, was du befolgen musst: Du musst gewinnen, mein Kind. Das ist das Wichtigste.« Der Weißhaarige reicht ihr etwas.

»Hiermit können wir Bilder und Ton empfangen. Wir werden dir genaue Anweisungen geben, was vor Ort passieren soll. Sobald wir alles Nötige haben, wirst du befreit.«

Sie dreht einen kleinen Knopf in der einen Hand und in der anderen befindet sich eine durchsichtige Schale.

Er deutet auf den Knopf in ihrer Hand. »Dies ist ein Kommunikator, den du dir ins Ohr stecken musst. Er sendet das, was du hörst, direkt an uns.« Dann zeigt er auf die kleine Schale. »Eine Kontaktlinse, die es uns ermöglicht, das zu sehen, was du siehst. Es ist faszinierend: Früher war all dies mit einer gewissen Gefahr verbunden, da man die Elektronik nicht in solch kleine Geräte verpacken konnte. Heute sind unsere kleinen Helfer nicht mehr erkennbar.«

»Danke«, sage ich, nehme Ellas Hand und führe sie wieder hinaus. Mir ist durchaus bewusst, dass Phil erwartet, dass wir bis zu ihrem Aufbruch trainieren und ich sie auf diese Zeit vorbereite, doch im Augenblick ist es nicht das, was gut für sie wäre.

»Es ist schön draußen. Zieh dir etwas Luftiges an. Wir treffen uns in zehn Minuten beim Ausgang.« Ich beuge mich vor und gebe ihr einen Kuss auf die Stirn, ehe ich mich von ihr trenne, um Silas zu suchen. Das, was Ella jetzt braucht, ist Freiheit. Eine kurze Zeit, in der sie sich keine Sorgen machen soll und so tun kann, als wäre das hier alles nicht real.

Ich finde Silas an einem der großen Tische im Essensraum. Er sitzt mit anderen da und hört zu, wie sie von einer besseren Zukunft philosophieren. Er wirkt völlig begeistert und aufgeschlossen dieser Sache gegenüber. Je mehr die Bruderschaft ihn in ihren Bann zieht, desto stärker spüre ich im Gegenzug meine Zweifel an ihr. »Begleitest du mich?«

»Wo ist Ella?« Sofort sehe ich Sorge in seinem Blick. »Geht es ihr gut?«

»Ja. Komm bitte mit!« Nickend steht er auf und folgt mir zum Ausgang, wo wir auf sie warten.

»Was geht hier vor sich?«, fragt er skeptisch. Ich habe bisher noch nicht viel mit ihm gesprochen, weshalb es natürlich ist, dass er mir noch nicht vertraut.

»Es gibt etwas, was du wissen musst …« Ich erzähle ihm von Phils Plan und sehe mit jedem weiteren Wort, das meinen Mund verlässt, wie die Farbe aus seinem Gesicht schwindet. Als ich am Ende angelangt bin, lehnt er sich mit dem Rücken gegen die Wand.

»Das … das können wir nicht zulassen!« Er starrt mich mit weit aufgerissenen Augen an. »Das geht doch nicht!«

»Wir haben keine Wahl«, sage ich trocken, dabei würde ich am liebsten meinen Frust hinausschreien.

»Was, wenn …« Er kann seine Befürchtung nicht beenden, denn in diesem Moment taucht Ella vor uns auf. In einem weißen Kleid, das ihr knapp über die Knie reicht.

»Was hast du vor?«, fragt sie. Ihre Stimme klingt so schwach und müde, dass es mir das Herz zerreißt.

»Das ist eine Überraschung.«

Ich führe die beiden zu einem See ganz in der Nähe. Ella hält meine Hand und drückt hin und wieder fest zu, sagt jedoch nichts. Ich mache mir Sorgen, weil sie kaum redet. Es ist nicht gut, seine Sorgen in sich hineinzufressen. Das weiß ich nur zu gut. Als wir näher kommen, höre ich bereits den Wind, der über das Wasser jagt. Wir nennen den See den Liberty Lake, weil er von Freiheit erzählt und von dem, was uns genommen wurde. Früher mochten hier etliche Menschen ihre Nachmittage gemeinsam mit ihren Familien verbracht haben, doch jetzt ist er ein Ort wie viele andere geworden, den die meisten Menschen meiden.

Silas kommt aus dem Staunen nicht mehr heraus und bleibt für einen Augenblick stehen, um die vollen Ausmaße dieses Ortes in sich einzusaugen.

Wir verharren einen Moment, bevor wir weitergehen und uns in den weichen, warmen Sand hocken. Wir reden nicht, doch ich spüre, wie wir alle ruhiger werden. Dieser Ort hat etwas Heilendes an sich.

Ich beobachte Ella, die ihre nackten Füße und Hände in dem Sand vergräbt und ihn durch die Finger gleiten lässt. Es versetzt mir einen Stich, dass sie so vieles nicht kennt. Sie mag einiges in Büchern gelesen haben, doch kaum etwas davon hat sie selbst erlebt. Ich bin glücklich, es mit ihr teilen zu dürfen.

Die Luft ist salzig und voll reinem Sauerstoff. Zum ersten Mal seit Langem kann ich tief durchatmen.

Ella und ich sitzen im Sand, sie an mich gelehnt, unsere Hände ineinander verschränkt, während Silas unruhig umhertigert. Den Blick unaufhaltsam auf den See gerichtet.

»Willst du rein?«, frage ich mit einem Lachen in der Stimme.

»Darf ich?« Seine Augen strahlen wie die eines Kindes. Er bleibt stehen und starrt mich an. Ich sehe ihm an, dass er begierig darauf wartet loszustürmen.

»Wenn du dich traust.«

»Ich wollte ewig schon schwimmen lernen!« Obwohl es für ihn ebenso neu ist wie für Ella, hat Silas keine Angst vor dem tiefen Wasser. Im Gegenteil: Er befreit sich schnell von seinen Klamotten und läuft darauf zu. Ella sieht ihm mit schockgeweiteten Augen hinterher. Sie hat Angst um ihn, doch solange ich in der Nähe bin, kann ihm nichts passieren. Sollte er sich in Schwierigkeiten bringen, werde ich ihm helfen.

»Ich glaube, er ist lebensmüde. Ich bleibe lieber hier und sehe zu.« Sie schüttelt ungläubig den Kopf, doch ein amüsiertes Grinsen findet den Weg auf ihre Lippen.

»Da täuschst du dich«, entgegne ich, stehe auf, ziehe mein Shirt und die Hose aus, und bevor Ella sich wehren kann, werfe ich sie mir über die Schulter und renne Silas hinterher in den See. Sie schreit auf, schnell jedoch verwandelt sich der Schrei in ein Lachen. Sie bewegt sich, sodass ich meine Arme fester um ihre Beine schlingen muss.

»Zappel doch nicht so!«

Schnell bin ich bis zum Bauchnabel im Wasser eingetaucht. Sobald es Ellas Füße berührt, kichert sie aufgeregt wie ein kleines Kind. Ich laufe immer weiter, weil ich ihr zeigen will, dass man seinen Ängsten nicht die Macht über sich geben soll. Die Menschen fürchten das Wasser, doch auch diese Furcht kann nur zur Gefahr werden, wenn wir es zulassen.

Langsam lasse ich Ella hinuntergleiten. Mit meinen Händen halte ich sie so, dass das kühle Nass sie nur bis zur Brust umgibt. Die Angst weicht aus ihrem Körper und verliert gegen die Neugierde. Die Adern an ihrem Hals pulsieren, als sie sich an meinem Nacken festkrallt und mein Gesicht fixiert.

»Ich will nicht ertrinken.«

»Vertraust du mir nicht?«, frage ich flüsternd.

»Es gibt kaum einen Menschen, dem ich mehr vertraue.« Ihre Stimme ist genauso leise wie meine.

»Dann schließ die Augen und mach den Mund zu!«, fordere ich und nachdem sie tief Luft holt, tauche ich mit ihr in die Tiefe.

Die Schwerelosigkeit, wenn man im Wasser umhertreibt, die Geräusche, die man hier unten so anders wahrnimmt. Ellas Kleid lässt sich von den Strömungen, die wir selbst erzeugen, mitziehen und schmiegt sich um unsere Körper.

Dann tauchen wir wieder auf. Ellas Augen leuchten regelrecht, als sie sie wieder öffnet.

Ich drehe mich um, ohne sie jedoch loszulassen, und sage ihr, dass sie sich an meinen Rücken schmiegen soll.

Ich lasse mich vorwärts ins Wasser gleiten und Ella krallt sich an mir fest, sodass es mir nicht sonderlich leichtfällt, von der Stelle zu kommen. Ich spüre ihren wilden Herzschlag am Rücken. Wir schwimmen eine Weile und ich merke, wie sie langsam locker wird.

Ihre Euphorie ist ansteckend. Diese kindliche Freude, die kaum noch jemand in unserem Alter hat. Ich bin ihr hoffnungslos verfallen. Ella hatte mich seit der ersten Minute, in der ich sie sah, in ihrer Gewalt, und es ist genau das, was ich will. Mit Gänsehaut überzogenen Armen drehe ich sie um und ziehe ich sie an mich. Als hätte sie nur darauf gewartet, schließt sie die Beine um meine Hüfte. Sie klammert sich fest, sucht Halt, den ich ihr nur allzu gern biete.

Ellas zitternde Lippen sind nur wenige Millimeter von meinen entfernt und rauben mir den Verstand. Ihr Atem an meinem Mund, ihr Körper an meinem. Ich nehme alles so intensiv wahr, dass es mir schwerfällt, mich auf etwas zu konzentrieren. Das Strahlen schwindet aus ihrem Gesicht und wird abgelöst durch einen anderen Ausdruck.

»Ich wollte es dir schon viel früher sagen«, hauche ich und streiche ihr das nasse Haar aus dem Gesicht. Meine Hände lasse ich darum liegen und streichle sanft mit den Daumen über ihre Haut. »Ich liebe dich.«

Kapitel 27

Cole

Miller, folge mir!« Ich starre in die eisgrauen Augen meines Kommandanten. Ich habe keine Ahnung, wohin er mich mitnehmen will, und es hat mich auch nicht zu interessieren. Ich habe nur zu gehorchen. Wenn er will, dass ich ihn begleite, werde ich es tun, ob es mir gefällt oder nicht.

»Gut. Ihr fahrt in das Lager, wir treiben die restlichen Abgaben ein.« Dieses Treffen ist nur eines von vielen, die die Kommandanten der einzelnen Einheiten abhalten, und es ist das erste Mal, dass ich teilnehmen darf.

»Was ist das heutige Ziel, Kommandant Anderson?«

»Eine Gruppe Plünderer aufspüren und eliminieren.« Mir stockt der Atem, ich lasse mir allerdings nichts anmerken. Ich wäre nicht der Beste in meinem Team, wenn ich mir meine Gefühle anmerken lassen würde. Im Innern kocht mein Blut. Nicht etwa, weil ich die Plünderer verteidigen will – sie sind Abschaum, der den Bauern ihre Ernte stiehlt, der Familien auseinanderreißt –, eher weil ich noch keinen Menschen getötet habe. Und aus ebendiesem Grund will er mich mitnehmen. Der Kommandant ist ein misstrauischer Mensch und stellt mich auf die Probe. Er glaubt nicht, dass ich für seine Sache kämpfe – also muss ich ihn vom Gegenteil überzeugen. Ob es nun stimmt oder nicht.

Ich nicke knapp und folge ihm in einen der Wagen, in dem bereits etliche meiner Kameraden sitzen. Die Maschinengewehre fest in der Hand, starren sie auf ihre Füße. Ich kenne keinen von ihnen, in ihren Gesichtern erkenne ich allerdings, dass sie nicht zum ersten Mal ausrücken müssen.

Allesamt haben sie schon gemordet. Bis auf mich. Bisher blieb ich verschont – in meinem Alter wird man normalerweise noch nicht in ein Kampfgebiet geführt, nur bin ich nicht wie die anderen in meinem Alter. Ich weiß, was ich will. Ich weiß, dass ich dafür kämpfen muss und werde.

Das Dorf ist eines der ersten, die evakuiert wurden. Perfekt, um sich zu verstecken. Wir umstellen ein großes Betongebäude, das aussieht wie eine heruntergekommene Fabrik. Nie hätte ich gedacht, dass sich dort Menschen verschanzen. Es gibt keinen einzigen Hinweis darauf, aber als plötzlich Menschen aus dem Gebäude rennen, werde ich vom Gegenteil überzeugt.

»Stehen bleiben!«, schreie ich, hebe meine Beretta und ziele auf die Person, die unaufhörlich auf mich zustürmt.

»Stopp!«, brülle ich, doch sie bleibt nicht stehen.

»Schießen, Miller!« Mein Kommandant steht neben mir. Ein Feuer brennt in seinen Augen, das ich nur selten bei ihm gesehen habe. Er genießt das hier! Genießt die Schreie der Männer, die aus dem Gebäude stürmen.

»Jetzt!«, drängt er und ich weiß, dass er mir nicht gestatten wird, heute hier wegzugehen, ohne jemanden zu töten. Meine Hände zittern, trotzdem ziele ich. Ein Schuss. Und der Mann geht zu Boden. Ich atme auf – versuche es zumindest, doch der Sauerstoff erreicht meine Lunge nicht. Etwas in mir ist zerbrochen. Etwas, was nicht reparabel ist.

»Erwartest du jetzt eine Umarmung? Los! Da warten noch Schweine im Innern, die es zu rösten gilt!« Ein grauenhaftes Grinsen entsteht auf seinen Lippen und er führt mich zurück zu dem großen schwarzen Van, der uns herbrachte.

Passend zu meinen Gefühlen reißt der Himmel über uns auf und lässt all seine Wut auf uns niederprasseln. Lässt seine Blitze auf die Erde jagen. Versucht uns mit Donnergrollen zu vertreiben. Wir bleiben. Natürlich bleiben wir.

»Hilf den Jungs mit der Bazooka!« Ich tue, wie mir geheißen, auch wenn sich ein mulmiger werdendes Gefühl in mir hebt. Vor einigen Minuten ist alles ruhig geworden. Das große Gebäude ist sicherlich ein gutes Versteck, nur warum greifen die Plünderer uns nicht an?

»Wir werden die Drecksäcke in ihrem eigenen Heim grillen!«, ruft der Kerl, dem ich mit der Bazooka helfe, grölend. Mir wird schlecht bei

seinem Lachen. Trotzdem sage ich nichts. Ich lasse sie gewähren, weil ich nichts daran ändern kann. Das Einzige, was sich ändern würde, wäre meine Entlassung.

Ich balle meine Hände zu Fäusten und beobachte ihn und die andern dabei, wie sie sich vor dem Gebäude platzieren. Der Schütze legt die Waffe an und einer anderer geht ihm bei der Ausrichtung zu Hand. Wenige Anweisungen werden gebrüllt, sodass alle Soldaten außer Reichweite gehen. Dann ertönt das Geräusch der Explosion, das ich womöglich nie wieder vergessen werde. Und dann die Detonation. Gefolgt von weiteren. Im Innern müssen Öltanks oder Ähnliches stehen. Eine Explosion zündet die nächste.

Wie erstarrt stehe ich da und blicke auf das Inferno, das wie ein Ungeheuer über das Gebäude hinwegfegt. Schwarz-orangene Flammen verschlingen die Fabrik. Dann höre ich die Schreie. Unzählige Personen stürmen aus dem brennenden Gebäude. Mein Atem stockt, als ich sehe, dass alle völlig unbewaffnet sind. Doch die andern lassen sie nicht weit kommen. Sie beschießen die menschlichen Fackeln.

Ruß verdunkelt die Luft, macht den Tag zur schwärzesten Nacht. Gibt mir einige Minuten, in denen ich den Albtraum nicht sehen muss.

»Das waren keine Plünderer«, stelle ich erschüttert fest. Es ist keine Frage, denn ich bin mir sicher. Plünderer hätten dieses Massaker nicht kampflos zugelassen. Sie hätten keine Kinder in ihrer Mitte gehabt.

»Es waren Kriminelle. Verräter, die ihre Ernten vor uns zurückgehalten haben. Nur weil diese Menschen immun gegen das vergiftete Wasser geworden sind, denken sie, dass sie uns nichts schuldig sind. Wir hingegen fordern ihren Tribut ein. Das sollen alle wissen.«

Kriminelle? Verzweifelte!

Unschuldige Bauern, die ich auf dem Gewissen habe. Denn dass ich denjenigen, der die Bazooka abgefeuert hat, nicht aufgehalten habe, ist, als hätte ich selbst den Abzug betätigt.

Mir wird schlecht. Ich merke, wie sehr ich mich zusammenreißen muss, um mich nicht zu übergeben. Das würde ihm gefallen. Er hält mich für einen Verräter. Und niemals stimmte das mehr. Niemals wollte ich diesen Bastarden lieber das Handwerk legen als an diesem Tag.

»Hast du mir etwas zu sagen?« So viel! Ich antworte nicht. Starre zähneknirschend auf den Körper vor mir. Mit angespannten Muskeln

versuche ich die Magensäure zu ignorieren, die meine Kehle emporsteigt. Er zwingt mich, weiter hinzusehen. Auf das tote Kind. So winzig. So verletzlich. Er rührt sich nicht mehr. Atmet nicht mehr. Ein totes Kind. Und es ist meine Schuld.

Ich hebe das Gesicht an, lasse den Regen alle Schuld von mir waschen. Das Gewitter wird mich jedoch von nun an daran erinnern, dass ich dabei geholfen habe, unzählige Unschuldige zu ermorden.

»Miller!«

»Cole!«

»*Cole*! Mach die Augen auf!« Nein! Ich kann nicht. Kann nicht mehr hinsehen. Kann nicht mehr hinhören!

Finger streichen sanft über meine Wange. Nein! Ich habe das nicht verdient! Verdiene sie nicht. Verdiene ihre Liebe nicht. Ich drehe mich weg, zwinge sie vergebens, von mir abzulassen. Sie klettert über mich und legt sich nun auf die andere Seite. Die Augen weiter geschlossen, spüre ich ihren Blick auf mir.

»Was hast du geträumt?«, fragt sie flüsternd.

»Ich habe nicht geträumt. Ich habe mich erinnert.« Meine Kehle ist eng.

»Erzähl mir davon.« Ich schüttele den Kopf, will nicht, dass sie sieht, wozu ich imstande bin. Ich kann mir nicht einmal selbst verzeihen, wie könnte ich es von Ella verlangen?

»Egal, was es ist.«

Ich versuche es zu vergessen, will die Bilder durch schöne Erinnerungen austauschen, doch es gelingt mir nicht. Nichts kann die Wahrheit verbergen, die sich wie ein Schatten auf mein Leben gelegt hat.

Ich bin ein Mörder.

Ella gibt nicht nach. Es wirkt so, als bräuchte sie das, als wollte sie meine Dunkelheit teilen. Ich erzähle ihr von meiner Erinnerung, erzähle alles. Und wie zu erwarten schweigt sie. Während meiner Worte und darüber hinaus.

»Ich kann verstehen, wenn du mich jetzt abstoßend findest«, sage ich leise und bin mir sicher, dass sie nichts versteht, weil mein Herz so laut schlägt.

Ella verengt die Augen. »Das, was du gezwungen warst zu tun, war schrecklich. Manchmal müssen wir Dinge tun, die wir nicht wollen.

Wir haben keine andere Wahl. Und wir müssen mit den Konsequenzen leben, denn die nimmt uns niemand ab.«

»Ich kann dich nicht beschützen«, flüstere ich und spreche damit aus, was mir seit Tagen in der Kehle feststeckt. Morgen ist sie fort und ich kann nichts dagegen tun. Tränen stehen in meinen Augen, obwohl ich stark für sie sein müsste.

»Es ist nicht deine Schuld.« Ella versucht sich an einem Lächeln, doch ihre Lippen zittern verdächtig. Ich setze mich hin, ziehe ihren Körper eng an meinen, der sofort beginnt zu beben. Sie weint an meinem Hals, während ich ihr übers Haar streiche und mich zu beherrschen versuche. »Ich liebe dich, Ella. Und ich werde immer bei dir sein.« Sie schluchzt lauter, krallt sich nun mit beiden Händen fest in mein Fleisch.

Kapitel 28

Ella

Es graut mir vor dem Morgen und dem, was er mit sich bringt. Auch wenn ich nach Coles Albtraum kein Auge mehr zugemacht habe, ist der Moment, in dem die Lichter angehen, der beschissenste der Nacht.

Ich habe panische Angst, doch versuche sie so gut es geht zu verbergen. Silas und Cole sind mir die letzten Tage nicht von der Seite gewichen und haben mich behandelt, als wäre ich aus Glas. Doch ihre Achtsamkeit war nicht das Schlimmste, sondern die Blicke, die sie mir zuwarfen, wenn sie dachten, ich würde sie nicht bemerken. Diese Art Blicke, mit denen man jemanden ansieht, den man nie wiedersieht. Sie denken, dass ich es nicht schaffe und ich verüble es ihnen nicht, denn ich denke dasselbe.

Ich bin eine Kämpferin und habe weiß Gott gut geübt, dennoch weiß ich nicht, wieso ausgerechnet ich alle meine Gegner besiegen soll.

Als die Lichter angehen, schreckt Cole auf und sitzt aufrecht im Bett. Sein Blick findet meinen und obwohl ich wirklich versuche stark zu bleiben, füllen sich meine Augen sofort mit Tränen. Ich bin so schwach!

»Ist schon okay«, flüstert er, nachdem er mich fest an sich gezogen hat und mich hält. Sein Mund ist nah an meinem Ohr, sodass ich seine schweren Atemzüge höre und spüre.

»Ich habe Angst«, wimmere ich wie ein kleines Baby.

»Ich weiß.«

Eine weitere Träne kullert über meine Wange, während wir uns wortlos halten. Kurze Zeit später klopft es zaghaft an der Tür. Silas' Stimme ertönt auf der anderen Seite.

»Ich … Ich soll euch wecken.« Er atmet tief durch und ein dumpfes Pochen ertönt, als hätte er seine Stirn gegen das Holz fallen lassen. »Können wir nicht einfach abhauen? Wir drei? Ich weiß nicht, was …« Er schweigt und mir laufen wegen seiner Worte nun doch mehr Tränen übers Gesicht. Cole und ich sagen nichts, weil wir alle wissen, dass Weglaufen keine Option ist. Es ist nicht so, als hätten wir nicht alle daran gedacht und darüber geredet. Doch im Endeffekt ist dies meine Aufgabe. Und wenn ich es nicht tue, wird dieser ganze Wahnsinn womöglich niemals enden.

Schweigend ziehen Cole und ich uns an. Als wäre es der vorbestimmte Weg, finden seine Hände meinen Körper und jedes Mal jagen seine Berührungen Blitze durch mich hindurch. Sie sind mein Antrieb und gleichzeitig die größte Bedrohung für mein Vorhaben. Ich schließe die Augen, um ein letztes Mal durchzuatmen, ehe wir die sicheren vier Wände verlassen. Auf ins Ungewisse.

Phil erwartet uns in seinem Büro. Sobald wir anklopfen, öffnet er die Tür und schließt sie wieder hinter uns. Weder eine Begrüßung noch aufmerksame oder beruhigende Worte kommen über seine Lippen, dabei weiß ich ganz genau, wie furchtbar ich aussehe. »Ella wird mich allein begleiten.«

»Ich werde nicht tatenlos hier sitzen bleiben!« Cole umfasst meine Hand und hält mich zurück. Silas bleibt ebenfalls stehen.

»Keiner von uns wird das!«

»Euch bleibt keine Wahl«, sagt Phil unbeeindruckt und läuft weiter, ohne auf ihren Protest zu achten. »Diese Gespräche verlaufen unter vier Augen. Eure Anwesenheit würden Zweifel wecken. Das können wir uns keineswegs leisten.«

Phil führt uns zur großen Halle, wo großes Getümmel herrscht. Mittlerweile fühlt es sich nicht mehr fremd an, hier zu sein und so viele motivierte Menschen um sich zu haben, dennoch fühle ich mich nach wie vor fehl am Platz. Phil hält an, dreht sich in unsere Richtung und nickt knapp. »Es wird Zeit.«

Mein pochendes Herz und meine zitternden Glieder wollen mich daran hindern, doch ich versuche stark zu sein, recke das Kinn und gehe auf Phil zu.

»Warte!« Cole streckt die Hand nach mir aus, die ich ergreife und mich wie eine Ertrinkende an sie klammere. Er zieht mich zu sich heran. »Du willst doch nicht gehen, ohne dich zu verabschieden?« Er streicht mir eine Haarsträhne hinters Ohr, woraufhin ich kurz die Augen schließe und seine Berührung genieße. Seine Fingerkuppen streichen meinen Hinterkopf. »Ich werde dich keine Sekunde allein lassen, Ella. Das darfst du nicht vergessen.«

Ich nicke knapp, weil ich nicht schon wieder weinen will. Schon gar nicht vor all diesen Leuten, die ihre Hoffnung in mich setzen. Cole zieht meinen Kopf zu sich hin und beugt sich zu mir herab, bis seine Lippen meine berühren. Sein Kuss ist sanft und voller Verzweiflung.

»Ich liebe dich«, flüstert er an meinen Mund, ehe er mich ein letztes Mal küsst und sich dann von mir löst. Mein Herz klopft fest und ich meine Hände werden feucht.

»Passt du darauf auf?«, frage ich, ehe ich das Armband löse, das er mir geschenkt hat. Ich will nicht mit einem Symbol des Widerstands gesehen werden.

»So lange, bis wir uns wiedersehen.«

Silas nimmt Coles Platz ein. Er sieht mich an. Seine Augen sind mit Tränen gefüllt, ehe er mich mit aller Kraft an sich zieht und mein Gesicht gegen sich presst. »Es tut mir so leid. Ich kann dich wieder nicht beschützen«, flüstert er gegen mein Ohr. »Verzeih mir.«

Ich nicke fest, kralle meine Finger in seinen Rücken und atme seinen vertrauten Duft ein. Mit geschlossenen Augen löse ich mich von ihm und folge Phil hinaus, ohne mich ein weiteres Mal umzudrehen.

Draußen steht ein großer dunkler Pick-up. Eigens für uns dort positioniert. Er sieht aus, als wäre er einst viel wert gewesen. Seine schwarze Farbe glänzt und wirkt ganz frisch. Anders als alles andere, was ich bisher gesehen habe. Phil öffnet die Fahrertür und nickt in Richtung Rückbank. »Setz dich hinten rein. Der Mann, der dich gekauft hat, heißt Ethan Smith. Er besitzt eine Kohlefabrik. Wenn wir angekommen sind, sprichst du kein Wort, außer du bekommst eine Frage gestellt. Ist das klar?«

Sein strenger Blick schüchtert mich nach wie vor ein, weshalb ich lediglich nicke, hinter ihm auf dem beigen Leder Platz nehme und gedankenverloren aus dem Fenster blicke. Ich frage mich, was mich erwarten wird. Wo ich landen werde und ob ich den Anforderungen gerecht werde. Was, wenn ich es nicht schaffe? Werden sie mich jemals wieder dort herausholen? Mit einem schweren Kloß im Hals kralle ich die Finger in meine Oberschenkel und versuche die aufkommende Panik zu unterdrücken. Cole und Silas würden mich nie aufgeben. Doch was ist mit allen anderen? Ich glaube nicht, dass sich sonst irgendwer um mich scheren würde. Die Straße ist holprig. Ich spüre jede Erhebung durch meinen Hinterkopf pochen, da ich ihn gegen die Stütze gelehnt habe. Ich schließe die Augen, um der Realität noch einmal entfliehen zu können.

Obwohl wir einige Stunden fahren, hätte keine Zeit der Welt gereicht, um meine Angst zu mindern. Phils Körperhaltung verändert sich. Er streckt den Rücken und wirkt noch distanzierter als ohnehin schon. Er hat die ganze Fahrt über kein Wort mit mir gewechselt. Und wenn ich ehrlich bin, bin ich ganz froh darüber. Er parkt den Wagen mitten im Nirgendwo. Mittlerweile ist es dunkler geworden. Die Sonne ist noch nicht ganz verschwunden, doch sie bewegt sich nahe am Horizont entlang. Mein Herzschlag beschleunigt sich, als er sich abschnallt, seine Tür öffnet und meine ebenfalls entriegelt. Ein Impuls durchströmt meinen Körper, der mich zur Flucht antreiben möchte, doch ich bleibe ruhig.

»Steig aus!«, knurrt er schroff, woraufhin ich seinem Befehl nachkomme. Ich habe den zweiten Wagen bisher nicht gesehen, da er halb hinter einem großen Container versteckt steht. Es ist ein schwarzer Transporter. Die Scheinwerfer ausgeschaltet, verbirgt er sich im Schatten. Dies ist kein Ort, an dem man gern seine Zeit verbringt. Hierhin kommt man nur, wenn man illegalen Handel betreibt. Dieses Mal bin ich die Ware.

»Das ist sie?« Ein kleiner korpulenter Mann tritt hinter dem Container hervor und kommt auf uns zu. Er lässt seinen Blick über meinen Körper wandern. »Auf den Bildern sah sie größer aus.« Neben ihm taucht ein weiterer Mann auf. Dieser ist groß und wirkt stark, mit kahl geschorenem Schädel.

Mein Onkel verschränkt die Arme unter der Brust. »Sie ist stark.«

»Wir werden sehen«, erwidert der Kleine kritisch, während er mich wie ein Tier inspiziert.

»Erst bekomme ich meinen Lohn.« Phil stellt sich schützend vor mich.

Ethan Smith nickt dem bulligen Kerl neben sich zu, der aus dem Wagen eine Kiste holt. Aus ihr ragen Waffenläufe. Er übergibt sie meinem Onkel, kommt auf mich zu und zerrt mich am Arm hinter sich her. Sofort versteift sich mein Körper und ich will mich gegen ihn wehren, doch ich weiß, dass es keinen Zweck hat. Es ist meine Aufgabe, mit ihm zu gehen. Ich bin froh, dass weder Silas noch Cole hier sind, weil ich mir nicht sicher bin, wie sie reagieren würden.

»Heute wird gleich getestet, ob sie etwas taugt. Wenn nicht, ist der Deal geplatzt.«

Der Gehilfe, dessen fester Griff mich umschlungen hat, schleift mich zu dem Transporter. Obwohl ich mich anstrenge, kann ich das Zittern meiner Glieder nicht aufhalten. Tränen treten mir in die Augen und Magensäure klimmt mir den Hals empor. Der Weg zu dem Transporter hätte mir nicht weiter vorkommen können. Davor angekommen, lässt der Mann mich bloß eine Sekunde lang los, um die Tür zu öffnen.

Es riecht streng. Nach Schweiß und Angst. Erst auf den zweiten Blick erkenne ich, dass auf dem Boden der Ladefläche noch drei weitere Jugendliche sitzen. Ich bin also nicht die einzige, die dieser schmierige Typ heute gekauft hat. Ich werde unsanft hineingeschubst und ehe ich einen letzten Blick zu Phil riskieren kann, wird die Tür hart ins Schloss geworfen und wir bleiben in völliger Dunkelheit zurück.

»Setz dich! Er fährt gleich los und ich habe keine Lust, dass du auf mir landest!« Die kratzige Stimme stammt von einem Jungen. Ich weiß nicht, wo genau er sitzt, doch ich versuche so viel Abstand wie möglich zu ihm zu bekommen, als ich mich an der eiskalten Blechwand hinabgleiten lasse.

Bis auf diesen Satz sagt niemand ein Wort. Niemand fragt, wer ich bin. Niemand versucht den anderen Hoffnung oder Mut zu schenken. Ich lehne mich gegen das Blech und höre wenig später, wie zwei Türen geschlossen werden. Wir fahren los.

Wir fahren so lang, dass ich dank der Dunkelheit irgendwann nicht mehr weiß, ob ich die Augen offen oder geschlossen habe, doch als die Tür wieder aufgerissen wird, schrecke ich zusammen. Das Mädchen neben mir hat vor einer halben Ewigkeit begonnen zu wimmern. Zunächst habe ich sie zu beruhigen versucht, doch dann habe ich es aufgegeben und mich damit abgefunden. Sonst hat niemand versucht, ihr die Angst zu nehmen. Wie könnten sie auch?

»Raus mit euch!« Von Ethan Smith ist nichts zu sehen. Er muss bereits vorgegangen sein.

Wir klettern mit steifen Gliedern aus dem Wagen und ich sehe mich um. Der Platz, auf dem wir uns befinden, ist mit Strahlern ausgeleuchtet. Wir stehen auf einem großen Hof, umringt von solchen Transportern wie dem, aus dem wir soeben geklettert sind. Ansonsten ist er leer. Meine Blick findet ein Gebäude. Groß und unpersönlich. Vier graue Wände, in denen nur wenige kleine, runde Fenster eingebaut sind, und ein flaches Dach.

Ethan Smiths Handlanger lässt seinen Blick prüfend über jeden von uns wandern, ehe er uns in die Richtung des Tores zunickt. Offenbar hat er keine Angst, dass einer auf die Idee kommt zu fliehen. Wäre ich in einer anderen Situation, hätte ich keine Sekunde gezögert, nach einem Ausweg zu suchen. Ich frage mich, ob die Ella, die damals aus *Wonderland* befreit wurde, ebenfalls so denken würde. Vermutlich nicht.

»*Du bist nicht allein.*« Coles Stimme trifft mich unerwartet, da ich die kleinen Geräte in meinen Augen und Ohren völlig vergessen habe. Ich schließe kurz die Augen. Er gibt mir neuen Antrieb. Anders als die anderen Mädchen und Jungen, die sich in einer Schlange aufgereiht haben, bin ich nicht allein.

Im Innern des Gebäudes herrscht furchtbarer Lärm. Menschen – überwiegend Männer – lachen, schreien und streiten miteinander. Ich höre sie, lange bevor ich sie sehe. Ich kann nur einen kurzen Blick in eine große Halle werfen, in der sie sich befinden. Vor einer kleinen Bühne befinden sich etliche hintereinander aufgereihte Sitzplätze. Die meisten Männer stehen jedoch vor den Stühlen. Ehe ich mir einen kompletten Überblick verschaffen kann, werde ich jedoch weitergeschubst. Wir laufen enge Gänge entlang, bis wir vor zwei düster dreinblickenden Männern stehen bleiben. Sie reden mit unserem Aufpasser, woraufhin einer der beiden nach dem Arm des Mädchens neben mir greift, eine Tür öffnet und es hindurchschiebt. Sie wimmert. Es ist das Mädchen, das schon im Transporter die größte Angst gezeigt hat. Ich würde ihr gern sagen, dass alles gut wird, doch ich bekomme keinen Ton heraus.

Die Minuten verstreichen. Alles, was wir hören, ist das Gelächter und die Jubelrufe der Zuschauer. Meine Hände fühlen sich taub an und meine Füße kribbeln. Als die Tür nach einer Viertelstunde erneut geöffnet wird, bin ich an der Reihe. Ich werde auf die Bühne geführt. Zu abgelenkt von der Menge rutsche ich aus und falle beinahe hin. Die Menge lacht, als wäre ich nur zu ihrer Belustigung beinahe gestürzt. Ich balle die Hände zu Fäusten und senke den Blick, da erkenne ich, dass es eine Blutpfütze war, die mich beinahe zum Fall gebracht hätte. Mir wird schlecht und ich hebe den Blick wieder, um diesem Anblick und der Vorstellung, die er auslöst, entkommen zu können.

Unsicher, was nun von mir verlangt wird, stehe ich auf der Bühne, umgeben von einer angeheiterten Meute. Die Zuschauer sind offensichtlich betrunken, der Großteil ist männlich. Keiner wirkt wie die feinen *Aquas*, die ich vermutet habe. Vielleicht gibt es unter ihresgleichen verschiedene Schichten. Als mir ein unbekanntes Mädchen entgegenstolpert, werde ich unruhiger. Ihre roten Haare kleben ihr an der Stirn. Sie sieht mitgenommen aus, dennoch ist ihr Blick entschlossen.

»Los geht's! Zeigt, was ihr könnt!« Eine Glocke ertönt und das rothaarige Mädchen wiegt sich mich taxierend von einem Bein auf das andere.

»Kämpfen! Kämpfen! Kämpfen!«, grölt die Menge wie aus einem Mund.

Eine Sekunde später stapft das fremde Mädchen auf mich zu und nimmt mich in eine Umklammerung. Reflexartig winde ich mich aus ihrem Griff, indem ich in die Hocke gehe, doch offensichtlich hat sie damit gerechnet, denn Sekunden später rammt sie mir ihr Knie unters

Kinn. Keuchend pralle ich auf den Rücken. Sie kommt blitzschnell auf mich zu, setzt sich auf meinen Bauch und legt beide Hände um meinen Hals. Ihr Griff verstärkt sich und sie drückt mir die Luft ab. Unkontrolliert strampelnd schaffe ich es das eine oder andere Mal, sie zu treffen. Doch nichtsdestotrotz gelingt es mir nicht, mich zu befreien. Weiße Punkte tanzen vor meinem Sichtfeld, als ich endlich wieder Coles Stimme höre.

»*Konzentrier dich, Ella! Du kannst das!*«

Er hat recht. Ich kann das. Ich kann das. Eine innere Blockade hindert mich daran, sie zu verletzen. Ich kenne dieses Mädchen nicht. Doch als ich spüre, dass ich bald ohnmächtig werde, schalten sich meine Instinkte ein. Ich schließe die Augen, nehme all meine Kraft zusammen und versuche sie von mir zu werfen. Sie presst meine Luftröhre fester zusammen, doch ich gebe nicht auf. Schlussendlich gelingt es mir, sie auf den Boden zu ringen und ihren Schädel fest gegen den harten Beton zu schmettern. Sie stößt einen lauten Schmerzensschrei aus. Nach Atem ringend versuche ich wieder aufzustehen und einen festen Stand anzunehmen. Mit einer lässigen Bewegung kommt sie wieder auf die Beine und grinst mich höhnisch an. In diesem Moment registriere ich fassungslos, dass ihr das Ganze Spaß macht.

Erneut stürzt sie sich auf mich und wirft mich erneut mit einem festen Hieb zu Boden. Gerade will sie mich mit den Fäusten malträtieren, da trete ich ihr die Beine weg, sodass sie keuchend auf mir landet und mir sämtliche Luft aus der Lunge presst. Mit einem kräftigen Stoß schleudere ich sie von mir herunter und rolle mich hustend herum.

»*Nicht liegen bleiben. Kämpfe offensiv, wirf dich auf sie!*«

Mit zitternden Armen stemme ich mich hoch, straffe meinen Körper und greife abermals an. Dieses Mal sehe ich in diesem Mädchen keine Fremde oder Unschuldige. Ich blende alles aus, was mich daran hindert, diesen Kampf zu gewinnen, und schlage zu.

Kapitel 29

Cole

Die Rothaarige wehrt sich, richtet sich wieder auf und wirkt sichtlich überrascht von Ellas plötzlichen Kampfgeist. Die Zuschauer grölen und feuern die Kontrahentinnen an. Obwohl ich mir fürchterliche Sorgen um Ella mache, bin ich ebenso gefesselt von diesem Kampf wie die anderen. Die Gegnerin verpasst Ella eine Kopfnuss, die sie ins Straucheln bringt.

Phil lehnt sich auf seinem Stuhl zurück und lässt den Bildschirm keine Sekunde aus den Augen. Wenn er da ist und es erlaubt, dürfen Silas und ich mit in den Kontrollraum. Ich reibe mir die Schläfen, um das nervenzerreibende Pochen zu unterbinden.

Mit einem gezielten Schlag aufs Kinn setzt Ella ihre Gegnerin beinahe außer Gefecht. Stolz keimt in mir auf. Das harte Training hat sich bezahlt gemacht.

Der Kampf dauert nicht mehr lange. Man sieht, wie erschöpft Ellas Gegnerin ist. Durch einen festen Tritt in den Bauch fällt die Rothaarige um, als hätte sämtliche Lebensenergie sie verlassen.

Ellas Augen richten sich auf ihre zitternden Hände, dann auf die jubelnden Zuschauer. Ich wünschte, ich könnte sie von alledem befreien, könnte sie in den Arm nehmen und trösten. Doch sie ist ganz allein und ich kann nichts daran ändern.

Solange ich mich erinnern kann, werde ich von Albträumen heimgesucht, deshalb ist es nichts Ungewöhnliches mehr für mich, doch die Träume, die mich jede Nacht quälen, seit Ella weg ist, sind die

Schlimmsten seit langer Zeit. In mir herrscht ein Kampf. Die eine Hälfte sehnt sich in jeder wachen Minute nach Erholung, doch die andere Hälfte wehrt sich gegen zufallende Augenlider. Sobald die Dunkelheit mich umgibt, sehe ich Bilder, die mir die Kehle zuschnüren. Ella. Gefangen. Gefoltert. Tot.

Kapitel 30

Ella

Seit drei Wochen habe ich mit keiner Menschenseele gesprochen. Wie seit dem Moment meiner Ankunft, starre ich auf die kahle Betonwand vor mir und fahre die leichten Risse nach. Der Raum, in dem ich schlafe, ist dunkel, kalt und nass. Eine Pritsche ist das einzige Möbelstück und ich verfüge nicht einmal über ein Fenster. Nie hätte ich mir ausmalen können, dass ein Zimmer noch trauriger sein könnte als das in *Wonderland*. Jeden zweiten Tag werde ich zu Kämpfen abgeholt, werde gezwungen zu gewinnen. Und das tue ich. Ich erledige meinen Job. So, wie es von mir verlangt wird, also sollte ich mich gut fühlen, oder? Ich sollte erleichtert sein, dass ich noch lebe. Doch das bin ich nicht.

Ein blauer Fleck färbt die Hälfte meines Gesichtes. Ich sehe schrecklich aus. Und ich fühle mich noch schrecklicher. Ich bin in kurzer Zeit so dünn geworden, dass ich mich selbst kaum noch wiedererkenne, wenn ich mein Spiegelbild in einer Scheibe entdecke.

Zitternd presse ich mir die Handballen gegen die Lider und will die aufkommenden Bilder krampfhaft aufhalten. Sie verschwinden, doch die Übelkeit bleibt. Seit Wochen ist dies so.

Nach dem zehnten Sieg bekam ich ein eigenes Zimmer. Was eher einer Zelle gleicht, doch zumindest kann ich allein sein und muss nicht stundenlang mit anhören, wie jemand weint. Ethan versprach, dass ich noch viele Geschenke bekommen würde, wenn ich so weitermache. Mittlerweile vergesse ich hin und wieder, wieso ich überhaupt hier bin. Es kommt vor, dass ich glaube, alles wäre nur ein

Traum gewesen. Denn was bringt meine Anwesenheit hier? Ich bin der Formel noch keinen Schritt näher gekommen, doch wenn mein Onkel mal zu mir spricht, erklärt er, dass ich auf einem guten Weg bin. Er sagt, dass alles besser läuft als geplant und ich nur durchhalten muss. Wie lange, verrät er mir allerdings nie.

Am nächsten Morgen reihe ich mich wortlos in die Schlange ein, die zur Essenshalle führt. Unzählige magere graue Menschen trotten vorwärts hintereinanderher und ich bin mir nicht einmal sicher, ob noch irgendwer von ihnen einen Funken Lebenswillen besitzt. Starr sind ihre Gesichter nach vorn gerichtet, ohne die kleinste Regung.

Ich spüre jede einzelne geprellte Rippe, jeden blauen Fleck oder krustige Wunde. Meine Arme sind tonnenschwer und bis auf die Kämpfe versuche ich mich so wenig wie möglich zu bewegen. Ich weiß nicht, wie lange ich das hier noch aushalte. Abends, wenn ich wieder auf meiner Pritsche liege, ist es Coles Stimme, die mich daran hindert aufzugeben. Er erzählt mir von seiner Kindheit und ich schließe die Augen und höre zu. Ich sage nie etwas, weil ich anfangen würde zu weinen und nie wieder aufhören könnte.

Ich glaube, dass ich eines der Mädchen, gegen das ich kämpfen musste, getötet habe.

Pünktlich wie jeden Tag öffnet sich meine Zellentür am Abend und ich gehe darauf zu. Überraschenderweise erwartet mich dieses Mal jedoch Ethan Smith persönlich. Er steht vor mir, die Hände wie zum Gebet verschränkt, und grinst mich hämisch an. Sein Gesicht ist glatt rasiert und in seinem Anzug sieht er wie frisch poliert aus. Während ich mich frage, was heute wohl anders ist, öffnet er die Arme, als würde er einen alten Freund begrüßen.

»Heute ist ein ganz besonderer Tag!« Seine weißen Zähne strahlen auch in dem schummerigen Licht. »Heute beginnen die wahren Wettkämpfe. Wichtige Leute werden dir beim Kämpfen zusehen. Mein kleiner Sieger!« Er tritt näher, sodass seine Lippen mein Ohr beinahe berühren. »Und wenn du verlierst, wirst du es bitter bereuen«, flüstert er, macht einen Schritt rückwärts und streicht sein Hemd glatt. Heute sitze ich nicht auf der dunklen Ladefläche des Transporters, denn Ethan besteht darauf, mich gebührlich anzupreisen. Ich sitze neben ihm in einem silbernen Wagen. Das Polster ist weich und schmiegt sich wunderbar an meine Körperform an. Ich gebe dem Gefühl nach und genieße die Gemütlichkeit. Als wir an dem heutigen Schauplatz ankommen, ist alles hell beleuchtet und vor einem großen weißen Gebäude empfangen uns etliche Menschen, die nur auf uns gewartet haben. In langen, pompösen Kleidern und hohen Schuhen stehen die Damen vor dem Eingang und taxieren mich von oben bis unten. Ethan geht hocherhobenen Hauptes an allen vorbei und öffnet mir die Tür. Alles wirkt surreal und wie aus einer anderen Zeit. Niemand käme bei diesem Anblick auf die Idee, dass unser Land im Chaos versinkt.

Im Innern angekommen, verändert sich die Atmosphäre jedoch schlagartig. Ethans Miene wird hart, als er mich an den Oberarmen packt und den Griff weiter verstärkt. »Du wirst gewinnen, haben wir uns verstanden?«

Obwohl ich nun vor einem anderen Publikum kämpfen werde, sind es genau dieselben abscheulichen Gestalten wie zuvor. Der Unterschied ist, dass diese Menschen Macht besitzen, was sie vielleicht zu noch größeren Monstern macht. Wie einstudiert finde ich meinen Platz in der Reihe der Wartenden. Mittlerweile kenne ich den Ablauf. Sie beginnen mit den Schwächeren, um die Zuschauer anzuheizen. Erst später werden die Sieger vorgeführt. Seit einigen Runden gehöre ich zu dieser Gruppe.

Auf der Bühne angekommen, versuche ich zu verdrängen, dass mindestens doppelt so viele Zuschauer gekommen sind als sonst.

Das Warten auf die Glocke, das Demonstrieren von Macht sind mittlerweile beinahe Routine geworden. Meine Gegnerin und ich sehen uns an, versuchen aber nicht in die Augen der anderen zu blicken. Wir wollen in dem anderen keinen Menschen sehen. Dieses Mal jedoch gelingt mir diese Taktik nicht. Ich sehe auf den ersten Blick, dass sie viel jünger und kleiner ist als ich, und ich frage mich, wie sie es so weit geschafft hat. Ich bin schon gegen so einige Mädchen angetreten, doch dieses Mal ist es anders. In ihren Augen lodert Feuer. Sie mag noch so schmächtig sein, doch in diesem Mädchen herrscht so viel Siegeswille, so viel Wut. Sie hat sich nicht wie viele andere aufgegeben und tut alles dafür, diesen Kampf zu gewinnen. Vielleicht für Ruhm oder Ehre, vielleicht für die Freiheit. Was auch ihr Grund ist, eines wird mir sofort klar: Ein Kämpfer mit einem Ziel ist eine größere Bedrohung als jeder Söldner der Welt.

Es ist nur ein kurzer Moment, indem ich unachtsam bin und meine Verteidigung vernachlässige, dennoch reicht er aus.

Ein Knurren reißt mich aus meiner Trance, sobald die Glocke ertönt, und erinnert mich daran, weshalb ich hier bin. Mit genug Schwung, als würde sie eine ganze Horde von Angreifern lahmlegen wollen, schlägt meine Gegnerin zu. Mein Kopf wird mit einem kräftigen Ruck zur Seite geschlagen und pocht wie verrückt. Ich falle hin, versuche mich mit zitternden Armen hochzustemmen, schaffe es jedoch nicht. Die Wunden der Kämpfe zuvor hatten keine Gelegenheit zu heilen und ich fühle mich so schwach wie noch nie zuvor. Vor Schmerz beiße ich die Zähne zusammen. Alles, was mir hilft durchzuhalten, ist Coles Stimme. Was er sagt, kann ich nicht verstehen. Vielleicht sind es auch bloß unzusammenhängende Worte, dennoch gibt mir der Klang und die Vertrautheit die Kraft, wieder aufzustehen. Ich werfe mich auf das Mädchen, doch sie ist blitzschnell. Sie sieht meinen Angriff kommen und duckt sich rechtzeitig weg. Noch während ich versuche, wieder festen Stand zu bekommen und mich in ihre Richtung zu drehen, spüre ich einen atembetäubenden Fußtritt im Rücken. Keuchend taumele ich vor. Ich bin kurz davor, auf die Knie zu gehen, doch ich weiß, dass ich dann nie wieder aufstehen würde, also versuche ich die Wand der Bühne zu erreichen und stütze mich kurz daran ab. Anders als erwartet stürzt sie sich nicht sofort wieder auf mich. Sie beobachtet, wartet ab, bis ich langsam wieder zu Atem komme und einen Schritt auf sie zu mache. Die Menge jubelt über meinen Kampfgeist, wo doch klar ist, dass ich keine Chance mehr gegen sie habe. Mit geballten Fäusten trotte ich auf sie zu und schleudere sie ihr entgegen. Ich treffe sie am Mundwinkel und sie keucht auf, holt jedoch im gleichen Atemzug aus und schlägt ebenfalls zu. Ihre Faust trifft eine gerade verheilte Wunde an meiner Schläfe, die sofort wieder zu bluten beginnt. Mir wird schwarz vor Augen. Ich laufe ein paar Schritte rückwärts, um vor ihr zu flüchten, doch sie ist schneller. Ihre Hände graben sich in meine Haare und färben das

Blond rot. Mit einem kräftigen Ruck zieht sie meinen Kopf zu sich und rammt ihren eigenen dagegen. Ich spüre, dass bei dem Aufprall mein Ohrhörer herausgeschleudert wird. Coles Stimme ist weg. Blut strömt mir durch den Schädel. Mir ist kotzübel. Meine Sinne sind benebelt, doch mir ist bewusst, dass ich ihn nicht hier liegen lassen darf. Wenn jemand ihn findet, wird dies uns verraten. Zitternd und unter größter Anstrengung schnappe ich mir das kleine Elektronikding und halte es fest umklammert.

Ein Rauschen lässt die Welt um mich herum undeutlich werden, als der Fuß meiner Gegnerin schneller auf mich zurast und dann ist alles, was mich umgibt, Schwärze.

Kapitel 31

Ella

Mein Gesicht pocht und mein Schädel brummt, als ich die Augen aufschlage. Ich sehe an mir herunter und muss feststellen, dass man mir das Kampfoutfit ausgezogen und mich an dessen Stelle in ein weißes Rüschenkleid gesteckt hat. Ich taste nach meinem Ohrhörer, doch er ist natürlich nicht mehr da. Ich hoffe bloß, dass niemand ihn gefunden hat. Nach den ganzen Wochen fühle ich mich seltsam nackt ohne ihn. Zwar beruhigt es mich, dass Cole durch meine Augen noch sehen kann, dass es mir gut geht, doch jetzt bin ich endgültig auf mich allein gestellt. Ich bemühe mich, nicht zu schreien, als ich mich aufsetze. Mein ganzer Körper schmerzt, sodass ich jeden einzelnen Knochen darin spüren kann. Ich befinde mich in einem Schlafzimmer. Und nicht in irgendeinem Schlafzimmer, sondern einem so prächtigen, wie ich es noch nie gesehen habe. Das Bett, auf dem ich liege, ist unfassbar breit, weich und riecht nach frischen Blumen. Ich streiche mit meinen blauen, geschwollenen Fingern über das weiße Laken unter mir, steige aus dem Bett und sehe mich in dem Raum um. Meine Füße tragen mich nur mit aller Not, sodass ich mich abstützen muss. Neben dem großen Himmelbett befinden sich etliche Regale, gefüllt mit Hunderten Büchern. Sie sind teilweise schon so zerlesen, dass einige Einbände völlig zerfleddert sind. Andächtig lasse ich meine Finger über das rissige Leder gleiten. Titel, von denen ich noch nie gehört habe, zieren die Rücken. In der Mitte des Raumes befinden sich zwei Sessel. Der eine mit silbernem Stoff bezogen, den unzählige

Pailletten schmücken. Der andere schlicht. Unter ihnen liegt ein runder flauschiger Teppich.

Obwohl der Raum wunderschön aussieht, fühlt es sich so an, als wäre lange niemand mehr hier gewesen. Die Blumen auf dem Tisch auf der anderen Seite des Bettes sind längst verwelkt. Die Regale und Bücher verstaubt. Mein Ziel ist die Tür. Mein Herz schlägt schnell in meiner Brust, während ich darauf zugehe, in der Hoffnung, dahinter etwas über meinen Aufenthaltsort zu erfahren. Ich greife nach dem Türgriff, doch es ist abgeschlossen. Egal, wie oft ich daran rüttele, nichts regt sich. Frustriert schnaufend sehe ich mich weiter um. Ich humpele nun schneller zu dem gegenüberliegenden Fenster, ziehe die bodenlangen Gardinen zur Seite und versuche auch dieses zu öffnen. Vergebens. Ich bin gefangen. Eingesperrt in einem goldenen Käfig. Doch wo bin ich hier?

Ein Blick aus dem Fenster verrät nicht viel. Lediglich, dass wir nicht in *Paria* sind. Vor mir liegt ein weiter, gepflegter Garten. Grün, wohin das Auge blickt. Wunderschön. Doch leider verrät mir das rein gar nichts. Ernüchtert will ich gerade zurück zum Bett gehen, da höre ich einen Schlüssel im Schloss und erstarre. Ein Mann in den Vierzigern kommt hinein. Ein Tablett in der Hand, das er wortlos auf den Tisch mit den verdorrten Blumen stellt. Er sagt nichts. Lediglich die Vase nimmt er hoch und wischt den Tisch sauber.

»Hallo«, beginne ich zögernd. Er zuckt jedoch nicht einmal beim Ertönen meiner Stimme. »Wo bin ich hier?« Der Mann ignoriert mich jedoch, geht hinüber zum Fenster, um die Vorhänge wieder zuzuziehen, und verlässt das Zimmer anschließend so schnell, wie er gekommen ist, ohne mich auch nur einmal anzusehen. Ernüchtert über dieses merkwürdige Zusammentreffen humpele ich auf das Tablett zu und allein beim Anblick des reich gedeckten Tellers beginnt mein Magen zu knurren. Dampfende Kartoffeln, umringt von knackigem Gemüse und einem saftigen Stück Fleisch. Die Sauce riecht so gut, dass sie mir das Wasser im Munde zusammenlaufen lässt. Ich kann mich nicht erinnern, wann ich zuletzt so einen Hunger hatte. Obwohl ich dem Essen und diesem Ort erst recht nicht traue, siegt mein Appetit und ich schaufle mir noch im Stehen die erste Gabel in den Mund. Ich schließe die Augen dank dieser Geschmacksexplosion, doch gerade in dem Augenblick, in dem ich mich hinsetzen will, höre ich erneut etwas. Blitzschnell lege ich die Gabel wieder hin und starre zu der sich öffnenden Tür. Eine Frau kommt herein und obwohl ich sie noch nie zuvor gesehen habe, weiß ich sofort, dass sie Cassandra Fiala sein muss. Mein Herz setzt aus. Sie ist wunderschön. Eine Haut so weiß wie Porzellan und Augen so blau wie der Himmel. Ein rosiger Schatten liegt über ihren Wangen, doch ihr fest zusammengepresster Mund stellt einen kalten Kontrast zu ihrer zarten Gestalt da. Die Haare hat sie streng nach hinten gesteckt und sie bleibt stehen, als warte sie auf etwas. Ihr Blick wandert über mich, doch sie sagt kein Wort und auch mir hat es die Sprache verschlagen. Ich befinde mich in einem Raum mit der mächtigsten Frau der Insel. Nie war ich meinem Ziel näher als jetzt. Ich räuspere mich und stelle mich aufrecht hin.

»Ich hoffe, das Essen ist zu deiner Zufriedenheit. Dir soll es hier an nichts fehlen.«

Perplex öffne ich den Mund, um etwas zu erwidern, doch ich finde keine Worte. Diese Frau ist nicht gastfreundlich. Sie ist kein guter Mensch. Wieso sollte sie mir Essen bringen? Wieso bin ich überhaupt hier?

»Ähm, ja. Danke schön!« Meine Stimme klingt viel zu zerbrechlich für meinen Geschmack, weshalb ich mich nochmals räuspere und mir über die trocknen Lippen lecke. Sie kommt auf mich zu und bewegt sich dabei, als schwebe sie über dem Boden. Mein Herz will sich nicht beruhigen und alles in mir drängt mich dazu, mehr Abstand zwischen uns zu bringen, doch ich bleibe, wo ich bin. Wenige Schritte vor mir bleibt sie stehen, um mich noch einmal eingehend zu mustern. »Beeindruckend.«

»Wieso bin ich hier?«, frage ich mit festerer Stimme.

Sie hebt überrascht die Augenbrauen und beginnt zu schmunzeln. »Höre ich da so etwas wie Undankbarkeit aus deiner Stimme heraus?«

»Nein!«, rudere ich panisch zurück. »Auf keinen Fall! Ich … ich bin nur verwundert über Ihre Freundlichkeit mir gegenüber. Womit habe ich das verdient?«

»Wir werden sehen, ob du es verdient hast, Kind.« Sie hebt ihre Hand und streichelt fast zärtlich über mein Haar, bis hinunter zu meinen krausen Haarspitzen. Ich erstarre am ganzen Körper. »Wirklich beeindruckend.« Als sie sich wieder von mir löst, zieht ein eiskalter Schauer über meinen Rücken. »Lies mir etwas vor und setz dich zu mir«, sagt sie mit freundlicher Stimme, setzt sich in einen der Sessel und klopft auf den schlichteren daneben. Ich gehe zu dem Bücherregal hinüber und greife nach einem der abgenutzteren Bücher. Auf keinen Fall will ich ihr einen Grund für Ärger geben, und ich gehe davon aus, dass sie diese am meisten mag. Vergessen ist mein Hunger, als ich mich steif wie ein Brett neben sie setze und die erste Seite des Buches aufschlage. Sie lässt mich dabei keine Sekunde aus den Augen.

Zwei Wochen sind vergangen, seit ich in Cassandras Obhut kam. Wie schon an meinem ersten Tag hier, redet bis auf sie niemand ein einziges Wort mit mir, weshalb ich davon ausgehe, dass sie es ihnen verboten hat. Und wirklich jeder in dieser Villa folgt diesem Befehl. Sie behandeln mich, als wäre ich nicht anwesend, als wäre ich ein Geist. Und in manchen Augenblicken fühle ich mich auch so. So als wäre ich nicht wirklich hier, als wäre alles ein Traum.

Cassandra Fiala besucht mich jeden Abend in meinem Zimmer. Meistens sitzen wir lediglich in den Sesseln und ich lese ihr etwas vor. Auch wenn ich mich auf kein einziges Wort konzentrieren kann.

»Ich bin so erschöpft«, beschwert sie sich, während sie sich auf den paillettenbestickten Sessel sinken lässt. Elegant wie alles, was sie tut. »Es ist anstrengend, es mit so vielen Idioten zu tun zu haben, nicht wahr?« Ich antworte nicht, da sie keine ehrliche Antwort erwartet und ich ihr keinen Honig ums Maul schmieren will. Bisher hat sie dies akzeptiert, doch ich frage mich, ob sie es auch tatsächlich billigt. »Komm her und bürste mir die Haare.«

Ich tue wie von mir verlangt und nehme die Bürste, als es klopft und ein etwa siebzehnjähriger Junge mit einer Schüssel Wasser hereinkommt und sie vor Cassandra platziert.

»Wunderbar«, lobt sie und lächelt erst den Jungen, dann mich an. »Du kannst beginnen, mir das Gesicht abzuwaschen, Junge.« Er nickt, nimmt den Schwamm und tunkt ihn halb in die Schüssel, doch dann höre ich ihren Schrei. Der Junge lässt den Schwamm, der eben noch auf Cassandras Wange lag, auf den Boden fallen und macht instinktiv einen Schritt rückwärts. Er hat seinen Fehler erkannt, noch bevor ich realisiere, was passiert ist.

»Du Tölpel! Das Wasser ist glühend heiß! Wolltest du mich verbrennen?«

»Nein. So … so heiß ist es nicht!«, stammelt er und sieht sie mit groß aufgerissenen Augen an. Cassandra erhebt sich so rasch, dass der Sessel lautstark über den Boden rutscht. Meine rechte Hand umklammert fest den Bürstenstiel, während ich wie versteinert dastehe und zusehe.

»Ist es nicht?«, ruft sie, schnappt sich die Schüssel und entleert den Inhalt über den Jungen. Schützend hebt er seine Hände zum Gesicht, doch es ist zu spät. Das heiße Wasser hat seine Haut getroffen. Er schreit, taumelt rückwärts und keine Sekunde später steht eine Wache im Raum. Stutzig sieht diese von dem nach Luft japsenden Jungen zu Cassandra, eher er ihn sich über die Schulter wirft wie einen Mehlsack.

»Sag seiner Mutter, dass er das nächste Mal nicht so ein Glück hat. Die Köchin soll ihren Bälgern Manieren beibringen«, faucht Cassandra in einem Ton, der keine Widerrede duldet. Die Wache nickt, dreht sich auf der Stelle um und verschwindet in dem endlos langen Flur.

Mit zitternden Gliedern stehe ich da und wage ich es nicht, mich zu bewegen. Cassandra hingegen ist davon völlig unberührt. Sie schreitet anmutig wie eh und je zu dem Panoramafenster und lässt den Blick über den Garten schweifen.

»Sie müssen mich respektieren«, sagt sie und verschränkt die Hände hinter dem Rücken. »Wenn sie mich nicht respektieren und fürchten, war alles umsonst.«

Sie schweigt einen Moment und ich bin ihr dankbar dafür, weil ich meinen Magen beruhigen muss. Ich kann nicht glauben, was sie eben getan hat. Und ich verstehe nicht, wieso.

»Weißt du überhaupt, wie all dies zustande kam? Wie diese Welt so lange überleben konnte?« Ich rege mich nicht. Cassandra lächelt nostalgisch und hat ihre Wut von eben offenbar völlig vergessen. »Durch meine Familie. Meine Ururgroßmutter war die Frau des Wissenschaftlers, der die Formel entdeckt hat. Sie wusste, dass sie nicht in falsche Hände gelangen darf. Die Menschen brauchten einen Anführer. Ihr Mann und sie waren die Einzigen, die die Formel kannten.

Und niemand wagte es, ihnen etwas anzutun, denn sonst wären alle verloren gewesen. Es herrschte Anarchie. Hätte sie nicht gehandelt, hätte ihr Mann seinen Fund mit jedem geteilt und nichts hätte sich verändert.« Cassandra lacht erheitert auf. »Sie wusste, dass dieses Wissen in unserer Familie bleiben musste, wenn die Ordnung erhalten bleiben sollte.«

»Die Welt ist nicht gerecht. Manche leben im Übermaß, manche haben kaum genug Wasser oder Nahrung«, wende ich ein und weiß, dass ich mich auf dünnes Eis begebe. Wenn ich auch nur einen Schritt zu weit gehe, breche ich ein.

»Die Welt war noch nie gerecht, mein Kind.« Sie steht auf, kommt auf mich zu und legt ihre Hände um mein Gesicht. Ich muss mich bemühen, mich nicht aus ihrem Griff zu winden. »Es muss Menschen geben, die über anderen stehen. So ist das eben.« Beinahe liebevoll streicht sie über meine Haare und begutachtet mich von oben bis unten. Sie lächelt sanft. Ein Lächeln, das auf meinem Körper eine Gänsehaut hinterlässt. »Irgendwann werde ich dir alles zeigen, was ich weiß. Die Leute werden dich ebenso hassen und fürchten, wie sie es bei mir tun. Und du wirst dein Leben für diese Welt geben.« Sie seufzt schwer. »Jeder muss Opfer bringen. Manche erkennt man nur nicht sofort.«

»Wieso ich?«, hauche ich. Ich hoffe, dass sie Dankbarkeit statt den Ekel darin hört, den ich tatsächlich empfinde.

»Das erfährst du, sobald die Zeit dafür gekommen ist.« Sie lächelt mich an, und obwohl sie beinahe liebenswert dabei aussieht, kann ich nur an den armen Jungen denken, bei dem sie so eiskalt reagiert hat.

Kapitel 32

Ella

Ich denke, es ist an der Zeit, dass du in dein neues Leben eingeführt wirst.« Cassandra reicht mir die Hand, die ich zögerlich ergreife. »Du kannst schließlich nicht in diesem Zimmer eingesperrt bleiben.«

»Nein«, bestätige ich glücklich und drücke ihre Hand leicht zum Dank. Die Tage vergehen nicht und jede Sekunde warte ich nur darauf, dass sie endlich in mein Zimmer kommt, damit ich etwas Gesellschaft habe. Mittlerweile freue ich mich sogar auf diese Zeit und warte sehnsüchtig ab, bis sie mich besucht. Mein Herz schlägt Purzelbäume, als sie mich aus meinem Zimmer, das ich seit Wochen nicht verlassen habe, hinausführt.

Ich sehe mich um, sauge alle neuen Eindrücke auf, doch muss ernüchternd feststellen, dass mich auf dem Flur nichts Aufregendes erwartet. Alles, was ich entdecke, sind kahle weiße Wände und einen dunkelroten Teppich, der den kompletten Boden bedeckt. »Wohin gehen wir?«, frage ich neugierig.

»Heute Abend wirst du mit mir und meinen Gästen essen. Wir müssen nur kurz in meinem Zimmer haltmachen.« Cassandra führt mich nur wenige Schritte vor bis vor eine Tür, an der zwei Wachen postiert sind. Sie würdigen mich nicht eines Blickes, sondern machen lediglich für Cassandra Platz. Nachdem sie im Inneren verschwunden ist, rücken sie prompt wieder zusammen und versperren mir den Weg.

»Lasst sie rein«, ertönt ihre eisige Stimme, die die einzige ist, die ich seit einer Ewigkeit gehört habe und mir deshalb so vertraut vorkommt. Die beiden bulligen Männer machen erneut Platz, sodass ich hineingehen kann. Obwohl sie es erst tun, als ich sie bereits passiert habe, entgeht mir der skeptische Blick nicht, den sie sich zuwerfen. Es scheint ungewöhnlich zu sein, dass Cassandra jemanden mit in ihre Gemächer nimmt.

»Warte einen Augenblick hier.« Sie deutet mit ihren langen, sehnigen Fingern auf einen mit Perlmutt verzierten Stuhl. Eher ein Thron als ein Stuhl. Zögerlich setze ich mich hin und versuche mich so unauffällig wie möglich in dem Raum umzusehen. Das Zimmer ist groß und merkwürdig unpersönlich. Keine Blumen, keine Bilder, keine Dinge, die einen persönlichen Wert haben könnten. Lediglich der Stuhl, auf dem ich sitze, ein breites Bett, ein robuster Schrank aus dunklem Holz, ein ebenso dunkler Tisch vor einem Spiegel und ein samtener Sessel davor schmücken den Raum. Cassandra steht vor dem Schrank, dessen Türen sich nur mit einem Schlüssel, den sie um den Hals hängen hat, öffnen lassen. Ihre Handgriffe sind mechanisch, als übe sie sie jeden Tag aus. Die Kette öffnet sie im Nacken, steckt den Schlüssel ins Schloss, dreht ihn um, öffnet die Türen beinahe ehrfürchtig und bewegt ihre Hand ins Innere. Ich höre leises Piepen. Ebenso mechanisch wie ihre Bewegungen. Obwohl ich mich unauffällig verhalten will, lehne ich mich vorsichtig auf dem Stuhl zurück, um das Innere des Schrankes inspizieren zu können.

Und plötzlich gefriert mir das Blut in den Adern. Ein Safe öffnet sich, nachdem Cassandra den langen Code eingegeben hat, und neben einer kleinen Schatulle, die sie herausnimmt, kann ich einen braunen Lederkoffer entdecken. Nur einen Teil davon, dennoch sehe ich ihn ganz genau. Instinktiv weiß ich, dass dort das Gegenmittel verstaut sein muss. Mir wird schwindelig bei dem Gedanken, ihm so nahe zu sein. Ich müsste nur eine Probe davon in meine Finger bekommen und zurück zu dem Widerstand bringen. Als ich bemerke, dass Cassandra mich beobachtet, reiße ich meinen Blick von dem Koffer und sehe zu ihr auf. Sie schließt den Tresor, bevor sie die Schatulle öffnet und sich einen beachtlichen Ring daraus an den Finger steckt.

»Es ist ein Vertrauensbeweis, dass ich dich hierhin mitnehme. Ich hoffe, dass du mein Vertrauen nicht missbrauchst.« Mit verengten Augen schließt sie erst den Safe, dann den Schrank, ehe sie sich den

Schlüssel wieder umhängt. Jetzt, wo ich von seiner Existenz weiß, sehe ich ihn, wie er sich gegen den dünnen Stoff ihrer Bluse drückt. Ich müsste ihn nur zu fassen bekommen. Lächelnd nicke ich. »Ich weiß das sehr zu schätzen.«

Gemeinsam verlassen wir dieses kalte Zimmer wieder und alles, woran ich denken kann, ist der Lederkoffer im Schrank. Vielleicht ist er mein Weg zurück.

Umringt von acht Männern in maßgeschneiderten Anzügen sitzen wir an einem üppig gedeckten Tisch und mir dreht sich der Magen bei dem Gedanken um, dass in diesem Augenblick Kinder Hunger leiden. Der Saal, in dem wir essen, ist erstaunlich klein. Der Tisch und die Stühle nehmen den meisten Platz im Zimmer ein. Emsige Dienstmädchen huschen umher und bringen stetig neue Getränke, füllen die Gläser der Gäste oder tauschen Teller aus, sobald einer geleert wird. Zu Beginn des Essens habe ich versucht, den Gesprächen zu folgen, doch als der Sohn der Köchin hereinkam, konnte ich mich nur noch auf sein geschwollenes Gesicht konzentrieren. Mit stets gesenktem Blick bringt er mehr und mehr Essen. So viel, wie wir niemals verbrauchen können.

»Cassie, meine Liebe, Sie mögen vielleicht die Formel besitzen, dennoch wissen wir besser, wie dieses Land regiert werden muss. Sollten Sie fürchten, dass es zu Aufständen kommt, werden wir diese Kämpfe für Sie ausfechten.« Cassandra hatte sich mit den Männern über Politik unterhalten. Darüber, ob größere Einnahmen von den Bauern gefordert werden sollen. Sie war dagegen. Halb verhungerte Farmarbeiter können nicht arbeiten. Ein lautes Klirren lässt alle Gäste aufhorchen. Cassandra, neben der ich Platz nehmen musste, hat ihr Besteck zur Seite gelegt und starrt den älteren Mann mit dem langen geflochtenen Bart am Ende des Tisches durchdringend an. Mit angehaltenem Atem beobachte ich Cassandras unbewegliche Miene.

Sie lächelt. Und dieses Lächeln lässt mir das Blut in den Adern gefrieren. »Kommandant Anderson, Sie haben mich falsch eingeschätzt.« Ihre Stimme ist freundlich, ihre Worte sind jedoch scharf wie Dolche. Doch als der Kommandant auflacht, frage ich mich, ob er dies nicht bemerkt.

»Das würde ich nie tun.« Er bebt vor innerem Gelächter und Cassandras Gesicht wird ernster. Auch die anderen Gäste spüren die Spannung. Alle haben ihr Besteck zur Seite gelegt, wischen sich peinlich berührt die Münder ab oder spielen an den Stielen ihrer Sektgläser herum.

Cassandras blaue Augen fixieren die seinen und während sie sich keinen Millimeter bewegt, überkommt den Mann schlussendlich doch eine Unruhe, die ich schon öfter beobachtet habe. Kurz lächelt er in die Runde, bevor er wieder für den Bruchteil einer Sekunde zu ihr sieht, weil er merkt, dass niemand seiner Freunde ihn zurück anlächelt. Seine Mundwinkel sinken weiter herab. Im ganzen Raum ist es totenstill.

»Ella.« Sie winkt mich mit einer minimalen Geste zu sich heran. Ich beuge mich so weit zu ihr herüber, dass ich ihren heißen Atem an meinem Ohr spüren kann. »Sag dem Personal, dass wir hier fertig sind.«

Ich stehe so leise wie möglich auf, was nicht einfach ist, da man in diesem Moment eine Fliege surren hören könnte, und gebe den Mädchen Bescheid. Als mehr Bedienstete den Raum betreten, erheben die Gäste sich, verbeugen sich zum Abschied und wenden sich bereits dem Ausgang zu, als Cassandra einmal in die Hände klatscht.

»Ich hätte noch eine Bitte an Sie.« Sie tänzelt zu dem Kommandanten hinüber. Eine Gangart, die so gar nicht zu ihrer autoritären Art passt. Cassandra reicht ihm eine Hand, die er mit seinen beiden umfasst.

Seine Stirn legt sich in Falten. »Was darf ich für Sie tun?«

»Unterschätzen Sie niemals eine Frau.« Sie zieht ihren Arm rasch zurück und hinterlässt in seiner Handfläche eine rote Linie. Blut fließt daraus hervor, aber er gibt keinen Mucks von sich. Er verzieht nicht einmal das Gesicht. Cassandra lächelt und sieht nacheinander alle ihre Gäste an. Keiner beachtet ihre Hände, weil alle hypnotisch auf ihr Gesicht fixiert sind, nur ich sehe, wie sie eine Klappe an ihrem Ring über eine feine Nadel schiebt. »Das sollte niemand von euch. Ich fälle die Entscheidungen hier und diese sollte man akzeptieren.« Sie legt den Kopf schräg und wirkt dabei jung. Sie lächelt fast mädchenhaft. »Außerdem kann ich meine Kämpfe sehr gut allein ausfechten.«

Ich weiß nicht, ob tatsächlich niemand mitbekommen hat, was soeben passiert ist, aber falls doch, haben sie es allesamt gut überspielt. Cassandra wartet nicht, bis ihre Gäste weg sind, bevor sie mit mir im Schlepptau den Saal verlässt. Sie sagt kein Wort. Nicht einmal, als wir wieder zurück in ihren Gemächern sind.

Erst als sich die Tür hinter mir schließt und sie sich auf dem Samtsessel vor dem Spiegel niederlässt, atmet sie aus, als hätte sie die Luft viel zu lang angehalten. Manchmal kommt es mir so vor, als fürchte sie sich selbst.

Ich werde nicht schlau aus dieser Frau.

»Du denkst nicht, dass ich meine Position erreicht hätte, hätte ich Männer meine Kämpfe austragen lassen, oder?«

Ihre Frage trifft mich unerwartet, doch meine Antwort ist ehrlich gemeint. »Nein.« Cassandra Fiala kann man einiges nachsagen, doch dass sie nicht selbst handeln kann, gehört nicht dazu.

Sie lächelt und dieses Mal ist es ein Lächeln, das sie um viele Jahre jünger wirken lässt. Es wirkt beinahe dankbar. »Kluges Kind.« Sie nickt in Richtung der Haarbürste und sofort beginne ich mit der Arbeit, an die ich mich mittlerweile gewöhnt habe.

»Was passiert mit Kommandant Anderson?«, frage ich, obwohl ich die Antwort kenne.

Ein zufriedenes Lächeln breitet sich auf ihren zartrosa Lippen aus, während sie sich die Hände eincremt. »Gift ist eine so schöne Waffe. Wäre ich nicht so wichtig für sie, hätten sie mich längst beseitigt. Ihre Furcht zu spüren, wenn sie erkennen, dass ich sie besiegt habe, ist so belebend.«

Ich räuspere mich und versuche einen ungezwungenen Ton anzuschlagen, obwohl ein Schauer über meinen Rücken läuft. »Ich habe mich gefragt, ob Sie wirklich in Sicherheit sind.«

Sie beäugt mich interessiert. »Was meinst du?«

»Was, wenn jemand die Formel findet und Sie …«

»Das ist unmöglich.« Sie dreht sich um und tippt sich gegen die Stirn. »Es sei denn, jemand kann meine Gedanken lesen.«

Ich stoße ein heiseres Lachen aus, da ich sonst vor Frust gekeucht hätte. Es gibt keine Formel, die ich finden könnte. Nur sie kennt sie und ich weiß, dass mein Onkel sie dort nur mit Gewalt herausbekommt.

Und davor wird er nicht zurückschrecken.

»Hast du einen Freund?«, fragt sie nach einiger Zeit der Stille.

»Nein«, lüge ich und bin dankbar für die Souveränität meiner Stimme.

»Lass dir eines über Männer gesagt sein: Sie sind das niedere Geschlecht. Sie sind dumm, triebgesteuert und besitzen keinerlei Raffinesse. Vor allem unterschätzen sie uns in jeder Lebenslage.« Sie betrachtet meine regelmäßigen Bewegungen. »Es mag sein, dass auf den hohen Positionen meist Männer sitzen, doch glaub mir, wenn ich dir sage, dass die wichtigen Entscheidungen von den Frauen hinter ihnen getroffen werden. Sie wagen es nur nicht, ihre Männer vom Thron zu stoßen.«

»Dann sind sie also zu feige?«

Sie lacht. »Womöglich hast du recht. Meine Mutter war zu feige, um sich gegen ihren Mann zu wehren. Um uns vor ihm zu beschützen. Irgendwann war ich es leid und habe meinem Vater beigebracht, dass ich mich von niemandem unterdrücken lasse. Er war …« Sie hält inne, und für kurze Zeit lässt sie ihre Fassade vor mir fallen. Tiefe Sorgenfalten entstehen auf ihrer Stirn und ihre Mundwinkel zucken. Mit einem gequälten Ausdruck auf dem Gesicht schließt sie kurz die Augen. Als sie sie allerdings wieder öffnet und bemerkt, dass ich sie im Spiegel beobachte, fasst sie sich schnell wieder. »Er war kein guter Mensch. Ein Tyrann, dem nur sein eigenes Wohl wichtig war.«

»Und Sie denken, dass Sie nun besser sind als er?« Es ist riskant, so weit zu gehen, doch aus irgendeinem Grund empfinde ich Mitleid für diese Frau. In mir besteht die winzig kleine Hoffnung, sie von ihrem Wahn abzubringen und auf den richtigen Weg führen zu können. Ich werde Cole und den Rebellen helfen, sie zu stürzen, doch falls es eine Möglichkeit gibt, sie zu bekehren, werde ich diese nutzen. Ich glaube nicht, dass Cassandra wirklich böse ist. Sie ist wie wir alle aufgewachsen in einer Welt aus Angst und Hass. Nur dass sie diese als Normalität angenommen hat. Sie war ein Teil all dessen, was schiefläuft. Wie soll jemand, der nie Liebe und Güte erfahren hat, wissen, wie man liebt und gütig ist?

Ihr Kopf hebt sich ruckartig und eine Sekunde später spüre ich ihre flache Hand auf meinem Gesicht. Ich japse nach Luft, weil ich mit diesem Schlag nicht gerechnet hatte. »Ich mag dich, Kind. Aber zweifle nie wieder an mir!« Ihre Stimme ist wie eiskalter Regen, der einen an einem heißen Sommertag plötzlich überkommt. Noch ehe ich mich wieder gefangen habe, hat sie den Blick von mir abgewandt.

Ich blinzle heftig, bis mein Auge tränt. Einer ihrer Finger hat mich dort getroffen und nun sehe ich alles verschwommen. Die Kontaktlinse kratzt an meinem Lid. Schon bei den Kämpfen ist sie hin und wieder verrutscht, doch dieses Kratzen ist neu.

»Darf ich …« Mein Atem geht flach und ich versuche mich darauf zu konzentrieren, nicht mehr zu blinzeln. »Darf ich in mein Zimmer gehen? Ich bin sehr müde.« Ich rechne damit, dass sie verneint, doch sie ruft eine der Wachen herein und weist ihn an, mich dorthin zu führen.

Sobald ich in meinen eigenen vier Wänden bin, eile ich in das kleine Badezimmer und betrachte mich im Spiegel. Meine Bindehaut ist rot und Tränen laufen mir über die Wange. Mit Zeigefinger und Daumen versuche ich die Kontaktlinse wieder an die richtige Stelle zu rücken, doch ein kleines Stück davon ist abgebrochen und landet in dem weißen Waschbecken. Jedes Blinzeln schmerzt. Ich blicke auf, doch auch die Augenbewegung brennt wie Feuer. Mein Puls rast, weil ich meine letzte Verbindung zum Widerstand verliere, nachdem ich die Linse herausgeholt habe und im Abfluss verschwinden lasse.

Kapitel 33

Cole

Die Trainingshalle ist dunkel, doch entgegen meiner Erwartung nicht leer. Seit einiger Zeit machen mir meine Albträume noch mehr zu schaffen als früher und ich bin dankbar für jede Tätigkeit, die mich von meiner Müdigkeit ablenkt. Nachts bin ich hier für gewöhnlich ungestört. Dann muss ich mich nicht zusammenreißen, kann Dampf ablassen und so lange gegen einen nicht vorhandenen Gegner kämpfen, bis mein Geist so erschöpft ist, dass nicht einmal mehr Träume ihn durchdringen.

Eigentlich will ich nicht wissen, wen ich gerade störe, doch da erklingt Silas' Stimme.

»Wer ist da?«

Er klingt atemlos und heiser, als hätte er seine ganze Frustration hinausgeschrien. Wer kann es ihm verdenken?

»Ich bin's.« Ich schlüpfe mit den Händen in das zweite Paar Boxhandschuhe. Das kalte Material legt sich beruhigend um meine Hände. Ich will kämpfen, also beginne ich den Sack zu bearbeiten. Ich muss nichts sehen, um zu wissen, wo er hängt.

»Wie schön«, spottet er. Silas gibt mir die Schuld dafür, wo Ella gelandet ist. Er sieht mich als Feind an und redet nur das Nötigste mit mir. Ich hätte niemals erwartet, dass mir seine nervige Art fehlen würde. Dieser Optimismus, der meistens völlig fehl am Platz ist.

Anders als erwartet verlässt er den Raum jedoch nicht. Stattdessen schlägt auch er gegen einen Boxsack.

Die Ketten, an denen sie befestigt sind, klirren. Ich denke an Ella – wie jede andere freie Sekunde – und weiß, dass sie sich wünschen würde, dass ich mich um ihn kümmere. Es war einfacher, ihn zu ignorieren, als durch ihn daran erinnert zu werden, dass ich versagt habe. Ich konnte sie nicht beschützen. Ich höre auf, auf den Sack einzuschlagen, ziehe meine Handschuhe wieder aus und gehe durch die Dunkelheit auf Silas zu. Er muss mich sehen, denn er hält einen Moment inne und wartet, bis ich mit beiden Händen das Leder des Sacks umklammere, bevor er wieder dagegenschlägt.

»Ich kann nicht aufhören, mir vorzustellen, was sie gerade durchmacht«, murmelt er stockend.

»Ja.« Ich lehne mich mit ganzer Kraft gegen den Sack. »Mir geht's ähnlich.«

Wir reden nicht viel, bis die Lichter über uns angehen und uns mitteilen, dass bald das gesamte Lager auf den Beinen sein wird. Diese Nacht tat uns beiden gut, doch dann steht plötzlich Brad in der Halle und starrt mich stumm an. Er hatte Nachtschicht. Sollte Ella im Auge behalten, doch nun steht er hier. Wieso?

Ich laufe zu ihm, denn er will mir offensichtlich etwas sagen, traut sich jedoch nicht.

»Was ist los, Brad?« Seine Augen finden mich. Silas tritt neben mich und reicht mir ein Handtuch, mit dem ich den Schweiß von meiner Stirn abwischen kann.

»I-Ich habe es Phil schon gesagt. Er meinte, ich muss es dir selbst erklären. Etwas ist passiert.«

Mein Herz bleibt stehen, genauso wie die Zeit, und ich male mir in einem Atemzug die schlimmsten Szenarien aus.

Brad rauft sich die Haare und blickt an mir vorbei, um mich nicht direkt anzusehen. »Ich musste gestern eine Doppelschicht einlegen. Ich habe den ganzen Abend zugesehen, was sie getan haben. Es ist überhaupt nichts passiert. Sie hat ihr nur so lange die Haare gebürstet und dann …«

»Was ist los?«, unterbreche ich ihn wüst.

»Ich bin eingeschlafen.«

»Brad!« Ich umfasse seinen Kragen und hebe ihn hoch. »Was zur Hölle ist los?«

»Als ich nachts aufgewacht bin, war auf dem Bildschirm nur ein Rauschen zu sehen.« Er schluchzt. »Ich dachte, es sei ein Fehler mit dem Schirm und habe überall nach einem Ersatz gesucht. Doch es liegt nicht daran.« Ich lasse ihn los, woraufhin er einige Schritte zurück macht, und starre ihn wortlos an. »Auch ein anderer Bildschirm hat nur dieses Rauschen gezeigt.«

»Was?«, presse ich erstickt hervor und spüre, wie sämtliche Luft meine Lunge verlässt. »Wie konnte das passieren?«

Brad wird blasser und blasser. »Ich kann dir nur sagen, was ich sehe. Und das ist im Moment nicht besonders viel. Die Kontaktlinse muss kaputt sein.«

»Wir müssen sie befreien«, presse ich zwischen zusammengebissenen Zähnen hervor. Meine Gedanken kreisen wie wild durch meinen Schädel und ich suche all die Rettungsmissionen zusammen, die sich in den letzten Wochen darin geformt haben. Silas steht mit weit aufgerissenen Augen neben mir und folgt mir wie ein Hund, als ich mich im Laufschritt auf den Weg zu Phil mache.

Dieser wirkt alles andere als begeistert von unserem Überfall, als ich in sein Arbeitszimmer stürme und mich vor ihn auf dem Schreibtisch abstütze, sodass wir nur eine Nasenlänge voneinander entfernt sind.

»Wir können sie nicht länger dalassen. Nicht jetzt, nachdem wir nicht mehr sehen können, was geschieht.«

»Und du denkst, dass du das entscheiden kannst?«, fragt er und lässt sich lachend zurück auf seinen Stuhl sinken.

»Sie ist in Gefahr!«, knurrt Silas und ich spüre, wie er sich angesichts Phils Unbekümmertheit versteift.

Doch als Phil sich langsam und voller Berechnung aufrecht hinsetzt, ist er wieder der Mann, dem man besser nicht widerspricht. »Nun hört ihr beiden Möchtegernhelden mir gut zu. Ich bin euer Anführer. Es war mein Plan und es ist meine Entscheidung, wann wir diesen aufgeben und alles andere dafür aufs Spiel setzen! Ihr werdet euch diesem beugen, ob es euch gefällt oder nicht!« Er deutet unmissverständlich zur Tür. »Sie wird einen Weg finden, uns zu kontaktieren, und bis dahin lasst euch nicht mehr bei mir blicken.«

Bebend vor Wut verlasse ich sein Büro. Nie zuvor habe ich mich machtloser gefühlt.

Als wir allein im Flur stehen, bemerke ich Silas' Frustration. Er hat mit einem anderen Ergebnis gerechnet.

»Wir können doch nicht einfach nichts tun, oder?«

»Nein«, sage ich mit fester Stimme. »Nein, wir werden ab jetzt die Dinge selbst in die Hand nehmen.«

Kapitel 34

Ella

»Ella?« Auf ein leises Klopfen hin öffnet sich die Tür und Cassandra tritt ein. Verwundert blicke ich über den Sesselrücken. Bisher hat sie nie angeklopft. Sofort erhebe ich mich und warte, bis sie bei mir ist. Die Stirn in Falten gelegt bleibt sie nur eine Armeslänge entfernt vor mir stehen und streckt die Hand nach mir aus. Reflexartig mache ich einen Ruck nach hinten. Sie hält in der Bewegung inne, ehe sie den Arm seufzend wieder sinken lässt.

»Es tut mir leid«, sagt sie. Ihre Stimme ist beinahe ein Hauchen. »Ich hätte dich nicht schlagen dürfen.« Cassandra räuspert sich, während ich nur dastehe und nicht weiß, wie ich reagieren soll. Was ich denken soll. Sie entschuldigt sich bei mir?

»Schon gut«, murmle ich und beiße mir nervös auf die Unterlippe.

Ihre Mundwinkel heben sich und ein Funkeln breitet sich in ihren Augen aus. »Ich habe eine Idee! Wir veranstalten eine Feier!« Lächelnd klatscht sie in die Hände. »Das wird dir sicherlich gefallen! Deine …« Sie unterbricht ihren Satz, um mir schlussendlich doch mit den Fingern über das Gesicht zu streichen. Ein liebevolles Lächeln liegt auf ihren Lippen. »Es wird dir sicher gefallen.«

Zwei Tage später hat Cassandra ihren Plan in die Tat umgesetzt.

Am Abend besucht mich eine von Cassandras Angestellten im Zimmer. Über dem Arm trägt sie ein hellblaues Kleid.

»Ich soll Sie anziehen, Miss.« Sie lächelt mir zu, was ein wundervolles Gefühl ist. Seit ich hier bin, hat bis auf Cassandra niemand mit mir geredet, geschweige denn mich angelächelt. »Diese Farbe wird Ihre Augen ganz wundervoll betonen! Ziehen Sie sich bitte aus. Ich helfe Ihnen dann in das Kleid.«

Ein wenig unbehaglich beginne ich, aus der Hose und meinem Oberteil zu schlüpfen. Sofort wandern meine Hände zu den Narben an meinem Oberkörper, doch die Frau sieht mich nicht einmal wirklich an, als sie das Kleid ausbreitet, sodass ich problemlos hineinsteigen kann. Es fühlt sich seltsam an, dass sich jemand um mein Aussehen kümmert. Bisher war das meine eigene Aufgabe und niemand hat sich wirklich darum geschert, wie ich herumlief. Ich helfe dabei, das schwere Kleid anzuziehen, und spüre, wie sie die Korsage mit Schnüren enger zieht. Mit jedem Ruck presst sie dabei mehr und mehr Luft aus meiner Lunge. Als ich bereits protestieren will, bindet sie eine Schleife und führt mich zu dem Stuhl vor dem Tisch, auf dem ich Platz nehmen soll, und beginnt, meine Haare zu bearbeiten. Es dauert eine Ewigkeit, doch merkwürdigerweise genieße ich die ganze Prozedur.

Als sie fertig ist, erhebe ich mich und die Ankleiderin dreht mich so, dass sie einen guten Blick auf meine Vorderseite hat. Sie ist eine nicht besonders gesprächige untersetzte Dame, die auf jede Kleinigkeit achtet. Sie zupft an meinen Haaren, die wie ein blonder Wasserfall über meine rechte Seite fallen. Bei jeder Bewegung streichelt der weiche Stoff des Kleides meine Haut. Ich schwinge mit den Hüften hin und her, was die Frau zum Kichern bringt.

Gerade als sie sich zufrieden einen Schritt von mir entfernt und mich mit verschränkten Armen begutachtet, gesellt sich Cassandra zu uns. Mit zu Boden gerichtetem Gesicht eilt die Dame hinaus und Cassandra nimmt ihren Platz ein. »Wunderschön!«

Lächelnd streicht sie den Stoff glatt, nimmt meine Hände und führt mich hinaus.

»Ich habe eine Überraschung für dich, Ella.« Ich folge ihr und versuche, nicht auf den Saum ihres Kleides zu treten. Sie sieht einfach traumhaft aus. Nachtblauer Stoff umhüllt ihren Körper wie Nebel.

In diesem Augenblick kommt sie mir anders vor. Ich komme mir anders vor. Als wäre das hier ein Märchen aus den Büchern in meinem Zimmer. Als wären wir Freundinnen, die zusammen auf einen großen Ball gehen, auf dem der Prinz bereits auf uns wartet. Ich wünschte, es wäre so, denn in diesen Geschichten gibt es immer ein Happy End. Ein ›Sie lebten glücklich bis an ihr Lebensende‹. Sie blickt über die Schulter in mein Gesicht.

Schon von Weitem höre ich die Musik, die aus einem der Räume dringt. Sie hat etwas Schwermütiges und klingt dennoch sehr melodiös. Cassandra führt mich hinein und ich staune darüber, wie groß dieser Raum ist. Mit offenem Mund versuche ich all die Eindrücke in mir aufzunehmen. Mehrere lange Tafeln stehen an den Wänden entlang. Alle sind sie gedeckt mit den unterschiedlichsten Köstlichkeiten. Viel zu viel und obwohl ich es nicht will, läuft mir bei dem Duft das Wasser im Mund zusammen. Die Gäste sind bereits alle da und beenden die Gespräche, als sie Cassandra erblicken. Die Aufmerksamkeit ist ihr gewiss. Nicht nur, weil sie in diesem Kleid jeden um Längen übertrifft, sondern allein schon dank ihrer Ausstrahlung. Cassandra Fiala ist wie der Vollmond. Sie lockt einen mit ihrem schönen Aussehen und hält einen dann gefangen.

»Misch dich unter die Leute. Iss, trink, tanz. Hab Spaß, Liebes.« Sie lächelt mir zu und legt ihre behandschuhten Finger auf meine Wange. Sie geht auf die größte Gruppe zu, die gleich neben der Bar steht, und sofort wird etwas, was sie sagt, mit lautem Gelächter quittiert. Entweder lieben die Leute sie oder sie sind allesamt so falsch, wie ich es vermute. Ich lasse den Blick über den Saal und die Menschen darin schweifen. Lichterketten hängen an den Wänden, ebenso wie Gemälde der unterschiedlichsten Stile. Kerzenlicht schenkt dem Raum trotz der Größe Gemütlichkeit, was sich auf die Gäste auswirkt. Alle lächeln übers ganze Gesicht, lachen und turteln. Bis auf die Musiker ist in meinem Alter niemand hier zu finden, doch ansonsten ist jedes Alter vertreten. Einige von ihnen tanzen und ich muss schmunzeln, als ein Mann seiner Frau auf das Kleid tritt und dafür einen kleinen Tritt gegen das Schienbein kassiert.

Ich gehe zu einem der Tische hinüber und fülle mir einen Teller. Obwohl ich Dinge vor mir sehe, deren Namen ich nicht einmal kenne, greife ich nur zu Kartoffeln und Salat. Egal, wie lange ich hier bin, mit diesem Übermaß komme ich einfach nicht zurecht. Während ich eine Kartoffel in eine weiße Sauce tunke, gehe ich hinüber zu den Musikern. Ein Cellist und zwei Bläser sind in der Ecke des Saals positioniert und spielen, als wäre es das Schönste, was es auf der Welt gibt. Ich beobachte sie, wie sie mit jedem Ton weiter in ihrer eigenen Welt versinken. Die Bläser haben die Augen geschlossen, während der Cellist sein Instrument ansieht. Er muss merken, dass ich sie anstarre, denn er hebt die Hand und zwinkert mir keck zu. Verlegen wende ich den Blick ab, bleibe jedoch an Ort und Stelle stehen und beginne mich zur Melodie zu bewegen. Ich habe noch nie getanzt. Zunächst habe ich das Gefühl, dass ich mich blamiere und alle mich dabei beobachten, doch als ich mich umsehe, sieht niemand zu mir herüber, also beginne ich mich wohler in meiner Haut zu fühlen. Ich tanze so lange, bis mir die Füße wehtun und meine Brust eng wird. Das schwere Kleid macht sein Übriges, sodass mir bald ein wenig schwindelig wird und ich mich nach etwas zu trinken umsehe. Ich gehe zu den Getränken, wo Cassandra mich erblickt und auf mich zukommt.

»Probier das! Es schmeckt köstlich!« Sie reicht mir ein Glas mit einer roten Flüssigkeit. Dankend nehme ich es an und nippe daran. Es schmeckt sauer und mir zieht sich der ganze Hals zusammen. Da sie mich weiter beobachtet, nehme ich noch einen Schluck und lächle gezwungenermaßen.

Cassandra lacht. »Ich hoffe, du amüsierst dich?«

»Die Musik ist wirklich toll!«, antworte ich.

»So was habe ich mir schon gedacht.« Sie schmunzelt zufrieden. »Ich hatte eine Freundin, die sagte, dass die Musik uns von einer besseren Zeit erzählt. Ich habe es nie verstanden. Bis zu ihrem Tod. Jetzt denke ich dabei an sie.«

»Das tut mir leid«, sage ich und meine es auch so.

»Vor drei Tagen wolltest du mir etwas sagen und ich habe falsch reagiert. Das tut mir leid.« Ihre Entschuldigung klingt aufrichtig, also spitze ich die Ohren. »Versuch es erneut und ich werde dir zuhören.«

»Ich hatte nicht das Recht dazu«, antworte ich. Nur weil Cassandra nett zu mir ist, kann ich mir noch längst nicht sicher sein, dass sie nicht wieder die Kontrolle verliert.

Sie zieht die Augenbrauen streng zusammen, sodass tiefe Falten auf ihrer Stirn entstehen. »Ich bestehe darauf.« Sie nickt mir auffordernd zu. »Du findest, ich bin zu hart zu meinem Volk.«

Meine Gedanken rotieren, weil ich so viel sagen will und es doch nicht darf. Mich räuspernd sehe ich sie an. »Die Menschen haben große Angst. Sie kämpfen untereinander um die Wasserressourcen. Die meisten von ihnen führen kein echtes Leben. Und die Kinder …« Ich denke an die Kleinen, die Cole mir gezeigt hat, doch von diesen darf ich genauso wenig wissen wie über die Straßenkämpfe. Also bleibe ich kryptisch. »Viele von uns haben nie Mitgefühl oder Liebe kennengelernt.«

Sie sieht mich wieder an und dieses Mal ist in ihrem Blick eine Mischung aus Trotz und Traurigkeit zu sehen. »Eines solltest du wissen, Ella: Mitgefühl ist nur ein anderes Wort für Schwäche.«

»Ist es nicht eher ein Beweis von Stärke?« Ich spüre einen Funken in meinem Innern, der sich langsam zu einem Feuer ausbreitet. »Mitgefühl mit anderen zu haben bedeutet doch auch, dass man sich nicht nur für sein eigenes Wohl interessiert.« Bevor Cassandra jedoch darauf eingehen könnte – und ich weiß, das würde sie –, taucht eine ältere Dame neben uns auf und zieht ihre Aufmerksamkeit auf sich. Innerlich fluche ich aufs Schlimmste.

»Eine wundervolle Feier!« Sie umschließt Cassandras Hände, ehe sie mich strahlend anlächelt und sie mit sich zieht. »Sie müssen mir unbedingt erzählen, wo Sie dieses Obst herhaben!«

Ich sehe den beiden Frauen hinterher und kann mir nur vorstellen, worüber sie reden. Über Belanglosigkeiten, über den der Großteil der Bevölkerung nicht einmal im Traum nachdenken würde. Über das gute Essen, die atmosphärische Musik oder die bezaubernden Dekorationen. All die Dinge, über die ich selbst nachgedacht habe. Werde ich zu einem Teil dieser Leute? Bin ich überhaupt noch besser als sie? Mir wird schlecht. Mit zitternden Fingern stelle ich mein Glas auf einen der mit weißem Leinen bedeckten Tische. Die Luft hier drin wird plötzlich so dünn, das Licht zu grell, die Stimmen zu laut. Ich ertrage es nicht länger, hier drin gefangen zu sein, also stolpere ich hinaus auf den Balkon.

Der Sauerstoff schlägt mir wie eine Bombe entgegen, füllt meine Lunge in Sekundenschnelle, während ich zu dem Geländer hintaumle und beide Hände in das helle Holz kralle. Ich atme tief durch. Kurz schließe ich die Lider, und als ich sie wieder öffne, erstarre ich. Zum ersten Mal sehe ich die *Kommune* in all ihrer Pracht. Von hier oben, hoch über allen anderen, wirkt die Welt so furchtbar klein. Helle Lichter erstrahlen in den Häusern und erleuchten die ganze Stadt. Wenn ich all dies sehe, wie viele Menschen dort leben müssen, frage ich mich, wie es sein kann, dass niemand von ihnen etwas dagegen unternimmt, dass ebenso viele Menschen leiden. Sie grenzen sie aus, ignorieren sie und leben weiter, ohne einen Gedanken an sie zu verschwenden.

Ich schrecke auf, als jemand eine Decke um mich legt. »Ist es nicht wunderschön?«

»Es ist … erschreckend«, antworte ich ehrlich, ohne den Blick von der Stadt abzuwenden.

Cassandra lehnt sich an das Geländer. »Manchmal komme ich hierher, um mich daran zu erinnern, wieso ich das tue.«

»Wieso tun Sie es?«, frage ich hauchend.

»Um die Ordnung aufrechtzuerhalten. Nur ich habe die Macht dazu und niemand kann sie mir nehmen.« Ich drehe meinen Kopf in ihre Richtung, sodass ich sie ansehen kann, doch Cassandras Aufmerksamkeit ist weiter auf die leuchtende Stadt zu unseren Füßen gerichtet. Ich kann kein Gefühl in ihr erkennen. Sie ist nichts als eine kalte Hülle und allmählich erkenne ich, dass ich sie nicht retten kann. Sie wird niemals etwas ändern, da sie nicht einsehen wird, dass sie falsch handelt. In ihren Augen tut sie das einzig Richtige. Und mit dieser Erkenntnis überkommt mich ein Gefühl von Traurigkeit.

Am nächsten Morgen wache ich durch laute Geräusche auf dem Flur auf. Für gewöhnlich ziehe ich mich an, ehe ich an die Zimmertür klopfe, um zu Cassandras Räumen geführt zu werden, doch heute wickle ich nur einen Morgenmantel um mich und poche mit der Faust gegen das Holz. Als sich jedoch auch nach dem zweiten Mal niemand regt, rüttle ich an dem Türgriff und entgegen meiner Erwartung lässt sie sich öffnen. Perplex bleibe ich stehen und starre nur meine Hand an. Ich bin nicht länger eingesperrt. Vorsichtig verlasse ich mein Zimmer und sehe mich um. Die Bediensteten schaffen die Möbel, die für die Feier aus dem großen Saal geräumt wurden, wieder zurück. Ich sollte wieder hineingehen, doch da sehe ich, dass vor Cassandras Räumen ebenfalls keine Wachen stehen und sofort kommt mir das Bild des Koffers wieder in den Sinn. Mit nackten Füßen eile ich über den Teppich hinüber und bleibe wenige Sekunden regungslos stehen. Dann wage ich mich vor und strecke meine Hand dem Griff entgegen. Bevor ich ihn jedoch hinunterdrücken kann, besinne ich mich anders und klopfe zaghaft an. Es dauert einige Zeit, in der nichts passiert. Als ich die Tür öffnen will, höre ich jedoch Schritte im Innern, ehe ich in Cassandras Gesicht blicke. Sie sieht so frisch aus wie eh und je. Nichts lässt erahnen, dass sie kaum geschlafen hat.

»Ella?« Ihre Stimme klingt überrascht und sie sieht sich, wie ich eben noch, auf dem Flur um. »Wo sind die Wachen?«

»Ich weiß es nicht. Ich wollte nach Ihnen sehen«, lüge ich und hoffe, dass sie es mir abnimmt. Cassandra sieht mich skeptisch an, nickt dann jedoch und lässt mich hinein. Dahin ist meine Hoffnung, an das Gegengift zu gelangen. Ohnehin hätte ich nicht gewusst, wie ich den Tresor öffnen soll.

»Ich wollte noch mit dir sprechen.« Sie deutet auf ihr Bett, doch ich bleibe stehen und sehe ihr dabei zu, wie sie die Vorhänge vor ihrem Fenster öffnet.

»Worüber denn?«, frage ich neugierig.

»Du wolltest wissen, wieso ich dich bei mir aufgenommen habe.« Sie hält kurz inne und dreht sich in meine Richtung. »Du bist etwas ganz Besonderes.«

»Wieso?« Ich ziehe den Morgenmantel enger um mich, weil ich zu frösteln beginne. Mir ist unwohl bei diesem Gespräch und gleichzeitig will ich unbedingt wissen, was mich von all den anderen unterscheidet.

»Als Kind hatte ich eine beste Freundin. Ihre Mutter hat für meine Familie gearbeitet, weshalb sie Tag für Tag hier war. Wir sind zusammen aufgewachsen. Marlen hat mir alles bedeutet.« Gedankenverloren sieht sie aus dem Fenster, als wäre es das Tor zu einer anderen Welt. »Meine Marly.« Cassandra stößt ein trauriges Lachen aus. »Sie war wunderschön, humorvoll und hat mich geliebt, so wie ich sie geliebt habe.« Sie räuspert sich und senkt den Blick. »Mit achtzehn wurde sie schwanger. Mein Vater hat sie gezwungen, das Kind abzugeben. Es hat ihr das Herz gebrochen, doch sie konnte es nicht zulassen, dass ihre Mutter ihre Anstellung in unserem Hause verliert.« Wieder hält Cassandra inne und ich sehe, wie sich ihre Finger in ihr dünnes Nachthemd krallen. »Sie hat mir nie erzählt, wo das Kind ist und es hat mich auch nicht interessiert. Alles, was ich wusste, war, dass es Marly verändert hat. Sie war immerzu traurig. Drei Jahre später hat sie sich umgebracht.« Sie sieht nun mich an. Tränen in den Augen und ein Ausdruck tiefster Traurigkeit auf ihrem Gesicht. Mein Körper zittert. Ich weiß, dass diese Geschichte etwas mit mir zu tun hat, dennoch muss ich es aus ihrem Mund hören.

»Sie war meine Mutter?«, rate ich. Meine Stimme ist nicht mehr als ein Hauchen.

Ihr Blick wandert über mich und ihre Lippe zittert leicht. »Ich habe nie daran geglaubt, dieses Kind jemals zu finden. In manchen Mädchen habe ich sie wiedererkannt, weshalb ich beschlossen habe, einige von ihnen zu retten. Ich dachte, du wärst längst tot, bis ich dich habe kämpfen sehen. Du hast denselben starken Willen wie sie und siehst ihr so ähnlich.«

»Ich …« Ich weiß nicht, was ich sagen soll. Meine Gedanken rotieren ununterbrochen. So oft habe ich mich gefragt, was mit meiner Mutter passiert ist, doch ich hätte nie damit gerechnet, dass ich jemals eine Antwort auf diese Frage bekommen würde. Und vor allem nicht hier. Die Nachricht von ihrem Tod überrascht mich nicht, dennoch wird mir schwindelig, da ich nun die Gewissheit habe. Ich mache ein paar Schritte, um mich an der Wand abzustützen.

Sie ist tot.

Sie starb so jung.

Meinetwegen.

Cassandra kommt auf mich zu. »Du siehst furchtbar aus, Liebes.« Dass sie so nett ist, macht mich nur noch unsicherer. Sie sieht in mir meine Mutter. Ihre Freundin, und vielleicht fühlt sie sich für mich verantwortlich. Die widersprüchlichsten Gefühle kämpfen in meiner Brust gegeneinander an. Ich bin wütend, dass sie meiner Mutter nicht geholfen hat. Habe Mitleid mit ihr und fühle mich gleichzeitig so leer.

»Geh in die Küche und hol dir frisches Wasser. Bring mir auch einen Krug mit. Sag der Köchin, dass ich dich geschickt habe.« Kurz tätschelt sie mir die Wange. Ihre Berührung löst eine Gänsehaut auf meinem Körper aus, doch seltsamerweise habe ich nicht das Bedürfnis, ihr mein Gesicht sofort wieder zu entziehen.

Sie erklärt mir den Weg und weil ich dankbar dafür bin, einen Moment allein sein zu können, gehe ich. Meine Mutter war hier. Hat in dem Bett geschlafen, in dem ich schlafe. Ist über denselben Teppich gelaufen wie ich. Hat all dies gesehen, ehe sie sich umgebracht hat.

Die Küche liegt versteckt im Keller. Das Klappern der Töpfe und die brüsken Rufe einer Frau hallen durch die Gänge, die nur durch wenige Glühbirnen erleuchtet sind. Hier unten riecht es muffig, nach abgestandenem Wasser und altem Essen. »Ist es wirklich so schwer, auf das Kreuz zu achten? Du bist ein Idiot«, beschwert sich die Stimme.

»Es wird schon niemandem auffallen, Ma.« Irgendetwas landet lautstark an der Wand, ehe die Tür, auf die ich zusteuere, mit einem festen Ruck aufgerissen wird. Ich gehe rasch zur Seite, sodass der Kerl mich nicht über den Haufen rennt, und schlüpfe dann noch schnell hinein.

»Hallo«, sage ich und versuche mich an einem Lächeln. Ich will nicht erklären, wieso ich weine. »Ich bin Ella.«

Die Köchin sieht nur kurz hoch, um dann schnaubend wieder in ihren Topf zu blicken. Sie wirkt nicht sonderlich erfreut über meinen Besuch. Ich gehöre nicht hierher, das lässt sie mich mit jeder Faser ihres Körpers spüren. Eigentlich habe ich nie irgendwo hingehört, weshalb es für mich keine große Überraschung ist, dass es jetzt genauso ist. Würde sie mich anders wahrnehmen, wenn sie wüsste, dass ich dem Widerstand angehöre?

Ich gehe auf sie zu, während sie einen großen Kanister Wasser hochhievt und etwas davon in den Topf schüttet, und spähe hinein. »Das duftet wirklich köstlich.«

»Dann hoffe ich, dass es ebenso köstlich schmeckt.« Ihre Stimme trieft vor Sarkasmus, den sie nicht zu verstecken versucht.

»Das mit Ihrem Sohn tut mir leid«, sage ich und weiß sogleich, dass es nur wie eine dahergesagte Phrase klingt.

Sie schnaubt kopfschüttelnd, während sie weiter in dem großen Topf rührt. »Du musst nicht so tun, als interessiere dich, was mit unseresgleichen passiert. Hauptsache, du hast ein schönes Leben,

Prinzessin.« Verwundert über ihre harten Worte weiche ich einige Schritte zurück. Als sie realisiert, was sie in ihrer Wut gesagt hat, legt sie den Löffel zur Seite und blickt nach oben zur Decke. Würde Cassandra davon erfahren, wäre das womöglich ihr Ende. Doch dann lacht sie trocken, als hätte sie darüber nachgedacht und beschlossen, dass dieses Schicksal nicht schlimmer sein kann als das Leben, das sie jetzt führt, und rührt weiter. Es wirkt, als habe sie sich selbst schon lange aufgegeben.

Ich wünschte, ich könnte versprechen, dass bald alles besser wird. Doch das kann ich nicht, ohne Fragen aufzuwirbeln.

»Ich soll einen Krug Trinkwasser holen«, erkläre ich mit dünner Stimme.

»Für dich? Oder für sie?« Die Köchin wischt ihre fettigen Hände an einer schmutzbedeckten Schürze ab und starrt mich genervt an.

»Für uns beide. Macht das einen Unterschied?«, frage ich skeptisch.

»Ja. Sie hat eigene Vorräte. Wer weiß, was daran anders ist. Wir bekommen wahrscheinlich nur den Abfall wie sonst auch!« Ich bin mir sicher, dass ich nie einen verbitterteren Menschen als diese Frau gesehen habe.

Sie tunkt zwei Krüge in große Fässer. Das eine Fass einfach braun, auf dem anderen prangt ein rotes Kreuz.

»Nimm und verschwinde! Ich habe genug Arbeit, die mir keiner abnimmt!« Mich über ihr merkwürdiges Benehmen wundernd, gehe ich wieder zurück, wo Cassandra bereits auf mich wartet. »Welcher ist meiner?«, fragt sie sofort und deutet auf die Krüge. Ich halte ihn ihr hin, doch sie greift nach dem anderen, geht damit zum offenen Fenster und kippt es hinaus. Ich sehe ihr mit offenem Mund dabei zu. Cassandra nimmt nun den zweiten Krug und gießt uns zwei Gläser ein. »Trink! Dann wird es dir bald besser gehen.« Lächelnd nimmt sie einen Schluck und nickt mir auffordernd zu, es ihr gleichzutun.

Kapitel 35

Ella

Mir ist so warm. Ich strampele meine Decke weg. Jemand ist bei mir und legt einen kalten Lappen auf meine Stirn. »Sch, Sch, alles wird gut.« Mutter? Ich erkenne ihr Gesicht nicht. Spüre nur weiche Haut, die über meine streicht.

Wo bin ich? Die Decke dreht sich und ich beginne zu zittern. So kalt! Ich habe Durst! »Wasser«, keuche ich und jemand führt ein Glas an meinen Mund. »Ich passe auf dich auf, bis es dir besser geht.« Cassandra.

Ich wache auf. Wann bin ich eingeschlafen? Mein Schädel bringt mich um. Ich will wieder schlafen. Will träumen. Diese verrückten Träume von fremden Welten und meinem Helden. Cole. Von Wasser und großen Feiern. Ich falle in ein schwarzes Loch. Bin so müde.

Kapitel 36

Cole

»Sagst du mir endlich, was du damit vorhast?« Silas, der draußen Schmiere stehen sollte, steht nun im Türrahmen. Ich beiße mir auf die Zunge, um nichts zu sagen, während ich den Stick aus dem Computer ziehe. Wie kann ein Mensch nur derart ungeduldig sein?

»Manchmal sprechen Bilder mehr als Worte«, erwidere ich, gehe auf ihn zu und halte ihm einen kleinen Bildschirm und den Stick unter die Nase. Nachdem Ellas Kontaktlinsen defekt waren, hat niemand mehr ständig Wache gehalten, also musste ich nur einen Moment abwarten, in dem ich ungestört in den Kontrollraum eindringen konnte. Auf den Rechnern sind alle Aufnahmen, die wir die letzten Jahre zusammengesammelt haben, gespeichert. Ich musste lediglich die wichtigen Ausschnitte heraussuchen und zusammenschneiden. Sowohl Bilder aus *Wonderland*, die wir heimlich zugeschickt bekommen haben, als auch von den Umständen, in denen Ella bei Ethan Smith leben bis hin zu den Kämpfen, an denen sie teilnehmen musste. Das Video dauert nur wenige Minuten, doch es zeigt all das, wogegen wir kämpfen.

»Lass mich mitkommen! Sie ist auch meine Freundin«, bittet Silas, doch ich verneine sofort. Er folgt mir in mein Zimmer, in dem ich meine Soldatenuniform in eine Tasche stopfe. Tatsächlich bin ich dankbar, dass ich ihn nicht mitnehmen kann. Sollte mein Vorhaben scheitern und mir etwas zustoßen, kann immerhin er sich um sie kümmern, wenn sie zurückkommt.

»Ich gehe nicht einfach alte Kumpels besuchen und fragen, ob sie uns unterstützen! Das sind ausgebildete Soldaten und ich habe keine Ahnung, ob sie auf unserer Seite stehen oder nicht!«

Für unseren Zweck brauchen wir ausgebildete Soldaten und genau diese werde ich heute aufsuchen. Weil ich lange genug Teil dieses Teams war, kenne ich ihre Routinen und Abläufe. Heute ist Samstag und samstagabends gehen sie zusammen in eine kleine abgelegene Kneipe. Sie haben nicht oft Freizeit, doch die, die sie haben, verbringen sie damit, die Bilder loszuwerden, die ständig in ihren Köpfen herumgeistern. Es gibt viele Stützpunkte, doch unserer ist mit Abstand der härteste. Diejenigen, die im Stützpunkt in der *Kommune* leben, haben meistens nur gegen kleinere Unruhen anzugehen, während hier draußen oft mit Clans um Leben und Tod gekämpft wird.

»Was, wenn jemand nach dir fragt?«, will Silas wissen und sieht mir dabei zu, wie ich meine Stiefel schnüre.

»Improvisiere! Ella hat mir erzählt, dass du dir gern Geschichten ausdenkst.« Ich nehme meine Tasche und klopfe ihm kameradschaftlich auf die Schulter.

Da unsere Fahrzeuge alle mit Peilsendern ausgestattet sind, schneide ich mit meinem Messer den Beifahrersitz bis aufs Polster auf, um ihn zu entfernen. Phil darf nicht zu früh erfahren, was ich vorhabe. In der Hoffnung, dass niemand die alte Schrottkarre vermissen wird, habe ich den heruntergekommensten Wagen, den wir besitzen, genommen und ihn kurzgeschlossen. Ich hoffe, dass er den Weg überhaupt überleben wird.

Eine Stunde später bin ich mit größter Mühe und mehrmaligem Anhalten, um Kühlwasser nachzufüllen, angekommen. Eilig versuche ich den Wagen zwischen den liegen gebliebenen Fahrzeugen in der Stadt zu verstecken. Damit ihn niemand entdeckt, ich im Notfall dennoch schnell abhauen kann.

Ich habe noch etwa zwei Stunden, bis sie auftauchen. Sicherheitshalber ziehe ich meine Soldatenuniform an, verlasse den Wagen und lasse die Tür einen kleinen Spalt weit auf. So als hätte ich ihn in Eile verlassen müssen. Ein letztes Mal reibe ich mir übers Gesicht und spreche mir selbst Mut zu, dann mache ich mich auf den Weg. Die restliche Strecke lege ich lieber zu Fuß zurück.

Eine Stunde lang verstecke ich mich zwischen den Bäumen vor der Kneipe, um sicherzugehen, dass es meine Leute sind, die ich erwarte, und keine Jungs, die ich nicht kenne. Oder sogar welche, die mir alles andere als wohlgesonnen sind.

Als ich einen Wagen höre, sind meine Glieder bereits steif und von der Kälte durchzogen. Ich erkenne den Fahrer des ersten Fahrzeugs, richte mich auf und marschiere auf die Straße. Die Wagen halten an, die Türen öffnen sich und neun breit gebaute Kerle richten ihre Waffen auf mich.

»Hey, Leute«, rufe ich mit einem zittrigen Lachen in der Stimme. »Schön, euch wiederzusehen.« Erst jetzt erkennen sie mich. Einer senkt für den Bruchteil einer Sekunde die Waffe, bis er sich wieder daran erinnert, was ich getan habe. »Ich will nur reden. Bitte!«

Langsam und mit erhobenen Händen gehe ich auf sie zu. Sie müssen nur erkennen, dass ich keine Bedrohung für sie darstelle. Diese Jungs kennen mich. Sie wissen, wer ich bin und wie ich ticke. Zumindest dachten sie das. Und ich habe die Hoffnung, dass sie noch so viel Vertrauen zu mir haben, dass sie mich nicht gleich auf der Stelle erschießen.

»Fünf Minuten.«

Unsicher wechseln sie stumme Blicke miteinander. Früher waren wir Verbündete, Freunde … Brüder. Und ich habe sie alle hintergangen. Ich weiß, dass sie allesamt gute Männer sind und baue darauf, dass ihre Treue stärker ist als die Befehle, die sie bekamen. Ihre Blicke sind auf mich geheftet und lösen sich keine Sekunde von mir. Sie studieren mich, warten auf eine ruckartige Bewegung, um ihren Zweifeln die Oberhand geben zu können. Erst als Tobias, der Fahrer, der noch in dem ersten Wagen sitzt, ihnen zunickt, senken sie ihre Waffen. Doch die Anspannung legt sich nicht im Geringsten.

Tobias steigt aus dem Wagen, geht auf eine halb eingefallene Scheune zu, die neben der Kneipe steht, und weil er keine Anstalten macht zurückzukommen, folgen die anderen ihm. Ich wusste, dass er ihr Anführer werden würde. Erleichtert atme ich aus. Ich werde also nur ihn überzeugen müssen.

»Was willst du hier, Cole?« Tobias' Stimme ist ausdruckslos, genauso wie sein Gesicht. Das fahle Licht fällt auf die tiefer werdenden Falten auf seiner Stirn. »Das letzte Mal, als ich dich gesehen habe, warst du auf dem Weg zu einer Mission. Du Scheißkerl hast uns im Stich gelassen.«

Ich lehne mich mit dem Rücken an die Tür und betrachte die geschlossene Einheit vor mir. Man vergisst schnell, wie es in einem Team ist. Jeder steht für den anderen ein, man würde sein Leben für seine Kameraden opfern. Ich atme tief durch.

»Ihr kennt mich. Ich bin immer noch derselbe, der euch allen schon mal den Arsch gerettet hat. Ich bin der, der euch Mut gemacht und euch getröstet hat. Ihr konntet euch auf mich verlassen.« Ich sehe sie bittend an. »Es ist riskant, dass ich euch aufgesucht habe, das wisst ihr so gut wie ich. Aber ich vertraue euch auch nach allem noch mein Leben an.«

Bis auf Tobias sagt niemand ein Wort. »Auf deinen Kopf steht eine Belohnung aus. Es ist nicht nur riskant, hier zu sein. Es ist saudumm.«

Ich nicke. »Ihr würdet sicher einige Fässer für mich bekommen.«

Tobias grinst schief. Im Innern ist er genauso wie ich. Ein saudummer Junge, der manchmal lieber auf sein Herz als auf seinen Verstand hört.

»Ich weiß, dass ihr keinen Grund mehr habt, mir zu vertrauen oder mich auch nur anzuhören, aber ich kenne euch. Ihr seid gute Männer.« Ich sehe einen nach dem anderen an. »Ihr müsst mir nicht einmal zuhören. Ich zeige euch etwas, was ihr euch ansehen sollt. Bitte.«

Ein unsicheres Raunen geht durch die Menge und ich erkenne, dass ich sie am Haken habe. Mein Verrat musste für sie ein unglaublicher Schock gewesen sein, doch wenn ich recht behalte, werden am Ende dieses Tages alle meinem Beispiel folgen.

Ohne auf ihre Zustimmung zu warten, lege ich den kleinen Bildschirm auf den Boden und starte den Zusammenschnitt, bei dem ich selbst wegsehen muss, weil ich nicht die Kontrolle verlieren darf. Nicht jetzt. Doch das würde ich, wenn ich noch einmal mit ansehen muss, was Ella mitgemacht hat. Sie scharen sich alle darum und betrachten die Bilder, die manchen vielleicht nur eine vage Ahnung bestätigt, für manche vielleicht vollkommen neu ist.

Kaum ist der Film vorbei, hebe ich den Blick und sehe in blasse und vor Entsetzen verzerrte Gesichter. Ich sehe Hass und Mitleid und Wut.

»Was brauchst du von uns?«, fragt Tobias, ohne von dem letzten Bild, das sich in den Schirm gebrannt hat, wegzusehen.

»Alles, was ihr habt«, gestehe ich und ziehe sämtliche Augenpaare auf mich. »Ihr müsst uns bei einem Krieg unterstützen.«

»Du verlangst von uns, alle zu verraten, die wir kennen. Unsere Leben zu riskieren und gegen unsere Kollegen zu kämpfen.«

Es bringt nichts, zu leugnen. »Es ist viel verlangt.«

Tobias sieht seine Jungs an, die allesamt stur zurückblicken. Ich kenne die Antwort und mir fällt ein Stein vom Herzen.

»Wir warten auf deine Anweisungen. So wie früher.«

»Wir brauchen noch Leute, um diesen Krieg zu gewinnen. Rekrutiert, wen ihr könnt und wen ihr vertraut.«

Kapitel 37

Ella

Wie die letzten Tage schon bin ich seit dem Frühstück bei Cassandra. Heute Morgen haben wir einen Spaziergang im Garten gemacht und seither sitzt sie an ihrem Schreibtisch, während ich in dem Sessel daneben, den wir extra dahingestellt haben, sitze und lese.

»Hier.« Cassandra reicht mir einen Stapel Briefe. »Du sollst zur Post gehen und die Einladungen wegschicken.«

»Einladungen?«, frage ich verwirrt und starre auf die beigen Umschläge. Mittlerweile geht es mir besser denn je. Ich weiß nicht, was ich hatte, doch ich lag zwei Wochen im Bett. Ich war mir sicher, ich würde sterben. Doch Cassandra hat mein Zimmer keine Minute lang verlassen. Sie blieb bei mir, fütterte mich, gab mir viel zu trinken und wusch mich sogar. Ich habe mich gefühlt verloren. Als würde ich durch einen Nebel laufen, auf der Suche nach dem Licht. Ihre Stimme half mir dabei, wieder herauszufinden. Seither fühle ich mich ihr näher. Ich ertappe mich manchmal dabei, wie ich sie anlächle und es von Herzen kommt. Gleich darauf besinne ich mich, wer sie ist, und schäme mich dafür. Dennoch kann ich nichts dagegen tun.

»Ich veranstalte jedes Jahr eine große Weihnachtsfeier, zu der alle wichtigen Leute eingeladen werden.«

Ich höre den Herzschlag in meinen Ohren, als mir eine Idee kommt. Sie ist riskant, doch ich darf sie nicht verwerfen, dafür kommen mir zu wenig gute. »Und ich soll allein in die Stadt?«

Sie beugt sich wieder über einen Brief und schreibt unbeirrt weiter. »Natürlich, Liebes. Ich vertraue dir.« Als sie ihn beendet hat, steht sie auf und wendet sich zum Gehen. »Zieh den an«, sagt sie und deutet auf einen roten Mantel, der über dem Stuhl hängt. Als sie an der Tür ankommt, wirft sie mir noch ein kurzes Lächeln zu, ehe sie hinausgeht.

Mein Herz schlägt heftig. Doppel so schnell wie sonst, als ich in der Schublade, aus der sie die Briefe genommen hat, nach einem Blatt Papier und einem weiteren Umschlag suche.

Cole,

Ich wünschte, ich könnte euch geben, was ihr wollt, nur geht das nicht, da es nur in ihren Erinnerungen existiert. Sie wird es mir nicht verraten, dafür vertraut sie mir nicht genug! Ich habe Angst, dass ich irgendwann mein Ziel aus den Augen verliere, wenn ich noch länger hier bin. Ich kann meinen eigenen Gefühlen schon länger nicht mehr trauen. Du musst mich hier rausholen. Du weißt sicher von dem Fest, das sie in drei Wochen gibt? Ich warte da auf dich!

In Liebe

Ella

Obwohl ich Cole so viel mehr sagen will und so viel erklären muss, müssen diese Zeilen genügen. Ich hoffe, dass sie ihn erreichen. Ich ziehe den roten Mantel an, nehme die Briefe, schiebe meinen dazwischen und verlasse das Haus.

Im Innern hatte ich nicht bemerkt, dass es zu regnen begonnen hat.

Von der Sekunde an, in der ich draußen bin, genieße ich den Wind und die Gerüche, die in der Luft liegen. Ich genieße sogar die Kälte und die Nässe. Ich kann nicht genug davon bekommen und bin ganz begeistert, wenn ich hinausgehen darf. Cassandra verlässt ihr Haus nur selten.

Weil die Wachen vor der Tür niemanden ohne Erlaubnis wieder hineinlassen, hat Cassandra mir einen Umschlag mitgegeben, in dem diese erteilt wird. Ich habe ihn mir in die Innentasche des Mantels gesteckt, damit ich ihn keinesfalls verliere.

Der Weg hinunter zum Dorf ist nicht lang und doch brauche ich fast eine Stunde, bis ich unten angekommen bin.

Der Himmel verdunkelt sich so plötzlich, dass ich es kaum wahrnehme. Er ist grau, beinahe schwarz, doch es ist weniger die Dunkelheit, die mich nervös macht, als vielmehr die Ungewissheit, ob ich das Richtige tue oder einen großen Fehler begehe. Wenn dieser Brief abgefangen wird, bin ich aufgeschmissen.

Die Stadt ist anders, als ich sie mir vorgestellt habe. Geräusche, die eigentlich gar nicht da sind, dringen in mein Ohr und lassen mich in meinen Bewegungen innehalten.

Ich laufe breite Straßen entlang, die von hohen Wohnhäusern gesäumt sind. Je weiter ich in die Stadt vordringe, desto enger werden die Straßen und grauer der Rest. Hier leben die Soldaten und ihre Familien. Die besser gestellten Freunde und Familien der *Aquas*. Jeder, der jemanden mit Einfluss kennt. Ich höre grelles Lachen und laute Stimmen.

Obwohl ich weiß, wohin ich die Briefe bringen soll, beschließe ich, die Möglichkeit zu nutzen und mich ein wenig umzusehen. Auch hier muss es Anhänger der Bruderschaft geben und vielleicht kann ich einem von ihnen den Brief an Cole mitgeben. Die Gefahr wäre viel geringer.

In einer Seitengasse entdecke ich ein Lokal mit großen Fensterfronten, hinter denen sich etliche Menschen tummeln. Männer in Uniform sowie Frauen in knappen Kleidchen und alte Leute sind hier versammelt. Ich entdecke das Symbol des Widerstands. Der Baum. Eingebaut in einem Bild auf einer Holztafel. Versteckt für all jene, die es nicht kennen, deutlich für jene, die danach suchen. Als ich das Lokal betrete, presse ich mir die Briefe eng an den Körper. Weil niemand mich bemerkt, bahne ich mir einen Weg zum Tresen. Ein beleibter graubärtiger Mann mustert mich von oben bis unten.

Er stützt sich auf den Tresen und ich lehne mich nach hinten, um ihm nicht mehr so nah zu sein.

»Wie kann ich dir helfen, Kleines?« Ich betrachte das aufgesetzte Lächeln. Ich kann mir vorstellen, dass sich nicht oft Fremde hierhin verlaufen.

»Ich wollte mich nur ein bisschen umsehen«, sage ich mit so fester Stimme wie möglich. Dennoch klingt sie verängstigt. *Super.*

»Setz dich und trink einen mit uns.« Er deutet auf den Barhocker neben mir, doch lächle nur verneinend. Unauffällig versuche ich mir einen Überblick über die Gäste zu verschaffen.

Der Graubärtige schürzt abwertend die Lippen. »Was ist an meinem Vorschlag auszusetzen? Du hast sicher einiges zu erzählen. Wir könnten alle ein bisschen Unterhaltung vertragen, oder, Jungs?«

Einige der Kerle neben mir lachen und betrachten mich genauer. Von diesen Männern sieht niemand so aus, als würde er für unsere Sache kämpfen. Viel wahrscheinlicher um den nächsten Alkoholrausch.

Als wäre die Situation nicht bereits verzwickt genug, mustert mich einer der Kerle genauer und verengt die Augen in dem Moment, in dem ich mich zum Gehen wenden will. Er gehört zu Cassandras Schneidern.

»Hey!«, ruft er lallend. »Du bist doch Cassandras neuer Schoßhund!«

Alle Gespräche verebben, als haben die Leute nur auf diesen Augenblick gewartet. Frischfleisch.

Ich muss feststellen, dass es ein riesiger Fehler war, herzukommen.

Spätestens wenn sie die Briefe sehen, werden sie Bescheid wissen. Plötzlich höre ich wütende Rufe, als einige Kerle zur Seite gestoßen werden und zwei identisch aussehende Typen auf mich zustürmen. Ich kenne einen von ihnen irgendwoher.

»Sie gehört uns!«, knurrt er und packt mich grob. Sein Zwilling macht es ihm nach und schnappt sich den anderen Arm.

Sie werden von niemandem aufgehalten, als sie mich hinaus in die Dunkelheit schleifen. Sie reden nicht mit mir, kichern jedoch wie kleine Mädchen, als wir an einem der Hochhäuser stehen bleiben, sie meine Manteltaschen durchsuchen, einer mich über die Schulter wirft und sieben Stockwerke hinaufträgt. Bei jedem Schritt pralle ich mit dem Oberkörper gegen seinen breiten Rücken. Er stört sich nicht daran und trampelt sogar noch rücksichtsloser die Stufen hoch. Ich schreie und trete um mich, doch niemand hört mich. Oder niemanden interessiert, was mit mir passiert. Oben angekommen, wartet er, bis sein Bruder die Tür geöffnet hat, und tritt ein.

Der Gestank nach Rauch schlägt mir entgegen. Die Wohnung ist düster. Kahle Betonwände und ein schimmliger Teppichboden.

Als der Kerl mich unsanft auf den Boden stellt, donnert uns eine wütende Frauenstimme entgegen.

»Da seid ihr zwei Idioten ja endlich! Das Essen ist fertig. Denkt ihr, ich stehe auch noch hier gern stundenlang in der Küche, um den feinen Herren …«

Ich werde weitergeschubst und die Frau erstarrt, als sie mich entdeckt. Verwirrt starre ich in das ebenso verwunderte Gesicht der Köchin. Dies müssen ihre Söhne sein!

»Lass mich los!«, fauche ich und winde mich endgültig aus ihrem Griff.

»Was will die hier?«, schnaubt sie und wischt sich die Hände an der Schürze ab.

»Sie hat Briefe von der Hexe«, sagt einer von ihnen, schubst mich in ihre Richtung und reicht ihr die Einladungen.

»Ist das so?«, fragt sie und eine unheimliche Belustigung tritt auf ihr Gesicht. »Und was ist mit dem hier? Der stammt wohl kaum von ihr, oder?« Die Köchin zieht die Nachricht an Cole, die halb zusammengeknüllt ist, aus meinen Fingern und öffnet den Umschlag. Sie verstummt, als sie die Zeilen überfliegt. Kurzerhand zucken ihre Augen hoch zu meinem Gesicht, dann wieder auf den Brief.

»Was ist das?«, fragt sie zischend, ohne den Blick ein weiteres Mal zu heben. Die kräftigen Kerle neben mir recken die Hälse, um ebenfalls in das Geheimnis eingeweiht zu werden.

Ich bin mir unsicher, ob ich lügen oder die Wahrheit sagen soll. Einer der Jungs umfasst meinen rechten Arm und drückt so fest zu, dass ich vor Schmerzen aufschreie.

»Mom hat dich etwas gefragt«, knurrt er mit undeutlichen Worten.

»Das geht euch nichts an«, gifte ich ihn an und versuche mich wieder zu befreien.

Während die Köchin die Zeilen noch einmal genauer liest, sehe ich mich nach einer Waffe um. Auf keinen Fall darf ich zulassen, dass sie Cassandra davon erzählt.

Der Raum wird offensichtlich als Wohn-, Esszimmer und Küche benutzt. Konservendosen und Holzscheite stapeln sich an der Wand gegenüber der grauen Küche, die auch schon bessere Tage gesehen hat. Vor den Dosen entdecke ich mehrere Wasserfässer. Eines von ihnen trägt ein rotes Kreuz. Ich erinnere mich an das Gespräch zwischen der Köchin und ihrem Sohn, das ich mitbekommen hatte, und bin mir sicher, dass dieses Fass nicht hier sein dürfte.

Mein Herz schlägt schneller. Vielleicht muss ich gar nicht gegen sie kämpfen. Als ich mich von diesem Gedanken löse, bemerke ich, dass sie mich mit zusammengekniffenen Augen mustert.

»An wen ist das?«, fragt sie leise. Ihre Stirn liegt in Falten, was sie noch älter wirken lässt.

»An den Widerstand«, knurre ich und will gerade ergänzen, dass Cassandra von dem gestohlenen Wasser erfährt, wenn der Brief in die falschen Hände gerät, da beginnt die Köchin, den Brief sorgsam zu falten. »Bo bringt dich zurück. Sten gibt deinen Brief ab. Er schafft ihn eigenhändig über die Grenze. John darf man nicht trauen.« Ohne mein Einverständnis abzuwarten, schleifen mich die Zwillinge wieder aus der Wohnung.

Widerstrebend folge ich Bo, der kein Wort spricht, mir nur hin und wieder zweifelnde Blicke zuwirft. Für Außenstehende könnte es so aussehen, als wäre ich seine Gefangene, die er gerade Cassandra ausliefert.

Als wir bei Cassandras Anwesen ankommen, lässt Bo mich allein weitergehen, da er nicht mit mir gesehen werden will. Obwohl er seiner Mutter in der Küche hilft und von den Wachen hineingelassen worden wäre, kann ich seine Entscheidung nachvollziehen. Ich hätte an seiner Stelle genauso gehandelt. Im Eingang werde ich abgetastet und kurz darauf stehe ich vor Cassandras Tür und klopfe zögerlich an. Mein Körper bewegt sich wie programmiert.

»Komm rein.« Cassandra wirkt überrascht, als sie mich erblickt. Sie sitzt auf ihrem Bett und bestickt ein Kissen. Noch nie habe ich sie so entspannt gesehen. Sie hat offenbar nicht mehr mit mir gerechnet.

»Du bist wieder da«, bemerkt sie.

»Wo sollte ich auch sonst sein?«, sage ich wie beiläufig und setze mich wie selbstverständlich in den Sessel, um mein Buch, das ich da habe liegen lassen, weiterzulesen.

»Ich habe nichts anderes erwartet«, lügt sie. Sie dachte, dass ich abhaue.

Doch hätte sie mich tatsächlich einfach gehen lassen?

Kapitel 38

Cole

Es ist noch früh am Morgen. Noch ehe ich mich fertig angezogen habe, klopft es an meiner Zimmertür und Miranda öffnet sie einen Spalt. »Meine Brüder haben heute Morgen einen Brief erhalten. Er ist für dich.« Sie geht hinaus und noch während ich mir das Shirt überziehe, folge ich ihr. »Von wem?«, frage ich rasch und mit aufgerissenen Augen.

»Dreimal darfst du raten.« Ihre Stimmlage könnte nicht verräterischer sein.

Mein Herzschlag setzt aus. »Ella …« Miranda antwortet nicht, beschleunigt lediglich ihre Schritte, bis wir vor Phils Büro stehen, in das sie ohne zu Klopfen hineingeht. Ihre Brüder stehen unruhig neben dem Bürotisch und sehen zu dem Brief, den Phil in der Hand hält.

»Wer war es, der ihn euch überbracht hat? Und wie konnte er über die Grenze gelangen?«, will Phil von den Brüdern wissen und starrt sie mit dem autoritären Blick an, den ich früher an ihm bewundert habe.

Jim und Jay sehen sich achselzuckend an. »Das haben wir nicht gefragt. In der Stadt hat jemand nach einem Cole gefragt und wir dachten, dass wir ihn lieber an uns nehmen sollten, bevor sonst jemand ihn in die Finger bekommt.«

»Und ihr fandet nicht, dass es wichtig wäre nachzuforschen, wer derjenige war?«, frage ich entsetzt über die Nachlässigkeit der beiden. Wie kann ihre Schwester ein so wertvolles Mitglied der Bruderschaft sein und ihre Brüder bringen nicht die einfachsten Aufgaben zustande?

»Haut ab!«, zischt Phil, woraufhin die Brüder flüsternd den Raum verlassen. Sie werden es niemals verstehen.

Sobald die beiden weg sind, öffne ich den zerknitterten Umschlag, den Phil mir gegeben hat. Es ist Ellas Handschrift. Mein Magen zieht sich zusammen. Als ich ihn dreimal gelesen habe, stecke ich ihn in meine Hosentasche.

»Stell deine Truppe zusammen, bald holen wir sie heraus.« Wenn er wüsste, dass ich dies vor wenigen Tagen ohne sein Wissen gemacht habe, würde er mich in Stücke reißen. »Und wir werden Cassandra Fiala in unsere Gewalt bringen. Koste es, was es wolle. Ohne die Formel kommen wir keinen Schritt weiter. Wenn sie sie Ella nicht freiwillig verrät, werden wir sie dazu zwingen.«

Es wäre nicht das erste Mal, dass die Bruderschaft versucht hat, sie zu entführen, weshalb ich mich frage, wieso es ausgerechnet jetzt klappen soll. »Was ist dieses Mal anders?«, will ich wissen.

»Wir werden Ella als Druckmittel verwenden.« Phil sieht mich unentwegt an. »Meine Schwester, Ellas Mutter, hat Cassandra sehr viel bedeutet. Sie war der einzige Mensch, für den diese kaltherzige Frau alles gegeben hätte. Nur dass ihr Vater sie vergewaltigt hat und daraus ein Kind entstanden ist. Ich bin mir sicher, dass Cassandra sich vor Ella stellen würde, wenn wir sie bedrohen.«

Mit angehaltenem Atem sehe ich ihn an und ich sehe im Augenwinkel, dass auch Miranda wie erstarrt ist. Sie wusste genau wie ich nichts davon. Das war also sein Plan. Von Anfang an. Wie konnte ich diesem Mann nur jemals vertrauen?

Kapitel 39

Ella

Cassandra und ich sitzen in einer Limousine mit abgedunkelten Fenstern. Nie hätte ich gedacht, dass ich jemals in so einem Wagen fahren würde. Es fühlt sich an, als säße man auf einem fahrenden Sofa. Ich sehe hinaus und lasse meinen Blick über die weiten Felder schweifen. Der Winter hat längst begonnen und in der Nacht hat es gefroren. Die Welt wirkt irgendwie gepudert. Das frostbedeckte Gras schimmert minzgrün. Der Himmel ist getaucht in ein sanftes Rosa und blasses Blau. Nur die orangene Sonne strahlt durch die weißen Wolken hindurch. Wir halten vor einem weißen Backsteingebäude. Cassandra steigt aus und ich tue es ihr gleich. Der Boden ist bedeckt mit marmoriertem Pflaster, auf dem unsere Schritte klackend widerhallen. Cassandra wollte vor dem Fest, das sie gibt, noch einmal alles durchgehen. Zeitabläufe mit dem Catering, das Menü mit der Köchin, Arrangements der Tische und Dekorationen und sie hat mich gebeten, sie dabei zu begleiten. Ich folge ihr in das Gebäude, in dem bereits etliche Menschen hastig umherirren. Einige Frauen knien auf dem Boden und schrubben ihn blitzeblank, während andere mit stapelweise Geschirr von einer Ecke zur anderen laufen, um es auf rot eingedeckten Tischen zu platzieren

»Wo ist die Köchin?«, fragt Cassandra einen Mann, der mit einer weißen Porzellanschüssel vorbeiläuft. Sein Blick wirkt ein wenig beängstigt, als er erst zu mir und schließlich zu Cassandra sieht.

»Sie … sie ist nicht hier.« Beinahe panisch starrt er sie an und seine Augen werden größer, während sie ihn nicht einmal ansieht.

»Sucht sie!« Mit kalter Miene marschiert Cassandra weiter und ich sehe am tiefen Aufatmen des Mannes, wie erleichtert er ist. Während ich ihr hinterherdackele, bewundere ich die imposante Architektur des Gebäudes. Die Wände im Innern sind nicht verputzt oder gestrichen. Blanke weiße Steine, hie und da hinter dunkelbraunen Balken versteckt. Zwei der Wände sind hoch, gehen über drei Stockwerke, die links und rechts des großen Saals angeordnet sind. Man erreicht sie über Treppen, die sich gleich neben der Eingangstür befinden. Wie Galerien liegen sie über uns. Ich kann durch die transparenten Geländer die Menschen dort oben beobachten. Es riecht nach Kaminfeuer, Zimt und Äpfeln. Beinahe trete ich Cassandra auf die Ferse, als diese urplötzlich stehen bleibt, um mit einer jungen Frau über die Arrangements der Pflanzen zu diskutieren. Diese nickt lediglich und notiert sich alles auf einem Blatt Papier. Ich frage mich, wie Cassandras Leben wohl sein muss. Ohne Freunde, ohne Menschen, die einen wirklich mögen. Sie muss schrecklich einsam sein.

Nach nur einer halben Stunde macht Cassandra sich wieder auf die Suche nach der Köchin, doch sie ist nicht hier. So langsam befürchte ich, dass dies ernsthafte Konsequenzen haben wird, denn Cassandras Laune sinkt weiter. Mittlerweile ignoriert sie sogar mich, sodass ich mich fühle wie ein lästiges Anhängsel. Mit zwei Schritten Abstand laufe ich ihr hinterher zur Limousine, deren Tür sie lautstark hinter sich zuzieht. Ich bin froh, dass der Fahrer noch auf mich wartet, denn sobald ich sitze, gibt Cassandra harsch den Befehl, loszufahren.

Die Stimmung während der Rückfahrt ist so angespannt, dass ich die meiste Zeit die Luft anhalte, aus Angst, ihr einen Grund zum Ärger zu geben.

An ihrem Anwesen angekommen, laufen wir in Richtung ihres Zimmers, doch ehe wir dort sind, hält ein Wachmann sie auf.

»Wir sollten nach der Köchin suchen«, sagt er nüchtern. Er rührt sich nicht, die Augen starr nach vorn gerichtet. »Sie und ihre Jungs sind krank, Madam.«

»Krank?« Ich beobachte Cassandra, wie sie mit ihrem Kiefer fest zusammenbeißt.

Der Wachmann nickt. Seine Stimme klingt vollkommen gefühllos. »Sie leiden an denselben Symptomen, wie man sie durch das vergiftete Wasser bekommt.«

»Wieso sollten sie …« Sie erstarrt, ehe sie ihren Satz beendet. Wutentbrannt eilt sie den Weg wieder zurück, den wir eben gekommen sind. Ich bezweifle, dass ich ihr folgen soll, dennoch tue ich es unauffällig. Sie läuft so schnell durch die Gänge, dass ihr Kleid hinter ihr herschwebt wie ein Umhang. Wir landen in der Küche, in der ich mich verwundert umsehe, doch Cassandra weiß sofort, was sie sucht. Schnurstracks geht sie auf die Wasserfässer zu und beginnt zu zählen.

»Eines fehlt«, knurrt sie und schlägt mit der geballten Faust auf den Tisch. Erst da entdeckt sie mich und starrt mich mit eisigem Blick an. »So danken sie mir meine Gutmütigkeit? Ich gebe ihnen Arbeit und sie bestehlen mich?« Sie stößt wütend die Luft aus.

»Woher …« Ich will fragen, woher sie wusste, dass ein Fass ihres Wassers fehlt, doch mit einem Mal bleibt mir die Luft zum Atmen weg, als es mir wie Schuppen von den Augen fällt.

Die Köchin und ihre Söhne sind krank. Wie ich es war, nachdem ich das Wasser aus Cassandras Fass trinken sollte. Was … wenn alles eine Lüge ist? Ich erinnere mich an das Dorf, in dem ich gemeinsam mit Cole und Josh war. Die davon gesprochen haben, dass sie nur wenige Wochen krank gewesen sind und dann unbeschwert von der Quelle trinken konnten. Was, wenn es nicht an der Quelle liegt, sondern daran, dass unser Körper sich erst einmal daran gewöhnen muss?

»Das Wasser …« Ich halte den Atem an. Habe Angst, dass sie mich für meine Frage bestrafen wird, und habe gleichzeitig Angst, dass ich recht habe und wir all die Jahre so blind gewesen waren. »Es ist nicht mehr vergiftet, habe ich recht?«

Sie verengt die Augen und kommt mit langsamen Schritten auf mich zu. »Wie kannst du es wagen?«

»Habe ich recht?«, wiederhole ich meine Frage mit zitternder Stimme.

»Ich habe alles für dich getan!«, zischt sie wütend.

Ich versuche meine Furcht zu ignorieren und rühre mich nicht von der Stelle, als sie dicht vor mir stehen bleibt. »Unser Körper kann sich daran gewöhnen! Stimmt es?«

Sie hebt das Kinn, bedenkt mich mit einem ungerührten Blick, der meine Vermutung bestätigt. Sie leugnet es nicht einmal. »Die Insel würde im Chaos versinken, wenn keine Ordnung mehr herrscht!«

»O Gott«, murmle ich. Ich mache einen Schritt zurück und lehne mich gegen den Arbeitstresen, weil mir plötzlich schwindelig wird. »Wie lange ist das schon so?«

»Einige Jahre«, antwortet sie bestimmt, ohne die geringsten Gewissensbisse.

»Und sie haben es für sich behalten«, entgegne ich flüsternd.

Sie schnalzt genervt mit der Zunge. »Es musste sein, um den Frieden aufrechtzuerhalten.«

Es ging ihr nie um den Frieden, sondern um ihre Macht, doch das sage ich nicht. Ich weiß, in welcher Gefahr ich nun mit diesem Wissen schwebe, und kann nicht einschätzen, wie weit ich noch gehen kann. Mit hämmerndem Herzen stehe ich da und zweifle an allem, was ich in den letzten Monaten in ihr gesehen habe. Am Ende versuchen wir das Gute in den Menschen zu finden, auch wenn wir es nur ein Funke ist. Dieser Funke verpufft in ebendieser Sekunde.

Kapitel 39

Cole

Der Unterschlupf der Bruderschaft ist erfüllt von Trubel und Aufregung. Heute ist der Tag der Weihnachtsfeier gekommen. Nach etlichen Wochen habe ich endlich wieder eine sinnvolle Tätigkeit und sehe ein Licht am Ende des Tunnels.

Seit zwei Tagen erscheinen Freiwillige, die sich uns anschließen. Heute früh erreichten uns auch meine Freunde. Die Soldaten wurden von vielen skeptisch beäugt, doch niemand hat es gewagt, etwas gegen sie zu sagen. Sogar Phil wirkt angetan davon, dass sie für uns kämpfen. Womöglich sieht er in ihnen der Trumpf im Ärmel, der ihm vorher gefehlt hat.

Tobias stößt zu mir und legt mir seine breite Hand auf den Rücken. »Wir müssen los, Cole. Die Männer werden ungeduldig. Es haben sich so viele Menschen versammelt, dass wir sie nicht noch länger unterbringen können, ohne zu stapeln.« Ich nicke stoisch, während ich auf den Bildschirm starre. Obwohl er nach wie vor schwarz vor mir liegt, weiß ich, dass Ella irgendwo auf mich wartet.

»Es gibt jemanden, dem nichts passieren darf«, murmle ich bitter.

Tobias stößt einen leisen Seufzer aus. »Es sind viele unschuldige Menschen dort. Wir werden nicht nur unsere Feinde angreifen, das ist dir doch bewusst, oder?«

Er hat recht und ich weiß es.

Ich nicke, verlasse den Kontrollraum und mache mich auf die Suche nach Phil. Ich finde ihn umringt von einem Dutzend Männern, die auf ihn einreden, doch ich drängle mich an ihnen vorbei. Ich habe noch eine letzte Sache zu unternehmen, bevor wir losziehen.

»Phil? Ich habe Silas in einem Zimmer eingeschlossen. Ella würde es uns niemals verzeihen, wenn ihm etwas passieren würde.«

Er nickt knapp, als interessiere er sich nicht dafür, und wendet sich wieder an die Meute. Er genießt die Aufmerksamkeit und ergötzt sich daran, wie sehr sie ihn anbeten. Kopfschüttelnd überlasse ich ihn den arschkriechenden Gestalten, vor denen er sich so wundervoll profilieren kann.

Bei unserem Aufbruch weiß jeder, was zu tun ist. Jeder kennt seine Aufgabe. Ich fahre in einem Transporter mit Tommy, Miranda und Tobias' Einheit. Wir rücken in einer Kolonne aus etwa zwanzig Wagen auf der Straße an, was ungefähr achtzehn mehr sind als sonst.

Doch erst als wir an dem Tunnelsystem angekommen sind, spüren wir die Ernstlage. Schmuggelware war in früheren Zeiten groß im Rennen und durch dieses Tunnelsystem gebracht worden,, das durch das *Makoma-Gebirge* führte. Das größte Gebirge der Insel, das die *Kommune* von *Paria* abgrenzt. Hier wurden die Güter ungesehen von der Regierung von A nach B transportiert. Wir nutzen es nun, um genauso heimlich in die *Kommune* vorzudringen. Da es so versteckt liegt, kennen nur wenige Menschen seinen Verlauf. Einer unsere Mitglieder ist eine dieser Personen, was unser Vorteil ist. Wir bewegen uns fort wie eine Person. Still und einheitlich. Als die ganze Menge zum Stehen kommt, drängen Tobias und ich uns an ihnen vorbei, um einigen Männern dabei zu helfen, einen gigantischen Felsbrocken zur Seite zu schieben. Die letzte Grenze zwischen *Paria* und der *Kommune* ist somit aus dem Weg geschafft. Vor uns klafft ein gewaltiges Loch, hinter dem nur Dunkelheit liegt. Auch die letzten Gespräche sind nun endgültig abgeebbt. Wenn man bedenkt, dass wir zweihundertdreißig Menschen sind, ist die Stille beinahe gespenstisch. Bis auf das Knirschen unserer Schuhe auf unebenem Boden und dem unruhigen Wind, der seinen Weg in die Höhle hineingefunden hat und nun durch die schmalen Gänge pfeift, ist nichts zu hören. Und umso weiter wir vordringen, desto mehr verebbt auch dieser. Der Wunsch, meine Begleiter zur Eile anzutreiben, wird von Sekunde zu Sekunde stärker. Wir hören aus der Ferne trappelnde Schritte und manchmal ein einzelnes Knurren. Wilde Hunde, die hier Schutz suchen, doch sie sind so weit weg und haben zu große Angst vor uns, dass wir uns nicht in die Quere kommen. Ab und an fallen kleinere Gesteinsbrocken von der Decke, doch auch sie bilden keine Gefahr.

Wir laufen und atmen beinahe im Gleichmarsch und ich bin mir sicher, dass sogar unsere Gedanken sich gleichen. Manche geprägter von der Wut, andere beflügelt von der Chance auf Veränderung – doch alle denken wir an den bevorstehenden Kampf. An die Leben, die wir retten werden. Dennoch denke ich auch daran, was wir opfern müssen.

Obgleich ich nicht alle diese Menschen persönlich kenne, habe ich Respekt vor jedem einzelnen. Jeder geht mit dem Wissen in den Kampf, dass er sein Leben lassen könnte. Dass er niemals selbst erleben wird, was wir erreichen. Und doch sind sie hier. Hoffen, beten, kämpfen. Für uns. Für sich.

Für eine bessere Welt.

Plötzlich bleiben wir stehen. Mit einigen anderen habe ich das Schlusslicht gebildet, um niemanden bei den Abzweigungen zu verlieren, weshalb ich jetzt nicht weiß, wieso wir anhalten. Nach wenigen Minuten setzt Unruhe ein. Gehetzt zwänge ich mich durch die Meute, die dicht an dicht aneinandergedrängt steht. Irgendjemand muss für Ruhe sorgen und selbstverständlich bleibt diese Aufgabe an mir hängen. Wieso Phil sie nicht zu beruhigen versucht, kann ich mir nicht erklären. Doch das kann ich in letzter Zeit bei kaum einer seiner Entscheidungen.

Als ich mich endlich an die Spitze vorgekämpft habe, entdecke ich Phil, der mit erhobenem Haupt auf etwas wartet.

»Gibt es ein Problem?«, frage ich.

Ein kaum merkliches Lächeln entsteht auf seinem Gesicht. »Wir sind da. Es ist so weit.«

Kapitel 40

Ella

Cassandras Kleid ist wie der schwarze Nachthimmel. Wunderschön, mit etlichen funkelnden Steinen besetzt und fähig, einem den Atem zu rauben. Es sieht aus, als schwebe sie über den Boden, als wir eine halbe Stunde zu spät in der bereits gefüllten Festhalle ankommen. Unzählige Gäste in schimmernden Gewändern und mit aufwendigen Frisuren erwarten Cassandra bereits. Die Gläser in den Händen, drehen sie die Köpfe nach ihr um und beginnen zu tuscheln. Cassandra sagte, dass der richtige Auftritt mindestens so wichtig wäre wie gutes Essen. Die Leute flüstern, als wir an ihnen vorbeikommen. Obwohl Cassandra im Grunde eine von ihnen ist, kennen sie nur wenige persönlich, weshalb man sich über sie Geschichten erzählt und sie bei einigen so was wie eine Legende ist. An diesem einen Tag haben viele Menschen die Chance, sie kennenzulernen, die im normalen Leben niemals die Möglichkeit dazu hätten. Neben ihren Freunden hat sie auch gewöhnliche Leute aus der *Kommune* eingeladen. Ein Diener befindet sich vor der Treppe der Bühne und streckt eine Hand nach Cassandra aus. Sie ergreift sie sanft und lässt sich hinaufhelfen. Der Saum ihres Kleides bedeckt die ganzen Stufen, sodass ich warten will, bis sie oben angekommen ist, um ihr zu folgen, doch sobald sie seine Hand losgelassen hat, stellt der schwarzhaarige Mann sich mir in den Weg. Ich wundere mich nicht, dass ich nicht mit Cassandra vor ihrem Volk stehen soll. Denn seit ich herausgefunden habe, dass unser ganzes Leben auf einer großen Lüge basiert, bröckelt das Verhältnis zwischen Cassandra und mir. Alles Gute, was ich in ihr gesucht und gedacht habe, gefunden zu haben, ist in weite Ferne gerutscht. Ich kann nicht so tun, als würde ich gutheißen, was sie getan hat und immer noch tut. Deshalb bin ich ganz froh darüber, dass ich nun in der Masse untertauchen kann. Vielleicht bietet sich mir die Chance, einen Fluchtweg zu finden. Zwar bleibt mir die Hoffnung, dass Cole mich retten wird, doch im Endeffekt darf ich mich nicht darauf verlassen. Ich schiebe mich zwischen zwei breit gebaute Männer, neben denen man mich kaum erkennen kann, und während Cassandra das Mikrofon auf der Bühne zurechtrückt, mache ich kleine Schritte weiter zurück, ohne das Gesicht von ihr abzuwenden.

»Ich freue mich sehr, euch heute hier begrüßen zu dürfen. Für all die bekannten Gesichter und diejenigen, die zum ersten Mal hier sind.« Sie macht eine alles umfassende Geste. »Willkommen auf diesem Fest, mit dem wir das Leben feiern. Alles, was wir erreicht haben! Wir feiern den Zusammenhalt der *Kommune* und den Erfolg unseres Systems.« Sie wartet auf Applaus, der sogleich ertönt, ehe das künstliche Lächeln auf ihren Lippen auftaucht. Sie macht sich nichts aus diesen Menschen. Aus keinem einzigen. Sie belügt sie. Benutzt sie und tut nun so, als wäre sie eine von ihnen. »Trinkt und esst, so viel ihr könnt! An diesem Tag ist meins auch eures.« Nach der Ansprache hebt Cassandra ein Glas mit langem Hals und prostet der Menge zu. Alle heben wie einstudiert ihre Gläser und strahlen Cassandra breit an, während ich mir langsam, aber sicher einen Weg nach hinten bahne. Ein Mann stellt sich mir urplötzlich in den Weg, sodass ich ihm auf die Zehen trete. Mit gerunzelter Stirn sieht er mich an und will gerade etwas sagen, als eine Explosion ertönt.

Die Menschen schreien auf und ducken sich. Einige von ihnen sehen sich hektisch um, doch es bleibt keine Zeit, bis schon der nächste Knall den Boden zum Beben bringt. Putz rieselt von der Decke und Staub wirbelt um uns herum. Cassandras Blick fliegt hilflos über die Menge und landet auf mir. Die Wachen, die neben ihr postiert sind, wollen sie bereits von der Bühne schleifen, doch sie stoppt sie. Ich höre nicht, was sie sagt, doch noch bevor die Wachen antworten können, richtet Cassandra sich auf und sie entfernen sich nickend. Sie steht jetzt beinahe ungeschützt da. Nur noch ein Mann hält hinter ihr seine Position, während sie die Hände hebt und die Aufmerksamkeit der Besucher auf sich zieht.

»Beruhigt euch, meine Freunde. Uns kann nichts passieren!« Sie setzt zu einem weiteren Satz an, als nicht weit entfernt Schüsse ertönen. Schreie sind zu hören und die ersten Gäste versuchen sich durch den Pulk zu schieben. Dann sind die Schüsse plötzlich viel näher. Mit einem Aufschrei ihrer Wache, der gleichzeitig mit einem weiteren Schuss erklingt, wird Cassandra zu Boden gerissen.

Ich suche gerade den Raum nach dem Schützen ab, als jemand mich unsanft zu Boden reißt. Jeder versucht hinauszukommen, achtet nicht auf seinen Nebenmann. Meine Gedanken rasen, ebenso wie mein Puls. Ich muss aufstehen! Wenn ich liegen bleibe, werde ich überrannt. Ich zwinge mich, meine zitternden Glieder zu kontrollieren, und kämpfe mich auf die Beine. Cassandras Helfer richten sie ebenfalls wieder auf und zerren sie von der Bühne. In der Menge bricht ein Durcheinander aus. Bewaffnete Männer laufen umher, schützen die *Aquas*, während der Rest seinem Schicksal überlassen wird.

Leute um mich herum schreien panisch durcheinander, weinen, schubsen sich gegenseitig aus dem Weg, um sich selbst zu retten. Eine grauhaarige Frau fällt zu Boden und die Leute laufen einfach weiter. Über sie hinweg. Bis sie aufhört zu schreien.

Kapitel 41

Cole

Ich kann nicht einen klaren Gedanken fassen, solange ich nicht weiß, ob Ella in Sicherheit ist. Die Bomben, die Tommy installiert und gezündet hat, ließen das gesamte Gebäude erbeben. Ich laufe sofort zu ihm und dränge ihn wieder hinaus. Weg von dem Schlachtfeld. »Bring dich jetzt in Sicherheit! Du hast deinen Teil erfüllt!«

Verwirrt hebt er beide Hände und hält mich zurück. Wieso können meine Freunde nicht einfach mal auf mich hören? »Spinnst du? Ich bin hier, um zu kämpfen!«

Ich schiebe ihn weiter, doch Tommy lehnt sich wie ein bockiges Kind gegen mich. Die anderen stürmen nach und nach an uns vorbei und mit jedem Kämpfer schwindet die Chance, Ella zu finden.

»Claire und unsere Eltern brauchen dich!« Endlich hält er inne und starrt mich wütend an. Es ist eine linke Nummer, seine Schwäche auszunutzen, doch ich würde es immer wieder tun. Tommy weiß, dass er für meine Eltern sorgen muss, wenn mir etwas passiert, denn ich würde genauso handeln, wenn ihm etwas zustoßen würde. Wir können es uns nicht leisten, dass sie am Ende allein dastehen. »Außerdem würde es mich sehr entlasten, wenn ich deinen Arsch nicht andauernd retten müsste!«

»Du bist ein Arschloch!«, knurrt er und stößt mich unsanft fort, dreht sich dennoch freiwillig in die richtige Richtung.

»Ein sich um dich sorgendes Arschloch! Und jetzt hau ab und hilf lieber den anderen, Fahrzeuge zu besorgen. Wir brauchen garantiert welche für unsere Verletzten!«

Sobald Tommy außer Sicht ist, versuche ich einen Überblick über das Gebäude zu bekommen. Links von mir führt eine Treppe in ein Obergeschoss, doch ich suche zuerst die untere Etage ab. In dem Saal herrscht ein absolutes Durcheinander. Es ist schwer, sich einen Überblick zu verschaffen. Ein blondes Mädchen hockt mit bebendem Körper zusammengesunken an eine Wand gelehnt, das Gesicht schützend unter den Armen versteckt. Ich hechte auf sie zu, in der Hoffnung, dass sie es ist, doch ich weiß instinktiv, dass Ella sich nicht so verkriechen würde. Dennoch lege ich eine Hand auf den oberen Arm und zwinge das fremde Mädchen, mich anzusehen. Seine Augen sind blutunterlaufen.

»Du musst hier raus!« Ich weiß nicht, ob sie mich verstanden hat, doch ich habe keine Zeit, ihr zu helfen, und laufe weiter. Den Blick schneller über die Gesichter der Menschen huschen lassend. Noch immer tauchen bewaffnete Männer auf, die mich anvisieren, doch ich lasse ihnen nicht die Gelegenheit, abzudrücken. Alles passiert wie ferngesteuert. Instinktiv richte ich meine Waffe auf meine Gegner und schalte jeden aus, der mich daran hindert, Ella lebend zu finden. Es bleibt keine Zeit, um lange zu überlegen. Von allen Seiten strömen bewaffnete Männer herbei. Die Lautstärke steigt an.

Ich mache mich auf den Weg zur Treppe und schließe mich Miranda und Tobias an, die gerade gegen fünf Männer kämpfen. Einer der Kerle presst Miranda fest gegen die Wand und drückt ihr den Hals zu. Da Tobias mit einem anderen ringt, laufe ich zu ihr, reiße ihr den Angreifer vom Leib und schubse ihn über die Brüstung. Auf Mirandas Arm entdecke ich eine klaffende Wunde.

»Das muss verbunden werden«, sage ich ein wenig zu forsch und umfasse ihren Arm.

»Mir geht's gut. Jetzt suchen wir deine Freundin, damit wir hier abhauen können. Ich habe Phil gerade gesehen. Wir sind hier fertig!«

»Geh raus und lass dich verarzten! Ich schaffe das schon allein!«

»Ich lasse euch …«, protestiert sie, doch ich unterbreche sie sofort wieder.

»Das war keine Bitte, sondern ein Befehl!«, bestimme ich barsch und entferne mich mit großen Schritten von ihr.

Kapitel 42

Ella

Ich will durch die Tore hinaus, doch von dort ertönen nach wie vor Schüsse und Schreie. Es ist unmöglich, auf diesem Weg hinauszukommen. Selbst wenn diese Männer auf meiner Seite sein sollten, kennen sie mich nicht. Ich laufe weiter, auf der Suche nach einem Ausweg, doch plötzlich umfasst jemand meinen Kragen und reißt mich zur Seite in ein Zimmer. Ich kämpfe mich aus dem Griff, kratze und schlage um mich, erwische meinen Gegner an der Wange und erstarre, als ich die vertraute Stimme höre.

»Das bedeutet, du hast mich nicht vermisst?«

Abrupt drehe ich mich um und werde von meinen Gefühlen überrannt. Wie sehr er mir gefehlt hat und wie groß meine Sorge um ihn war, wird mir erst in diesem Augenblick bewusst.

»Cole«, hauche ich tonlos. Mit zittrigen Händen greife ich nach seinem Gesicht, wage es jedoch nicht, die letzte Distanz zu überbrücken. Cole nimmt mir diese Entscheidung ab, indem er sich vorlehnt und die letzten Millimeter überwindet. Seine Lippen liegen unbeweglich auf meinen und ich bin mir sicher, dass er genauso wenig wie ich will, dass dieser Moment endet. Doch dann löst er sich von mir.

»Wie sollen wir hier rauskommen? Überall stehen Wachen und Soldaten. Ich habe keine Ahnung, wer auf unserer Seite ist und wer nicht«, gestehe ich frustriert und versuche, nicht die Nerven zu verlieren.

»Keine Sorge. Ich werde dich mit meinem Leben beschützen, wenn es sein muss«, verspricht Cole und lässt seine Hand durch mein Haar gleiten. Als er sie um meinen Nacken legt, meinen Kopf zu sich zieht und einen Kuss auf meine Stirn haucht, weiß ich, dass er dies todernst meint. Und plötzlich breitet sich eine noch größere Furcht in mir aus. Er zieht mich aus dem Zimmer.

Cole sucht immer wieder meinen Blick, als wollte er sich vergewissern, dass ich noch da bin. Die Freude auf seinem Gesicht, mich gefunden zu haben, erstirbt, als sich von rechts etwa zehn bewaffnete Männer in unsere Richtung bewegen. Grob schubst er mich um die Ecke und schirmt mich mit seinem Körper ab. Sein unstetiger Atem streift heiß über mein Gesicht. Cole ist angespannt. Er umklammert seine Waffe.

Lautlos kramt er in einer der Taschen an seiner Hose und reicht mir eine Pistole. »Du weißt, wie sie funktioniert. Und du wirst sie benutzen. Bleib bis dahin hinter mir. Verstanden?« Es ist keine wirkliche Frage, trotzdem nicke ich zögernd.

Mit durchgedrückten Armen versuche ich das Zittern meiner Hände zu unterdrücken und so die Waffe zu stabilisieren. Es gelingt mir eher mäßig und ich gebe mir größte Mühe, meine Atmung zu kontrollieren. Ich schließe die Augen, um mich zu beruhigen. Als ich sie wieder öffne, fliegen Coles Blicke hektisch über mein Gesicht. Mit angespanntem Kiefer lehnt er seine Stirn eine Sekunde lang an meine.

»Vergiss nicht, dass ich dich liebe.«

Mein Herz setzt aus, als mir klar wird, dass Cole sich gerade von mir verabschiedet und mich vor meinen Schuldgefühlen beschützen will.

»Wir kommen beide hier raus«, versichere ich ihm, klinge jedoch so zittrig, dass ich mir selbst nicht glaube.

Er lächelt matt. Dann beugt er sich vor und presst seine Lippen ein letztes Mal auf meine. So traurig, gierig, liebevoll wie nie zuvor.

Ein Abschied. Eine Träne rollt mir über die Wange, aber weder er noch ich wischen sie weg.

Etwas lenkt überraschend die Aufmerksamkeit von Cassandras Wachen auf sich. Keine Sekunde später stürmen drei Gestalten herbei und greifen sie an. Wir verlieren keine Zeit und verlassen unser Versteck. Cole feuert auf die Männer, genau wie die anderen drei. Die Wachen sind geschickt und gehen paarweise auf uns los. Da sie in der Überzahl sind, können wir uns nicht auf alle gleichzeitig konzentrieren. Schreie und Schusswechsel betäuben meinen Verstand. Es bleibt keine Zeit, lange nachzudenken. Nun zählt bloß mein Instinkt und ich hoffe, dass ich mich auf ihn verlassen kann.

Mit einem gezielten Schuss in die Hand entledige ich einen der Wachen seiner Waffe. Der Angeschossene stürzt sich auf mich, sein Gesicht verzerrt vor Wut, und ringt mich zu Boden. Begraben unter seinem Körper, stecke ich mehrere Schläge ein. Ich versuche auf meinen Angreifer zu zielen, doch er schlägt meine Hand Mal für Mal weg. Das Blut aus der Schusswunde bedeckt mein Gesicht. Es ist warm und klebrig.

Cole und die anderen sind mit den übrigen Angreifern beschäftigt, weshalb ich mir selbst helfen muss. Auch wenn mein letzter Kampf schon einige Zeit zurückliegt, arbeiten meine Reflexe wie von selbst. Mein Angreifer packt mich mit seinen riesigen Pranken am Hals und zögert keine Sekunde, mich zu würgen. Ich grabe meinen Finger in seine Wunde, was ihn laut aufschreien lässt, dennoch lässt er nicht locker. Mit gekrümmten Fingern kratze ich ihm Hautfetzen vom Gesicht. Er jault auf, lässt nur eine Sekunde lang locker, doch dieser kurze Augenblick reicht mir, um Luft zu bekommen, sodass ich mit der flachen Hand gegen seinen Kehlkopf schlagen kann. Er weicht um Atem ringend zurück.

Ich rappele mich auf, während er keuchend kniet, dennoch greift er nach meiner Wade und reißt mich abermals hinab. Bevor er sich auf mich stürzen kann, schaffe ich es, ihm einen letzten tritt gegen den Schädel zu verpassen. Er regt sich nicht länger und ich habe eine Sekunde Zeit, um durchzuatmen.

Cole steht schweißgebadet und schwer atmend vor den am Boden liegenden Wachen. Die andern drei – eine davon Miranda, die eine Hand auf ihre Wunde am Arm drückt – sehen nicht weniger erledigt aus.

Adrenalindurchflutet stütze ich mich auf die Knie, um die Übelkeit zu überwinden.

Dann ein Schuss.

Ich sehe Coles verwundertes Gesicht, als hätte er nicht erwartet, dass noch etwas schiefgehen könnte. Der Lärm und das Chaos um mich herum verblassen und kommen mir weiter entfernt vor. Als betreffen sie mich nicht. Alles, was ich registriere, ist Cole, der mit auf den Bauch gepressten Händen auf die Knie sinkt.

Alles bewegt sich wie in Zeitlupe vor meinen Augen. Wie Miranda den Mann mit einem gezielten Kopfschuss erledigt, Coles Zusammensinken, wie ich aufspringe und plötzlich an seiner Seite knie. Wie ich sein Gesicht, das blasser wird, in den Händen halte.

Sein ganzer Körper bebt, während er versucht, mir irgendetwas zu sagen.

»Sch. Alles wird gut. Schon deine Kräfte!«

Drei weitere bis an die Zähne bewaffnete Soldaten stoßen zu uns. Ich fühle mich völlig betäubt und starre sie nur an, während Coles Atem röchelnder wird. Er wird sterben.

»Schafft Cole hier raus! Er braucht sofort Hilfe!« Verwirrt starre ich Miranda an, die die Soldaten anfaucht. Noch nie habe ich sie so aufgelöst gesehen. Beinahe hilflos beobachtet sie, wie einer der Männer mich wegstößt und Cole hochhebt.

»Komm mit«, sagt Miranda mit fester, aber ungewohnt sanfter Stimme. Sie berührt mich am Arm und befreit mich aus meiner Starre. Mein Herz schlägt mir bis zum Hals, während ich hinter den Soldaten hereile.

Es ist geradezu unmöglich, das Gebäude zu verlassen, ohne in ein Feuergefecht verwickelt zu werden. Wir sprinten die Treppe hinab und befinden uns in der großen Halle, in der bis vorhin noch etliche Menschen gefeiert haben. Zwei Soldaten stellen sich uns in den Weg, doch meine Begleiter erledigen sie mühelos. Erleichtert stelle ich fest, dass wir eine echte Chance haben, es zu schaffen. Meine Euphorie weicht jedoch einem Gefühl der Beklemmung. Der Boden ist übersät mit blutüberströmten Körpern. Frauen, Männer, uniformiert sowie in Abendgarderobe. So viele Menschen. So viele Tote.

Eine weitere Explosion bringt die Erde zum Beben, sodass die meisten kreischend zu Boden gehen. Auch ich, doch Miranda zieht mich in einer geschmeidigen Bewegung wieder auf die Beine. Ohne darauf zu achten, ob ich mich wieder gefasst habe, zieht sie mich hinter sich her.

»Raus! Raus hier!«, brüllt Miranda uns zu, kurz bevor die Bretter unter ihren Füßen nachgeben und bersten. Einen Wimpernschlag später ist sie verschwunden.

Vom Schreck gelähmt schaffe ich es erst nach einigen Sekunden, mich aus meiner Starre loszureißen und zu dem klaffenden Loch im

Fußboden zu rennen. Mirandas Brust ist von einem Rohr durchbohrt. Bis auf das Rot des Blutes sieht alles an ihr leblos aus.

Ich zögere und starre sie eine Weile an. Obwohl sie mir nichts bedeutet, weiß ich, dass Cole eng mit ihr befreundet ist. War. Mit Tränen in den Augen laufe ich zum Ausgang, stolpere über Leichen. Doch ich stehe wieder auf und laufe weiter, bis ich die Eingangstür erreiche und sie mit meinem gesamten Gewicht aufdrücke.

Die Sonne ist zu grell. Blendend trotz des Rauchs, der in der Luft schwebt. Von allen Seiten fluten Menschen aus dem Gebäude, das immer weiter in sich zusammenfällt.

Ich folge den Soldaten, die ich in einiger Entfernung vor mir erspähe. Sie laufen zu einer Karawane von Wagen. Der Mann, der Cole trägt, ist an vorderster Front, den ich schnell erreichen will, doch plötzlich erschüttert eine noch größere Explosion die Erde. Obwohl ich bereits etliche Meter von dem Ausbruch entfernt bin, reißt mich die Druckwelle beinahe von den Füßen.

Überall um mich herum landen zerbrochene Gesteinsbrocken auf dem Asphalt und ich ducke mich keuchend, um mich davor zu schützen. Ich sehe mich um, entdecke blutende Frauen, Männer, sogar Kinder. Eine Frau hält den leblosen Körper eines Jungen im Arm. Ich kann mich nicht von dem Anblick lösen, bis jemand mich am Arm packt und vorwärtszieht. Doch auch wenn ich sie nun nicht mehr sehe, hat sich das Bild ihres schmerzerfüllten Gesichts in mein Gehirn gebrannt.

Coles Hand, die ich seit Stunden halte, drückt meine schwach und reißt meine Gedanken wieder ins Hier und Jetzt.

»Du bist ja wach.« Meine Stimme klingt belegt und ich muss mich räuspern, bevor ich fortfahre. »Du hast mir einen Schrecken eingejagt.«

»Du hast dir Sorgen um mich gemacht«, erkennt er scherzend. Weil ich in Tränen ausbrechen werde, wenn ich antworte, nicke ich bloß und erwidere sein Lächeln mit zitternden Lippen.

»Dann ist mein Plan ja aufgegangen«, sagt er und entlockt mir damit ein Lachen, das gleichzeitig ein Schluchzen sein könnte. Er zieht scharf die Luft ein, als er sich bewegen will.

»Dass du angeschossen und wie ein Mädchen von starken Jungs zum Wagen getragen wirst, war also geplant, hm?«

»Was soll ich sagen. Er war nicht besonders ausgeklügelt.«

Coles Augenlider öffnen sich flatternd und sobald er mich auf dem Stuhl neben sich entdeckt, lächelt er schwach und klopft neben sich aufs Bett. Auch die kleinste Bewegung ermüdet ihn offensichtlich, denn seine Brust hebt sich schwerfällig. Ich sitze bewegungslos da und betrachte ihn weiter.

Seit wir vor Stunden in unserem neuen Unterschlupf angekommen sind, habe ich kein Auge zugetan. Meinen Onkel habe ich auch noch nicht gesehen. Und auch nichts von Cassandra gehört.

Erneut klopft er neben sich auf die Matratze und hebt einen Mundwinkel. »Komm schon her. Ich habe dich nicht dort rausgeholt, damit du dich jetzt von mir fernhältst.«

Trotz seiner Worte zögere ich, doch dieses warme Lächeln, das mir in den letzten Monaten so gefehlt hat, überzeugt mich schlussendlich. Es erstaunt mich, wie Cole seine Gelassenheit auf mich überträgt.

»Ich wollte dir nur deine Ruhe lassen«, erkläre ich leise.

»Damit ich ruhig sein kann, musst du endlich wieder bei mir sein!« Er zieht mich zu sich, sodass ich mich hinlegen muss, und küsst meinen Nacken mit seinen spröden Lippen. Endlich kann ich die Augen schließen und meiner Müdigkeit nachgeben.

Kapitel 43

Ella

Heilt Zeit wirklich Wunden? In Coles Fall zumindest legt die Zeit einen Schleier über sie. Es dauert zwei Wochen, bis Cole endlich wieder einigermaßen fit ist. Ich weiß, wie stark er ist, doch jeder Mensch stößt irgendwann an seine Grenzen. Mirandas Tod war nur der letzte Tropfen in einem Fass, das sich seit Jahren kontinuierlich gefüllt hat.

Heute hat er sich zum ersten Mal wieder rasiert. Seine Augen haben ihren Schimmer verloren und sein Gesicht einen anderen Ausdruck angenommen. Das Leben und der Tod verändern die Menschen. Meine Aufgabe ist es, Cole trotzdem oder gerade deshalb weiter zu lieben. Und das tue ich. Auch wenn er nie wieder der Alte sein sollte, werde ich ihn lieben, denn auch ich bin nicht mehr so wie früher.

Seine Finger haken sich in den Bund meiner Hose und er zieht mich langsam zu sich heran. Trotz allem, was hinter uns liegt, hat Cole nicht aufgegeben und sich selbst nicht verloren. Zärtlich lege ich ihm eine Hand an die Wange und lächle. »Ohne dich hätte ich das alles nicht überlebt.«

Cole senkt den Blick und legt die Arme um mich. »Wir sollten endlich mit Phil reden. Er hat uns einiges zu erklären.«

Obwohl es mich eigentlich nicht wundert, habe ich meinen Onkel seit der Befreiung kein einziges Mal gesehen. Er ist in einem anderen Gebäude untergekommen als wir. Die Bruderschaft versteckt sich nicht länger im Wald. Sie haben mit geballter Kraft die Stadt eingenommen, was nicht besonders schwer war, da die meisten Einwohner schnell die Flucht ergriffen haben, nachdem sie Coles Soldatenfreunde gesehen haben. Nach und nach haben sie jedoch erkannt, dass diese Soldaten die *guten* sind.

Die Mitglieder der Bruderschaft strotzen vor Stolz darüber, dass sie sich nicht länger verstecken brauchen und der Welt verraten dürfen, dass sie zum Umbruch beigetragen haben.

Auf den Straßen tummeln sich etliche Menschen. Wir steuern das Gebäude an, in dem Phil sich eingerichtet hat. Zwei der Wachen vor seiner Tür beäugen uns missbilligend, bis ein anderer sein Okay gibt.

Der Mann, der uns hineingelassen hat, führt uns direkt zu Phil, der uns mit einem breiten Lächeln begrüßt. Nie zuvor habe ich ihn zufriedener gesehen.

»Setzt euch«, bietet er an und deutet auf die Stühle. Wir bleiben stehen.

Der Raum ist geräumiger und wesentlich einladender als sein altes Büro, dennoch würde ich es am liebsten auf der Stelle wieder verlassen. Seit ich weiß, dass er mich so lange in *Wonderland* gelassen hat, um auf den richtigen Moment und meinen Nutzen zu warten, wird mir bei seinem Anblick schlecht.

»Was sollte das mit der zweiten und dritten Salve an Bomben?«, fragt Cole ohne Umschweife mit fester Stimme, während er sich auf die Lehne des Stuhls stützt. Obwohl seine Verletzung ihm offensichtlich noch Schmerzen bereitet, gibt er nicht nach. »So war das nicht geplant!«

Ein junges Mädchen schenkt ein Glas Wasser ein und reicht es Phil. »Das Gebäude war größtenteils evakuiert, als die Bomben detonierten!«

»Größtenteils?«, fragt Cole fassungslos und ballt die Hände zu Fäusten. »Wir waren drin, genau wie etliche andere Unschuldige. Ella war noch drin. Wie konntest du sie zurücklassen?«

»Mein Gott, Cole. Du wusstest, dass wir diesen Angriff ausnutzen mussten. Nie wieder hätten wir so viele von ihnen beisammengehabt. Denkt ihr, sie hätten unsere Übernahme der Insel einfach so akzeptiert? Denkst du, sie hätten nicht gekämpft? So hatten wir die Oberhand.« Er nickt dem Mädchen zu und es verlässt den Raum. Seine gute Stimmung ist wie weggeblasen. Offenbar hat er die letzten Tage nichts als Lob geerntet und hat nun nicht mit unserem Gegenwind gerechnet.

Ich schnaube. »Du hast deinen Arsch gerettet und hast so viele Unschuldige geopfert. Wieso denkst du, dass du besser bist als Cassandra?«

Phil legt die Stirn in Falten. Er erkennt nicht, dass ich recht habe. Er denkt wirklich, dass er der Retter in der Not ist. »Weil es um das große Ganze geht, Ella. Außerdem habe ich dich gerettet, hast du das schon vergessen?«

Um das große Ganze. In meinem Gedächtnis hallen plötzlich Worte wider, die er einmal sagte: Manchmal muss man die Menschen, die man liebt, für eine größere Sache in Gefahr bringen.

»Ich war dir nie wichtig. Ich war nur eine deiner Schachfiguren«, erkenne ich trocken und bin nicht einmal überrascht, als er nicht versucht, sich zu rechtfertigen. »Was habt ihr mit Cassandra angestellt?«

Er reckt das Kinn. »Wir befragen sie noch.«

Ich erstarre. Erst jetzt wird mir bewusst, dass weder Phil noch irgendein anderer weiß, was ich weiß. Sie denken nach wie vor, dass das Wasser vergiftet ist und Cassandra die Formel besitzt. Ich versuche meine Gesichtszüge in den Griff zu bekommen, um meinen Vorteil nicht zu verspielen. Ich bin mir noch nicht sicher, wie ich ihn einsetzen kann, doch eines ist mir klar: Nur weil Phil Cassandra gestürzt hat, wird er kein besserer Anführer sein. Er ist ihr in so vielen Dingen ähnlich. Kalt und berechnend. Er würde wie sie über Leichen gehen, um an der Macht zu bleiben. Ich darf nicht zulassen, dass es so weit kommt, also nicke ich lediglich sachlich und sehe Phil weiter an. Aus dem Augenwinkel erkenne ich, dass Coles Blick auf mir liegt.

»Du musst uns dabei helfen«, fährt Phil fort. So sehr auf sich selbst konzentriert, dass er meinen Stimmungswechsel nicht registriert hat. »Sie hat nach dir gefragt. Finde endlich etwas für uns heraus.« Seine Stimme klingt mit jedem Wort trotziger. »Konan bringt dich zu ihr.«

Ein breit gebauter Mann kommt herein, als hätte er nur auf seinen Namen gewartet, und hält die Tür für Cole und mich auf. Wir folgen ihm hinaus, wo einige Bewohner aus ihren Wohnungen kommen und sich mit großen Augen umsehen. Die wahren Ausmaße der Bruderschaft zeigen sich erst jetzt, wo sich die Mitglieder frei bewegen dürfen. Überall in dieser sonst so tristen Stadt versammeln sie sich und erklären den Menschen, was hier vor sich geht. Strahlende Gesichter. Misstrauische Blicke. Hoffnungsvoll wirkende Augen.

»Ich brauche nur einen Moment«, erkläre ich mit zitternder Stimme und nach einem kurzen Zögern entfernt Konan sich. Als Cole und ich allein sind, hole ich schließlich tief Luft. So als hätte ich die ganze Zeit keinen Sauerstoff bekommen.

Ich seufze und versuche das Durcheinander in meinem Kopf in eine geregelte Bahn zu lenken.

»Cole …« Ich ziehe ihn am Arm zurück und lehne mich vor, um ihm etwas ins Ohr zu flüstern. »Ich habe ein Geheimnis, das mit Cassandra zu tun hat, und weiß nicht, was ich machen soll.«

Mit gerunzelter Stirn sieht er mich an. »Was meinst du?«

»Das Wasser … Es ist längst nicht mehr verseucht.« In wenigen Sätzen erkläre ich Cole, was ich herausgefunden habe.

Sein Gesicht verzieht sich voller Pein und wird noch blasser als ohnehin schon. »Es war richtig, so zu tun, als wüsstest du nichts.« Er streckt den Rücken durch und richtet das Gesicht gen Himmel. »Wir müssen uns genau überlegen, was wir nun machen.«

Niemals hätte ich mir vorstellen können, dass ausgerechnet ich über den Verlauf der Geschichte entscheiden muss. Krieg oder Frieden. Leben oder Tod. Ich kann nicht herrschen. Will es nicht, doch haben wir eine andere Wahl?

Cole streckt seine Hand nach mir aus und streichelt mein Gesicht. »Wir finden gemeinsam einen Weg.« Kurz schmiege ich mich mit geschlossenen Augen an ihn.

»Soll ich mitkommen?«, schlägt Cole vor, doch ich lehne mit einem Kuss ab. Das muss ich allein hinter mich bringen. Mit schwerem Herzen löse ich mich von ihm und folge Konan zu einem stark bewachten Gebäude. Vor der Tür stehen vier bis auf die Knochen bewaffnete Männer, die die umstehenden Menschen davonjagen und keinen von uns aus den Augen lassen.

»Ich soll sie hochbringen. Anweisung von ganz oben.« Konan schiebt mich vor sich, wo mich die Wachen noch besser begutachten können. Der Kleinste von ihnen tastet mich ab, eher er zufrieden nickt. »Du hast zehn Minuten.«

Mein Herz hämmert fest gegen meine Brust, als die schweren Metalltüren sich öffnen. Konan schiebt mich weiter vor sich her. Eine schmale Wendeltreppe hoch, bis wir vor einer weiteren Tür stehen. Konan steckt seinen Schlüssel ins Schlüsselloch und stößt sie weit auf, damit ich hindurchgehen kann. Wir befinden uns auf einem Dachboden. Zugestellt mit alten Möbeln und Müll. Es riecht modrig und nass. Inmitten des Trödels sitzt Cassandra. An einen Stuhl gefesselt. Mit gehobenem Kopf starrt sie geradeaus. Ihr Ausdruck verändert sich kaum merklich. Würde ich sie nicht kennen, würde ich die Enttäuschung nicht einmal sehen.

Ihr Körper und Gesicht sind geschunden. Sie ist dünn und sieht krank aus. Obgleich ich es nicht sollte, empfinde ich Mitleid für sie. Ein Auge ist zugeschwollen und das andere blutunterlaufen und dennoch strahlt sie eine Stärke aus, die nur wenige Menschen besitzen.

»Ella«, sagt sie und nickt mir zur Begrüßung zu. Es fällt mir schwer, den Blick nicht von ihr abzuwenden, weil mein Gewissen so laut schreit. Dennoch bin ich es ihr schuldig. Ich vergesse nicht, was sie alles getan hat, und doch sehe ich in ihr auch die Frau, die meine Mutter so nahestand.

»Wieso wolltest du mich sprechen?«, frage ich.

»Ich rede nur mit dir, wenn wir allein sind.« Sie wirft Konan einen eiskalten Blick zu.

»Ich bleibe«, antwortet er überheblich mit einem schiefen Grinsen auf dem Gesicht.

»Dann erfahrt ihr nichts von mir!«, zischt sie und dreht das Gesicht in die andere Richtung. Konan macht einen schnellen Schritt nach vorn und umfasst mit seiner riesigen Pranke Cassandras Hals und drückt zu, bis sie keucht. Ihre Augen sind vor Schrecken geweitet, während er ihrem Gesicht näher kommt. »Du hast keine Rechte mehr, Miststück!«

Obwohl Konan viel zu stark für mich ist, versuche ich dazwischenzugehen und zerre an seinem Arm.

»Ich rede allein mit ihr!« Ich brauche beide Hände, um seinen Unterarm zu umfassen. »Bitte!«, flehe ich.

Mit einem tiefen Knurren stößt er sie zurück, sodass der Stuhl, auf dem sie sitzt, gefährlich schwankt. Konan lässt Cassandra hustend zurück und wirft mir beim Verlassen des Raumes noch einen mahnenden Blick zu. Sobald wir allein sind, knie ich mich vor Cassandra und streiche ihr eine verirrte Strähne aus dem Gesicht. Bei ihrem Anblick entsteht ein großer Kloß in meinem Hals.

»Ist es das wirklich wert, zu schweigen?«

»Du hast es ihnen nicht gesagt«, flüstert sie, meine Frage ignorierend, ehe ihr Mundwinkel selbstgefällig hochzuckt.

»Noch nicht«, antworte ich tonlos. Es fällt mir schwer, sie so zu sehen. Zu schwer.

»Er wird genauso weitermachen, wie ich aufgehört habe, Ella. Das weißt du so gut wie ich.« Sie hebt das Kinn. »Jetzt liegt es an dir.« Auch am Ende hat sie noch die Macht und gibt sie nun an mich weiter.

»Ich wünschte, alles wäre anders gekommen. Du hättest Gutes tun können.« Tränen bilden sich in meinen Augen, die ich schnell wegblinzeln will, doch Cassandra hat sie gesehen.

»Du kannst das für mich übernehmen. Ich bin kein guter Mensch. Du schon.« Sie lächelt schwach. »Genau wie deine Mutter.«

Eine Träne läuft mir über die Wange. Ich weine um die Frau, die Cassandra hätte sein können. Ich weine um ihre Stärke und Leidenschaft, die sie in gute Dinge hätte stecken können. Und ich weine um den Menschen, den ich hin und wieder hinter ihrer starren Fassade habe sehen dürfen.

Kapitel 44

Cole

Das nasse Haar fällt ihr über den Rücken und hinterlässt dunkle Flecken auf ihrem grauen Shirt. Trotz der weiten Klamotten, den dunklen Ringen unter den Augen und den Wunden überall auf ihrem Körper, kam Ella mir nie schöner vor. Ich öffne die Arme und sie kuschelt sich hinein, schmiegt sich an mich wie ein Kind, das nach einem Albtraum Schutz sucht. Ich lehne mich zum Nachttisch vor und fische ein Geschenk für Ella hervor.

»Was hast du da?«, fragt sie mit müder Stimme.

Ich drehe das Armband in meinen Händen. »Ich habe es für den Moment aufbewahrt, an dem du Halt brauchst.«

»Sehr guter Moment.« Sie lacht heiser, während ich es ihr anlege. »Danke.«

Sie lehnt sich gegen meine Brust. Tröstend streiche ich ihr übers Haar.

»Was machen wir jetzt?«, fragt sie seufzend.

»Was würdest du tun?«, will ich wissen. Vielleicht fühlt Ella sich nun überfordert und nicht imstande, eine so schwere Entscheidung zu treffen, ich jedoch weiß, dass sie stark genug ist.

Sie hockt sich vor mich hin, um mir geradewegs in die Augen sehen zu können. »Ich habe Angst vor deiner Reaktion.«

»Erzähl«, fordere ich sie lächelnd auf und stupse ihr mit dem Zeigefinger gegen das Kinn.

Ella senkt den Blick. »Verurteile mich nicht, aber ich finde, wir sollten die Wahrheit erst einmal für uns behalten.«

Erstaunt hebe ich eine Augenbraue. Ella sieht wieder hoch, um meine Antwort abzuwarten.

»Wieso?«, frage ich ein wenig zu überrascht und räuspere mich, ehe ich sie wieder auffordernd anlächle.

Sie beißt sich auf die Unterlippe und knibbelt an der Decke herum, die zwischen uns liegt. »Ich habe die *Aquas* erlebt. Sie lieben ihre Stellung und ich befürchte, dass sie diese verteidigen, wenn wir das Druckmittel des Gegengiftes nicht mehr haben.«

Ich nicke zustimmend. »Wir müssen die Menschen langsam darauf vorbereiten, dass nun alles anders ist.«

Sie lächelt und stoßt erleichtert die Luft aus. »Und wer soll herrschen? Wir können Phil kein Gegenmittel beschaffen, und er wird niemals lockerlassen.« Ella rutscht unsicher auf der Matratze umher, während ich alle möglichen Szenarien durchgehe. Sollten wir uns entscheiden, die Wahrheit zu sagen, wird ein Krieg ausbrechen. Die *Aquas* würden an der Macht bleiben wollen, die Armen dies nicht länger akzeptieren. Würden wir so weitermachen wie bisher, würde sich nie etwas ändern. Phil wird jedoch, wie Ella schon erkannt hat, niemals lockerlassen. Ein Gedanken kommt mir. Eine Idee. »Wir müssen eine Regierung aufbauen.«

»Eine Regierung?« Ella spitzt die Ohren. »Du meinst, jede Schicht soll einen Vertreter wählen, der Teil dieser Regierung wird?«

»Genau das!«, antworte ich grinsend und sehe, dass die Idee ihr gefällt, da ihre Mundwinkel sich langsam heben.

»Die Menschen aus der Stadt, Die *Aquas*, die Bauern, die Bewohner der *Kommune*?« Ihre Augen beginnen zu leuchten. »Jeder könnte Ideen einbringen, Wünsche äußern. Mitentscheiden!« Sie hüpft auf den Knien auf und ab. »Das könnte klappen, nicht wahr?«

»Könnte es!« Mit beiden Händen umfasse ich ihr Gesicht und ziehe sie an mich, um sie zu küssen. Sie klettert auf meinen Schoß, schließt ihre Arme um meinen Hals und sieht mich an. Wir atmen dieselbe Luft, spüren das Herz des anderen schlagen. Sie lehnt ihre Stirn gegen meine und schenkt mir somit all meine Kraft zurück, die ich verloren geglaubt habe.

»Was machen wir mit Phil?«, fragt sie flüsternd mit geschlossenen Augen und genießt die Umarmung ebenso wie ich.

»Wir brauchen Verstärkung, ehe wir mit ihm sprechen«, murmle ich, auch wenn ich den Grund für mich behalte. Ich kann nicht einschätzen, wie er reagieren wird. Kann nicht mit Sicherheit sagen, ob er uns wegsperren lassen würde, um an die Macht zu kommen. Doch ich kann genauso wenig versprechen, dass es nicht so sein wird.

»Tobias, Tommy, Silas. Wir vertrauen euch nun etwas an, was nicht an die Öffentlichkeit geraten darf!«

Ella und ich haben beschlossen, dass wir diesen drei Menschen hier am meisten vertrauen und wir sie in unseren Plan miteinbeziehen müssen. Es wäre zu riskant, auf eigene Faust und ohne Absicherung mit Phil zu reden. Silas spitzt die Ohren. Das Rattern in Tobias' Kopf ist ihm deutlich anzusehen. Er verengt die Augen und lässt den Blick nicht von mir ab. Wir haben diese drei Menschen als Versicherung auserwählt, weil wir auf sie zählen. Zu fünft in dem kleinen Zimmer zusammengedrängt stehen wir da und sehen uns an. Die Stimmung wird zunehmend angespannter. Also nehme ich Ellas Hand und drücke fest zu. Sie soll es sein, die ihnen die Neuigkeit verkündet. Sie schluckt, nickt dann schließlich doch.

»Das, was wir euch zu sagen haben, wird euch sicher schockieren und alles verändern.« Sie atmet tief durch. »Wir leben seit Jahren eine Lüge. Das Wasser, das wir trinken, ist nicht gesünder als das, das im Fluss fließt. Unsere Körper haben sich längst an das Gift gewöhnt. Das Gegenmittel hält lediglich die Symptome zurück, doch auch ohne dieses würden sie irgendwann vergehen.« Sie sieht alle der Reihe nach an. »Niemand muss länger daran sterben.«

Ich erwarte Fragen, ungläubiges Schnauben oder blasse Gesichter, doch alle drei wirken gefasst. Silas starrt Ella an, ohne einen Ton von sich zu geben, während Tommy mich nicht aus den Augen lässt, die Lippen fest zusammengepresst. Tobias, ganz der Soldat, der er ist, steht stramm und reagiert schlussendlich als Erster.

»Was habt ihr vor?«

»Wir wollen eine Regierung aufstellen und dazu brauchen wir eure Hilfe.« Ich nicke allen dreien zu. »Wir werden Phil einen Vorschlag unterbreiten und sollte er auf die Idee kommen, uns mundtot zu machen, müsst ihr den Plan in die Tat umsetzen.«

»Ella?« Silas, der seine beste Freundin mit schreckgeweiteten Augen anstarrt, geht auf sie zu und umfasst ihre Oberarme. Sein Gesicht ist geprägt von Sorge. »Lass uns einfach abhauen! Du musst das nicht tun! Du hast deine Pflicht erfüllt!«

Sie beugt sich vor und gibt ihm einen Kuss auf die Wange. »Doch, ich muss. Ich muss es besser machen, als Cassandra es getan hat. Ich kann nicht zulassen, dass alles umsonst war.«

Silas zieht sie dann in eine feste Umarmung. »Dann stehe ich hinter dir.«

»Genauso wie ich«, sagt Tommy mit fester Stimme und Tobias nickt knapp. »Sollte Phil nicht einverstanden mit eurem Plan sein, werden wir ihm die Hölle heiß machen!«

»Danke«, sage ich knapp und reiche jedem die Hand. Trotz seiner ausdruckslosen Fassade spüre ich an dem nur leichten Druck seiner Hand, dass die Neuigkeit Tobias nicht kaltlässt.

Tommy macht einen Schritt zurück und lässt sich in den Sessel fallen. »Ihr wollt es echt nicht langweilig werden lassen«, stößt er lachend aus und lehnt sich gegen die Lehne.

»Wir vertrauen darauf, dass ihr dichthaltet, klar?« Sie müssen nicht antworten, damit ich weiß, dass ich mich auf sie verlassen kann. Egal, wie unterschiedlich diese drei Männer auch sein mögen, sie alle können einschätzen, in welch ein Chaos uns diese Erkenntnis werfen könnte. Ich lasse meinen steifen Nacken kreisen, ehe ich mich an Ella richte und eine Hand an ihre Wange lege. »Bist du bereit?«, frage ich mit einem leisen Lächeln.

»Solange du an meiner Seite bist!«

»Immer«, flüstere ich und lehne meine Stirn gegen ihre.

Dann machen wir uns auf den Weg zu Phil, der uns nach Ellas Besuch bei Cassandra erwartet, sicherlich jedoch nicht mit dieser Wendung rechnet.

Die Sonne ist am Himmel hinabgewandert, sodass unsere Schatten sich über den ganzen Weg ziehen, als wir zu dem Gebäude laufen, in dem Phil sich eingenistet hat. Mein Blick fällt auf Ella, die nervös auf ihrer Unterlippe herumbeißt und ihre Handfläche fest gegen meine presst. Sie wirkt so jung, so unschuldig, egal, was sie in den letzten

Wochen erlebt hat. Und plötzlich kommen mir Zweifel. Was, wenn unser Plan schiefgeht? Wenn er Ella und mich wegschließen lässt oder sogar Schlimmeres mit uns vorhat? Was, wenn er am Ende doch die Oberhand gewinnt? Ich bringe die Stimmen in meinem Kopf zum Schweigen, ehe ich an seiner Tür klopfe. Uns bleibt keine andere Wahl, als dies durchzuziehen. Konan, der nun offenbar sein neuer Schoßhund ist, öffnet die Tür und lässt uns mit angriffslustigem Blick hinein. Seine Muskeln sind angespannt, als er sich aufrecht hinter Phil platziert, der sich nicht einmal die Mühe macht aufzustehen.

»Da seid ihr ja endlich«, begrüßt er uns mit einem Blick auf die Uhr neben seinem Schreibtisch. Er deutet auf die beiden Stühle davor, auf denen wir Platz nehmen. Die ledernen Armlehnen kleben unangenehm an meiner Haut und geben ein lautes Geräusch von sich, als ich mich vorlehne und meine Arme davon löse.

»Wir müssen mit dir allein sprechen!«

»Habt ihr etwas herausgefunden?«, will er wissen. Sein Gesichtsausdruck verändert sich. Wird aufgeregt wie der eines Kindes. Er wittert seinen Triumph.

»Wir reden allein!«, beharre ich stur und deute zu Konan.

»Raus«, murmelt Phil leise. Eindeutig nicht begeistert von meinem fordernden Ton. Konan reagiert sofort und verlässt den Raum ohne Zögern. Er ist wie ein Hund. Treu und dumm. So wie ich es früher auch war.

»Ich habe keine Lust auf eure Spielchen«, knurrt Phil. Mit seinem Stuhl nach vorn rutschend starrt er Ella an. Als könnte er sie besser manipulieren als mich. »Raus mit der Sprache! Was hat sie dir verraten?«

Ella sieht Hilfe suchend zu mir herüber, doch wenn sie das erreichen will, was sie sich in den Kopf gesetzt hat, muss sie auch hiermit fertigwerden. Also sage ich nichts.

Ella wartet einen Moment, während Phil ungeduldiger wird und sich auf seine Ellenbogen abstützt. »Also?«

Ella leckt sich kurz über die Lippen. »Sie hat mir etwas verraten, nur nicht das, was du dir vorgestellt hast.«

Ella beginnt mit ihrer Erzählung, während ich Phil keine Sekunde aus den Augen lasse. Er versucht teilnahmslos zu wirken, doch im Bruchteil einer Sekunde zerfällt seine Fassade. Seine Haut wird blass und sein Gesichtsausdruck entgleitet ihm wie der Rest seiner Körperspannung. »Unmöglich«, murmelt er ungläubig, steht auf und läuft in seinem Büro umher, um schlussendlich doch wieder auf seinem Stuhl vor uns Platz zu nehmen und uns stumm anzusehen.

»Ich habe es selbst erlebt. Ich habe das angeblich verseuchte Wasser getrunken und wurde krank. Und ich stehe noch hier«, setzt Ella wieder dort an, wo sie aufgehört hat, und nun starre auch ich sie sorgenvoll an. Das hat sie mir nicht erzählt.

Phil lehnt sich zurück und schlägt die Hände über dem Kopf zusammen. Er schnaubt. Offensichtlich versucht er tough zu bleiben, doch ich sehe seine Anspannung genau.

»Und jetzt wollt ihr die Welt retten, indem ihr diese Neuigkeit in die Welt hinausschreit? Solltet ihr dies vorhaben, wird die Insel in Anarchie verfallen! Das kann ich nicht zulassen!«

»Wird sie nicht, denn mit deiner Hilfe werden wir eine Regierung zusammenstellen.«

»Mit meiner Hilfe?« Er lacht abschätzig. »ICH habe alles dafür getan, um dieses Elend zu beenden! Ich sollte regieren!«

Ella ignoriert seine Arroganz und bleibt ruhiger, als ich ihr zugetraut habe. »Ohne das Gegengift hast du kein Druckmittel. Wieso sollten die Menschen außerhalb der Bruderschaft auf dich hören? Wir können deine Hilfe gebrauchen und haben im Gegenzug einen Vorschlag für dich …«

Epilog

Zwei Jahre später

Ich sitze in einem Zimmer, das niemand außer mir betreten darf, und rede mit einer Frau, von der die meisten Menschen denken, sie sei tot. Die Entscheidung, was mit Cassandra passiert, hat für viele Diskussionen gesorgt, doch schlussendlich hätte ich es niemals zugelassen, dass sie exekutiert wird. Egal, was sie getan hat. Egal, wie vielen Menschen sie Schmerz zugefügt hat. Sie ist der einzige Mensch, der mich meiner Mutter näherbringt. Vielleicht bin ich egoistisch, doch ich habe unser aller Leben verändert und verdiene ein kleines bisschen Egoismus. Sie wird nie wieder dieses Zimmer verlassen, dafür werde ich sorgen – und natürlich die zwei Wachen vor ihrer Tür.

»Wie geht es Phil?«, fragt sie mit einem schiefen Grinsen auf den Lippen. Dass Cassandra noch lebt, ist für ihn die größte Demütigung, und sein Leid ist für sie die größte Genugtuung.

»Lassen wir das«, winke ich ab, während ich aufstehe, um ein neues Buch aus dem Bücherregal zu nehmen. In dieser Zeit mit Cassandra ist es beinahe so, als hätten wir ihr Zimmer nie verlassen. Als hätte sich die Welt nicht von Grund auf verändert. Ich lese ihr vor, kämme ihr Haar und sie erzählt mir von meiner Mutter. Es tut uns beiden gut und ich weiß, dass sie mir dankbar ist. Mit einem alten Märchenbuch in der Hand setze ich mich auf das Samtsofa neben sie.

Cassandra streicht sachte über den Umschlag des Buches. »Das war eine ihrer Lieblingsgeschichten. Sie hat stundenlang darin gelesen.« Als es an der Tür klopft, werden wir aus unserer Blase gerissen. Ich habe Pflichten. Tief durchatmend stehe ich auf.

»Ich muss jetzt los.«

Cassandra greift nach meiner Hand und drückt sie kurz. Ihr Lächeln ist beinahe stolz. »Sei eine Kämpferin!«

Die Welt ist grausam, die Menschen sind grausam, das Leben ist grausam. Doch jeder Einzelne von uns kann entscheiden, ob er sich damit zufriedengibt oder nicht. Jeder hat die Möglichkeit zu wählen, ob er für oder gegen seine Mitmenschen kämpft. Ob er sein Leben der Rache oder der Hoffnung widmet.

Wir wählen die Hoffnung.

Ich wünschte, dass gute Menschen aufhören können, böse Dinge zu tun, um Gutes hervorzubringen, denn erst dann wird unsere Welt eine Zukunft haben. Ich beobachte Cole, der Phil gegenübersteht und wild mit ihm diskutiert. Dies ist keine Seltenheit, doch ich mache mir längst keine Sorgen mehr darüber, dass er sich von ihm unterkriegen lässt. Beide sind gleichgestellt und befehligen gemeinsam unsere Armee. Die Armee, die wir mit Tobias und seinen Männern akribisch genau zusammengestellt haben. Männer aus jeden Schichten, die bereit sind, die Insel zu verteidigen und für den Schutz jedes Einzelnen zu sorgen. Vielleicht läuft nicht alles rund bei uns, dennoch gibt es einen gewaltigen Unterschied zu dem Leben, das wir früher führten: Alle Menschen sind frei. Jeder hat dieselben Rechte sowie Pflichten und Aufgaben. Die Städte auf Vordermann zu bringen ist am schwierigsten. Die Menschen dort vertrauen uns nicht vollkommen, doch auch das wird irgendwann noch kommen. Vertrauen zu zerstören geht schnell, es wieder aufzubauen dauert Jahre. Ich gehe auf Cole und Phil zu, die mich nicht bemerken.

»Es ist zu früh! Wir müssen noch so viel erreichen, bevor die Menschen bereit für die Wahrheit sind!«

Cole schüttelt schnaubend den Kopf. »Wenn es nach dir ginge, würden sie niemals davon erfahren!«

»Es wäre sicherlich das Beste!«, faucht Phil und geht bedrohlich auf Cole zu.

Ich verdrehe die Augen. »Der Rat hat entschieden, dass es an der Zeit ist.«

Die Mitglieder des Rates, bestehend aus einem gewählten Mitglied aus jeder Schicht, sind bis auf uns die einzigen Menschen der Insel, die die Wahrheit kennen. Cole und ich wussten, dass wir sie nicht ewig würden anlügen können und haben sie vor einem Jahr eingeweiht. Natürlich bestand die Möglichkeit, dass sie es ihren Freunden oder Familien weitersagen, doch dann hätten sie ihre Position im Rat verloren. Die Bauern, die Bewohner der *Kommune* und *Paria* sowie die *Aquas*. Alle haben einen Vertreter gewählt, der für sie spricht, in Sitzungen für sie diskutiert und fordert. Heute erst war das Treffen für diese Woche und ich bin so erledigt wie seit Ewigkeiten nicht mehr. Auch jetzt noch giften sich die unterschiedlichen Schichten, die wir langsam zusammenführen wollen, gegenseitig an, doch irgendwann wird dieser Punkt überwunden sein. Irgendwann können wir ein Volk sein. Ohne Vorurteile, ohne alte Fehden.

Steine, die uns im Weg liegen, räumen wir gemeinsam weg. So wie Cole und ich es seit zwei Jahren füreinander machen. Als Phil unzufrieden davonrauscht, kuschle ich mich an Cole und lehne mich mit geschlossenen Augen an seine Brust. »Er wird schon einsehen, dass es richtig ist.«

»Ich weiß.« Cole küsst meinen Scheitel und legt seine muskulösen Arme um meinen Körper. »Er hat nur Angst, seine Macht schlussendlich doch noch zu verlieren.«

»Niemand weiß, wie alles enden wird.« Mit einem Lächeln auf den Lippen hebe ich das Gesicht. »Ist das nicht das Aufregende am Leben? Am Ende kommt alles anders, als man denkt.« Mir wurde in *Wonderland*, das wir als Erstes eingerissen haben, beigebracht, dass ich keine Wahl habe, was aus mir wird. Niemals hätte ich gedacht, dass ich jemals hier stehen würde. Und doch tue ich es. Ich hatte die Wahl und sorge dafür, dass jeder Mensch dieselbe Chance bekommt. Und das, solange ich lebe.

Ende

Danksagung

Bei keinem Buch musste ich so vielen Leuten danken wie bei diesem. Wieso? Weil noch keines meiner Bücher vor der Veröffentlichung durch so viele Hände gegangen ist wie dieses. Ich danke all meinen Testlesern. Denjenigen, denen es gefallen hat, und denjenigen, die es nicht mochten und mich baten, etwas zu ändern. Ein wenig. Und viel.

Dieses Buch ist nicht mehr das, was sie alle gelesen haben. Es steckt von jedem etwas – oder eben viel – drin und ich danke euch (auch wenn ich euch zwischendurch ein ganz kleines bisschen gehasst habe) wirklich sehr, dass ihr mich dazu gebracht habt, das Beste aus der Geschichte hervorzuholen.

Ich danke auch all jenen, die so lange gewartet haben und die Hoffnung nicht aufgegeben haben, dass dieses Buch jemals erscheinen wird. DANKE!

Tausend Dank auch an meine Freunde, denen ich die vergangenen Jahre so oft mit der Geschichte in den Ohren lag, und das eine oder andere Mal – ihnen kam es sicherlich öfter vor als mir – gejammert habe, dass ich es nie beenden werde. Tada, ich habe mich getäuscht! Auch Marie für das wunderschöne Cover, Dirk für das erste (erschütternde) Lektorat und Nina für das Jahre später erneute Lektorat muss ich danken. Danke an die liebe Michaela für das Korrektorat. Und natürlich der Drachenmama, die die Geschichte und mich nicht aufgegeben hat.

Und zum Schluss bin ich doch glatt so dreist und danke mir selbst (Selbstliebe und so). Denn es war ein sehr steiniger Weg bis hierhin und ich bin stolz auf mich, dass ich es am Ende doch geschafft habe.

DAS DUNKLE LICHT
DER GABEN
ANNE-MARIE JUNGWIRTH
SUPERIOR
DRACHENMOND VERLAG

Sandra Bäumer

ICE – Wenn die Welt gefriert

ISBN: 978-3-95991-526-7, kartoniert, EUR 12,90

Die Reward Huntress Cyra Stern und ihr Gefangener Adam stürzen auf einem fremden Planeten ab und können das Raumschiff gerade noch verlassen, bevor es in den Tiefen eines Ozeans versinkt. Kurz vor dem Absturz kann Cyra eine menschliche Station lokalisieren. Der Weg dorthin führt durch einen Dschungel voll unbekannter Gefahren, doch am bedrohlichsten ist Adam, ein gesuchter Mörder, der so tödlich wie anziehend ist.

Als sie endlich die Station erreichen, kommt alles anders als gedacht, denn Cyra wird zur Gefangenen und Adam kann fliehen.

Doch wieso wird sie des Hochverrats beschuldigt und was hat ihre im Koma liegende Schwester Medea mit alldem zu tun?